クリスティー文庫
24

マギンティ夫人は死んだ

アガサ・クリスティー

田村隆一訳

Agatha Christie

日本語版翻訳権独占
早　川　書　房

MRS McGINTY'S DEAD
by
Agatha Christie

Translated by
Ryuichi Tamura
Published 2022 in Japan by
HAYAKAWA PUBLISHING, INC.
This book is published in Japan by
arrangement with
AGATHA CHRISTIE LIMITED
through TIMO ASSOCIATES, INC.

ピーター・サンダーズに
あなたのご親切を感謝して

マギンティ夫人は死んだ

登場人物

エルキュール・ポアロ……………私立探偵
マギンティ夫人…………………掃除婦
ベッシイ・バーチ………………マギンティ夫人の姪
ジョー・バーチ…………………ベッシイの夫
ジョン・サマーヘイズ…………ロソグ・メドウズの下宿の主人
モーリン・サマーヘイズ………ジョンの妻
ミセス・スイーティマン………郵便局員
ローラ・アップワード…………ラバーナムズの未亡人
ロビン・アップワード…………ローラの息子。劇作家
ドクター・レンデル……………医者
シェラア…………………………レンデルの妻
ガイ・カーペンター……………工業会社の経営者
イヴ・カーペンター……………ガイの妻
ロジャー・ウェザビイ…………ハンターズ・クロウズの住人
エディス・ウェザビイ…………ロジャーの妻
デアドリイ・ヘンダースン……エディスの娘
アリアドニ・オリヴァ…………女流探偵作家
モード・ウイリアムズ…………プリーザー・アンド・スカットル商会の女事務員
スペンス…………………………キルチェスター警察の警視

第一章

エルキュール・ポアロはレストラン〈年寄りのお祖母さん《ヴィエイユ・グランメール》〉から出ると、ソーホー街へと足をむけた。夜気はそんなに冷たくなかったから、必要というよりもむしろ用心のために、彼はオーバーの襟を立てた。「この年になっては、無茶な真似もできん」ポアロはきっぱりと自分に言いきかせた。

彼の瞳には反芻するような、ゆったりとした喜びの色が宿っていた。〈ヴィエイユ・グランメール〉の蝸牛料理《エスカルゴ》はたいしたものだ。あの、すすけてこぢんまりとしたレストランは、まったくのめっけものだった。満腹した犬のように思いに沈みながら、エルキュール・ポアロは舌で唇のまわりをなめまわした。ポケットからハンカチをとりだすと、彼はゆたかな口髭を軽くぬぐった。

そう、たっぷりご馳走にありついたのだ……さて、こんどは？

　ポアロの横を通り抜けようとしたタクシーが、誘いかけるようにスピードをゆるめた。彼はちょっとためらったが、結局、なんのサインも出さなかった。なんだってタクシーに乗る必要がある？　どのみち、ベッドにもぐりこむには早すぎる時間に、家へたどりつくのが関の山だ。

「やれやれ」ポアロは自分の口髭につぶやいた。「人間が一日に三度しか食べられないなんて……」

　午後のお茶なんて習慣には、どうしてもなじめない。「五時になにか食べる、するともう、気持ちよく腹をすかして晩餐《ル・ディネ》にのぞむわけにはいかなくなるからな。考えてみるがいい、晩餐こそ、一日で一番のご馳走なんだ！」

彼にとっては、午前半ばのコーヒーなんてものもとんでもない話だ。朝食のココアやクロワッサンもご免こうむる。やがて昼食《デジュネ》。これを、できれば十二時半、遅くとも一時までにとる。それから、やっとクライマックス。それが晩餐だ！

　これらの食事時が、エルキュール・ポアロの一日の絶頂の瞬間だった。日ごろから、自分の胃袋を念頭においてきたものは、老年にいたってちゃんとした報酬を受けとることになる。食べることは、もはや単なる肉体的な歓びばかりではなく、知的探究の域にまで達するのだ。つぎの食事までのあいだに、はじめてお目にかかるようなすばらしい料理を出してくれそうな店を検討したり、探究することに、彼は多くの時間を費やすのだ。いま出て来た〈ラ・ヴィエイユ・グランメール〉はこういった捜索の成果であり、このレストランも、エルキュール・ポアロの美食家としての舌に堂々と合格したところなのだ。

さて、情けないことに、いまやあたりには、はや夜がせまっていた。エルキュール・ポアロはほっと溜め息をついた。

「あの、親愛なる《スー・シェル》ヘイスティングズがいてくれたらなあ……」と彼は心のなかでつぶやいた。

ポアロは、旧友を思い出すことに喜びを覚えた。

「イギリスでは、なんといってもわたしの最初の友人だ——そうだとも、そしていままでも最愛の友だ。それにしてもあの男は、よくわたしを怒らせたものだ。けれどもいま、そんなことをわたしは覚えているだろうか？　いやいや、覚えているといったら、わたしの才能に目を見張って、とても信じられないといったあの男の表情だけだ。べつに嘘も隠しもしないで、ヘイスティングズを楽々ととんでもない推理に落としこむわたしの腕前。わたしがとっくの昔にわかってしまった真実に、ようやくあの男がたどりついたときの、あのあてがはずれたといった、とてつもない驚きよう。ああ、なつかしい友よ《ス・シエル・シエラミ》！　どうも腕前をみせびらかすのが、わたしの欠点だ。昔からその悪い癖がある。そのわたしの欠点も、あのヘイスティングズにはとうとうわからなかったな。しかし、わたしのような手腕家にとっては、自分のことを鼻にかけることが必要なのだ――それに、外部からの刺激も欠くことができないものさ。いや、このわたしときたら、日がな一日椅子に坐りこんで、どうして自分はこうもすばらしいのか、などと反芻しているわけにはとてもいかない。他人とのふれ合いが必要だし、いわゆる引き立て役がどうしたっているわけだ」

エルキュール・ポアロは溜め息をつき、シャフツベリイ・アヴェニューへと足をむけた。

その通りを横切り、レセスター・スクエアへ出かけて行って、映画でも観ながら時間をつぶさなければならないかな？　かすかに眉をひそめると、彼は首をふった。映画ときたら、あのプロットの退屈さにきまって腹が立ってしまう。ストーリーの起承転結にしても、まったくでたらめでお話にならない。一部の連中を夢中にさせている、あの撮影技術にしても、このエルキュール・ポアロにとっては、たいていは、真の姿からはまったく程遠いものしかあらわしていない、情景や物体の描写にすぎないように思われるのだ。

当節は、ありとあらゆるものが技巧的になりすぎているのだ、とポアロは断定した。彼が高く評価している、秩序や規律に対する愛情など、どこにもありはしない。精妙さに対する正当な評価など探して歩くほどに稀れである。あらあらしい光景や粗野な行為が流行となり、元警官であったポアロは残虐行為にはうんざりしていた。若いころには、ずいぶんひどい残忍な行為も見てきたものだ。それは例外ではなく、常態といってもいいくらいのものだった。彼はそうしたことに疲労を感じ、無知を見出していた。

「ほんとのところ――」ポアロは家路へときびすを返しながら反省してみた。「どうもわたしは、現代社会にはむいていないらしい。ほかの人たちが奴隷であるように、まあ、いくらか上等な意味で、このわたしも奴隷なのだ。彼らが仕事にあやつられているように、わたしも、自分の仕事の奴隷になってしまった。やっと暇な時間ができたとしても、その暇を埋めるてだてを知らないという始末だ。退職した銀行家はゴルフをやり、小商人は庭に球根を埋める。そしてわたしは食べることに専念する。けれど、ああ、またしても同じことのくり返しだ。人間は日に三度しか食事をとることができない。その間には空白があるばかりだ」

彼は新聞売子のそばを通りすぎ、そのビラをちらと眺めた。

それはポアロになんの関心も起こさせなかった。彼は、新聞にあった小さな記事をぼんやりと思い出した。べつに面白い殺人事件ではなかった。ある気の毒な婆さんが、二、三十ポンドの金のために頭をなぐられたのだ。なにもかも、味気ない粗野な暴力にみちたこのごろである。

ポアロは自分の部屋があるアパートの中庭へ入っていった。いつものように満足感が胸いっぱいにひろがってきた。彼は、自分の住まいが大変にご自慢なのだ。すばらしく均整のとれた建物。エレベーターが彼を四階に運んでくれる。非のうちどころのないクローム製の家具類と角ばったアームチェア、それにかちっとした長方形の装飾品。それらが広々とした豪華な彼のフラットにしつらえてあった。この部屋には、曲線を描いたものは何一つないといってもいいくらいだ。

鍵でドアを開け、正方形に仕切った白いロビーに入ると、召使いのジョージがものやわらかな足どりでポアロのほうへやって来た。

「お帰りなさいませ。旦那さまにお会いになりたいという、あの――紳士の方がお待ちですが」

ジョージはものなれた様子で、ポアロがオーバーをぬぐのを手伝った。

「ほんとうかね？」ポアロは、〝紳士の方〟という言葉の前に、ジョージがかすかに見せたためらいの色を見てとっていた。ジョージは、人を見る目が肥えているのだ。

「名前は？」

「スペンスさまとかおっしゃいましたが」

「スペンスね」その名前をきいても、しばらくのあいだ、ポアロはなにも思いあたらなかった。それでも会わないわけにはいかない。

自分の口髭を完全な型にととのえるために、しばらく鏡のまえにたたずんでから、ポアロは居間のドアを開けて中へ入って行った。大きな角ばったアームチェアの一つに身をしずめていたその男は立ち上がった。

「やあ、ムッシュー・ポアロ。私を覚えておいでですか、もうずいぶんになりますな、スペンス警視です」

「覚えておりますとも」ポアロはあたたかく握手した。そうだ、キルチェスター警察のスペンス警視だ。あれは非常に面白い事件だった……スペンスが言ったように、もうずいぶんまえの話だが……

ポアロはその客に、飲物を無理やりに押しつけた。グレナディン（ざくろのシロップ）は？　クレーム・ド・マント（ペパーミント入りのリキュール）は？　それともベネディクティン（ベネディクト会修道士によって作られたリキュール）

にしますか？　クレーム・ド・カカオ（カカオバニラ風味のリキュール）？

そのとき、ジョージがトレイの上にウイスキーの瓶とサイフォンをのせて入って来た。

「もしお好みならビールにいたしますが？」彼はお客にそうつぶやいた。

スペンス警視の大きなあから顔が明るくなった。

「ビールをいただこう」と彼は言った。

ポアロは、ジョージの隠された才能に、いまさらながら舌を巻いた。彼自身、このフラットにビールがあろうなどとは夢にも思わなかったのだ。おまけに、甘いリキュールよりもビールが好まれるなんてことは、ポアロにはとても理解できなかった。

スペンスが泡立つ大ジョッキにありつくと、ポアロは自分のために、緑色にかがやく小さなグラスにクレーム・ド・マントをそそいだ。

「あなたがわざわざ会いに来てくださるなんて、ほんとにすばらしいことです。まったくすばらしい。で、どこから——？」

「キルチェスターからですよ。あと六カ月ほどで私は退職します。ほんとは一年半前に退職しなければならなかったのですが、ひきとめられましてね、それでのびのびになってしまったのです」

「いや、それは賢明だった」感にたえたようにポアロは言った。「それは非常に賢明でしたよ」

「私がですか？　どうですか、とてもそうは思えませんが」

「いやいや、あなたは賢明ですよ。長いながい倦怠《アンニュイ》、とてもあなたにはおわかりになりますまい」とポアロが言い張った。

「ああ、それでしたら、私は、退職してもすることがたくさんあるのですよ。昨年、新しい家に引っ越したのです、ええ。ちょっとした庭があって、それがひどく荒れたままになっているのです。まだ、ちゃんとできない始末でしてね」

「なるほど、あなたは庭いじりがお好きなのですね。わたしもかつては田舎に引きこもって、かぼちゃでも作ろうかと決心したのですが、駄目でした。わたしにはそういう才能がありません」

「それでは、一度どうしても、昨年、家でできたかぼちゃを見ていただきたいものですな」スペンスは熱心に言った。「すごいですよ！　それに私の作ったバラ。私はバラに夢中でしてね、それで……」

彼はおしゃべりをやめた。

「そうだった、私がうかがったのは、こんな話をしに来たんじゃないのです」

「いや、あなたは昔なじみを訪ねて来てくださった――まったく親切な方です。お礼を言いますよ」

「ええと、どうもそんなことばかりではないので、その、ポアロさん。正直なところ、私はお願いがあるのです」

ポアロは気をくばりながらつぶやいた。

「お宅が抵当に入っているのじゃないですか？　それでお金が借りたいのだと——」

スペンスはおどろいたような声でさえぎった。

「とんでもない、お金のことではないのです！　そんなことじゃありませんよ」

ポアロは詫びるように両手を優雅に振ってみせた。

「これはこれは、大変に失礼しました」

「率直に申しますと——私がうかがいましたのは、その、たいへん厚かましいお話なのでして。それはもう、あなたにどんなにいやみをいわれて追い払われても、いたし方ないのですが」

「いや、いやみなどいいませんよ。まあ、おつづけになってください」とポアロ。

「マギンティ夫人事件のことなのです。たぶん新聞でご存じでしょうが」

ポアロは頭を振った。

「そう、べつに気にもとめませんでしたが。マギンティ夫人——家だか店の中だかにいた老婦人。彼女は死んだ。どんなふうに死んだか？」

　スペンスはじっとポアロの顔を見つめた。

「そうだ、思い出したぞ、こいつはおどろいた。どうしていままで気がつかなかったのだろう」

「なんですって？」

「いやなんでもない、ちょっとした遊戯ですよ。子供のゲームです。私たちが子供のときよくやったものです。一列に並んでね。質問したり答えたりして、その列を通るわけです。〝マギンティ夫人は死んだ！〟〝どんなふうに死んだ？〟〝あたしのようにひざついて〟すると次の質問があって、〝マギンティ夫人は死んだ〟〝どんなふうに死んだ？〟〝あたしのように手をのばして〟そこで私たちはひざをついて右手をこわばらせてぐっとのばすのです。ほら、これであなたもおわかりになったでしょ！〝マギンティ夫人は死んだ！〟〝どんなふうに死んだ？〟〝**こんなふうに**！〟ピシャッと手が鳴ると、列の先頭のものが、横むきに倒れます。すると、私たちはみんな、九柱戯《ナイン・ピンズ》のように、ばったりと倒れるのです！」スペンスはその回想に大きな笑い声をたてた。「昔に帰りましたよ、この歌の文句で！」

　ポアロはじっとおとなしく見守っていた。こうした瞬間には、この国で半生を送ったあとでも、ポアロには、どうもイギリス人というものがよくのみこめないのだった。彼自身だって、幼いころは隠れんぼをして遊んだことがある。しかし、その遊びについて話題にしようとは思わないし、わざわざ考えてみる気もしないのだ。

スペンスがやっと自分のたのしみから解放されたと見てとると、ポアロはかすかにうんざりしたという調子をこめて、くりかえした。「どういうふうに死んだのです？」

笑いの影が、ぬぐったようにスペンスの顔から消え去った。彼はハッと我に返った。

「なにか鋭くて重い器具で、後頭部を一撃されたのです。貯めていた三十ポンドほどの現金が、部屋中かきまわされたあげく盗まれていました。間借人以外には、夫人はひとりぼっちで小さな家に住んでいたのです。間借人の名はベントリイ、ジェイムズ・ベントリイというのです」

「なるほど、ベントリイね」

「その家には、押し入られた形跡がありませんでした。窓や鍵にも、いじられた様子はないのです。ベントリイは金に困っていました。失職中でしたし、その上、二カ月も間代がたまっていたのです。盗られた金は、家の裏手にある、ゆるんだ石の下に隠されていました。ベントリイの上着の袖に血と毛髪が付着していました——被害者と同じ血液型の血と、被害者の髪の毛でした。彼の最初の供述によりますと、彼は決して死体には近づかなかった——ですから、偶然そうなるわけはないのです」

「発見したのは誰です？」

「パン屋がパンを届けに来たのです。ちょうどその日は支払い日でした。ジェイムズ・ベントリイがドアを開け、自分がマギンティ夫人の寝室のドアをたたいてみたが、なんの応えもないとパン屋に言いました。パン屋は、夫人が身体の具合でも悪くなっているのじゃないかと口を出してみました。そこで、二人は隣家の婦人に一緒に様子を見てもらったのです。ところが寝室には、マギンティ夫人の姿はなく、ベッドの上にも眠っていた形跡がありませんでした。しかし、部屋の中はひっかきまわされ、床板はこじあけてあります。そこで、三人は客間を見に行こうと思いました。彼女はそこにいました。床に倒れていたのです。隣の婦人はひどく派手な金切り声をあげました。それから警察を呼んだのです」

「で、ベントリイが結局は捕えられ、公判に付されたのですね？」

「そうです。事件は巡回裁判にまわされました。それが昨日です。じつにあっさりしたものでした。陪審員は今朝、ほんの二十分の協議をしただけです。評決は有罪。死刑の宣告でした」

ポアロはうなずいた。

「で、評決が終わると、あなたはすぐ汽車に乗り、ロンドンにおいでになった。そして、わたしに会いに、まっすぐ来られたのですね、いったいなぜです？」

スペンス警視はビールのグラスに見入った。彼はグラスのふちにそっと、何回も何回も指を走らせた。

「それは」と、彼は口を切った。「彼がやったとは、どうしても私には思えなかったからです……」

第二章

　一瞬、二人のあいだに沈黙がひろがった。

「あなたはここへわたしに会いに――」

　そこまで言いかけて、ポアロは言葉を切った。

　スペンス警視は眼をあげた。彼の顔は、前にもまして紅潮していた。典型的な地方人の風貌だ。無表情で無口。それに、鋭いが、しかし正直そうな眼の色をしている。自分自身について、あるいは何が正で何が悪であるかについて疑い悩むことなどありそうにない、確固たる規範を持つ男の顔だった。

「私はながいあいだ、警察のめしを食ってきたのです。まあ、こういった事件にはいやというほどお目にかかってきました。この私にだって、ほかの連中に負けないくらい、人間を判断することができますよ。これまでにもずいぶん殺人事件を手がけてきましたからね。なかにはあっさり片が付く事件もありました——が手を焼くようなやつもありましたよ。そのなかの一つはあなたもご存じです、ポアロさん——」

ポアロはうなずいた。

「やっかいでしたな、あれは。あなたがいなかったら、私たちには見当もつきませんでしたからね。でも、はっきりと片が付きました。もうなにも疑わしいところはありません。あなたのご存じない事件についても同じです。ホイッスラーがそうです。奴は捕えられ、当然の報いを受けました。ガータマンじいさんを撃った男たちもいました。ヴェラルの砒素事件もあります。トランターは免れました。しかし、奴がやったことはたしかでした。コートランド夫人は運が良かった——その夫というのが卑劣で意地が悪かったものですから、陪審員がそれに同情して夫人を無罪にしたのです。これなんか公正とはいえませんな、ただの感傷というものですよ。あれこれと持ちあがってくることに眼をつぶってなきゃならんもんです。あるときは証拠が不充分なこともあり、あるときは感傷が左右することもある。またあるときは殺人犯がまんまと陪審員にそいつを信じこませてしまうことだってあります。ま、そんなことはめったにないことですが、起こりうることです。また、ときによっては弁護人にうまくしてやられることもありますし、検事がへまをすることもある。そうです、私はこんなことをずいぶん見てきましたよ。

ですがね――」

スペンスはずんぐりした人さし指を振りあげた。

「私の経験に照らしても、身に覚えのない無実の男が死刑にされたなんてことはありませんでした。そんなことは、ポアロさん、私はご免です」それから、スペンスはこうつけ加えた。「このイギリスで、そんなことがあってたまるものですか！」

ポアロはしげしげと警視を見つめた。

「で、あなたは、いまにもそうなるとお考えなのですな。しかし、また――」

スペンスはポアロをさえぎった。

「あなたがなにを言おうとしているか、私にはわかっています。なにもあなたがおたずねにならないでも私からお話ししますよ。私がこの事件を担当したのです。私は、この事件の証拠を手に入れなければなりませんでした。きわめて慎重に私はこの事件と取り組みました。そして手に入るかぎりの事実を握りました。その事実はすべて、一方向を指していました――一人の人間をです。あらゆる事実を握ると、私はそれを上司の手にゆだねました。それで、この事件の一切は私の手を離れたわけです。事件は公訴局長の管轄となり、彼はそれをとりあげ、起訴と決定したのです。もっとも、ほかにどうしようもなかったでしょうが――証拠の点を除いては。そして、ジェイムズ・ベントリイは逮捕され、裁判に付され、正規の審問を経て、有罪と認められたのです。彼らにしても、ほかには考えようもなかったでしょう——証拠の点を除いては。しかし、証拠こそ陪審員が重視しなければならないものです。彼らは、有罪の評決に、ひとりとして疑念を抱かなかったのじゃないでしょうか。そうですよ、みんな、ベントリイが有罪になったことに満足しきっていたのです」

「ところがあなたは——ちがうのですね？」

「そうです」

「またどうしてです？」

スペンス警視は大きく溜め息をついた。考えぶかげに、彼は大きな手で顎をさすった。

「私にもわからないのです。つまり、なんというか、理由が見つからないのです。はっきりとした具体的な理由がね。陪審員の眼には、まあ、ベントリイが殺人者に見えたのだと私は思います——ところが私にはそうは見えないのですよ——それに殺人者にかけては、陪審員よりは、私のほうがずっと多くを知ってますからね」

「そうでしょうとも、あなたはその道のエキスパートですから」

「たとえばですね、ベントリイには、殺人者につきものの、うぬぼれというものがないのです。うぬぼれが全然ありません。私の経験からすると、犯人というやつには、かならずうぬぼれがあるものなのです。いつも、自分に対してとてつもなくうぬぼれているのです。自分の思いどおりに人をあやつっているものと、思いこんでいる。たしかに、犯人というやつはあらゆることにぬけ目がありません。被告席につれこまれて、もうどうにもならないとわかっている場合でも、内心ぞくぞくして、無上の喜びを感じているものなのです。奴らときたら、脚光を浴び、主役のつもりなんですからね。ちょっとした、スター気取りですよ——ま、そんなことは生まれてはじめてでしょうが。とにかく、こういった連中はうぬぼれきっているんです！」

スペンスは、きっぱりとした口調でこう言いきった。

「私の言おうとすることはおわかりになると思いますが、ポアロさん」

「ええ、よくわかりました。で、そのジェイムズ・ベントリイは——つまりそういった連中とは感じがちがっていたのですね？」

「そうなんです。あの男は——そうですね、怯えきっているんですよ。はじめから完全に怯えきっている。ま、ある人たちの眼には、その態度が、彼の有罪を物語るようにうつったことでしょうが、私にはそうじゃなかったのです」

「そうですね、わたしもあなたの意見に賛成です。彼はどんな男なんです、そのジェイムズ・ベントリイは？」

「歳は三十三歳、中背で顔の色艶が悪く、眼鏡をかけていて――」

ポアロは、警視の矢つぎばやの言葉をさえぎった。

「いや、外見のことじゃありません、どんな性格なのです？」

「ああ、そうですか――」スペンス警視はよく考えてみた。「あまり印象の良くない男ですな。神経質そうな態度で。人の顔がまともに見られなくて、ずるそうに横のほうからのぞくようにうかがうのです。陪審員にとっては、これ以上の悪印象はないといった感じなんです。あるときはペコペコしているかと思うと、あるときはけんか腰になったりします。ただもうやたらにどなり散らす」

彼はここでちょっと言葉をきってから、さりげない口調にもどって言った。

「ほんとは内気な男でしてね。私にも、そんな感じのいとこがいましたよ。なにか困ったことになると、信じてもらえないことがわかりきっているような、ばかげた嘘をついたりするんですな」

「どうも、そのジェイムズ・ベントリイという男は、魅力のとぼしい人間のようですね」

「そうなんです。だれも、この男を好きになんかなりはしません。しかし、だからといって、この男が絞首刑になるのを黙って見ているわけにはいかないのです」

「で、彼が絞首刑になるものと、あなたは思っているのですね？」

「ならないほうが不思議ですよ。彼の弁護士は控訴するでしょう――しかし、そうだとしても、非常に脆弱な論拠に立ってです――要するに技術的にやるだけです。それではとても成功するチャンスがあるとは、私には思えない」

「その弁護士は優秀な人ですか？」

「若手のグレイブルックが貧民弁護規定によって、任に当たることになりました。この男は非常に良心的で、できるだけの弁護はしたと言ってもいいでしょう」

「それでは、被告は公平な裁判を受け、同胞である陪審員から有罪の評決を下されたわけですね」

「そのとおりです。ごくあたりまえの陪審員ですよ。内訳は七人の男性と五人の女性ですが、みんな良識のある人たちばかりです。判事は古手のスタニスデイルでした。公平無私な男で、偏見はありません」

「すると、この国の法に従えば、ジェイムズ・ベントリイにはなに一つ異議をさしはさむ余地がなさそうですが？」

「無実の罪で絞首刑にされるということになれば、異議をさしはさむ権利はありますよ！」

「まさにそのとおりですね」

「それにこの事件は、私が手がけたものなのです。事実をあつめ、調査したのもこの私です。そしてこの事件も、彼が有罪を評決されたのも、みんなこの私のあつめた事実にもとづいているのです。私にはどうも腑におちないのです、ポアロさん」

エルキュール・ポアロは、スペンス警視の上気した赤い顔を、ながいあいだじっと見つめていた。「よろしい《エ・ビアン》」とポアロは口をひらいた。「で、あなたのお話は？」

スペンスはひどくまごついているようだった。

「あなたでしたら、どうすればいいか、すばらしいお考えがあるかと思ったのです。ベントリイの裁判は終わりました。私はもうほかの事件を担当しているのです——横領事件なのですが。それで私は今夜、スコットランドに行かなければなりません。私は宮仕えの身でしてね」

「すると、このわたしは——？」

スペンスはちょっとバツの悪そうな顔をしてうなずいた。

「あなたは自由なおからだです。たいへん厚かましいとお思いでしょうけど、でも、私には、なに一つ思いつかないのです。当時、私はできるだけのことをやりました。また可能なかぎり調べてもみました。ところが、私にはなに一つつかむことができませんでちがうかもしれない。あなたは物事を――これはたいへん失礼な言いぐさですが――変わった見方をなさる。たぶん、この事件もそういうふうな見方で対処しなければいけないのでしょう。というのは、もしジェイムズ・ベントリイが夫人を殺害したのでなければ、誰かがやったことになるのですからね。夫人が、自分で自分の後頭部をなぐりつけるわけにはゆきません。あなたが私の見落としてしまったなにかを見つけてくださるでしょう。たしかにあなたはこの仕事をしなければならないなどといういわれはありません。私がこんなことを申しますのも、たいへん厚かましい話なのです。しかし、私がうかがいましたのは、ひとえにこのことのためなのです。でも、あなたにお力を貸してくださるお気持ちがなかったら――」

ポアロは警視をさえぎった。

「どうか、待ってください、わたしにはそれを手がける理由がちゃんとあるのです。わたしはひまです。時間がありあまっているのですよ。それに、あなたはわたしの気をうまく誘い出した、たいへんうまくね。それは挑戦ですよ――わたしのちいさな灰色の脳細胞へのね。しかも、わたしはあなたを尊敬しているのです。六カ月後に、バラの花を栽培しているあなたの姿がわたしの眼に見えるようだ――バラを育てながら、幸福であるはずなのに、あなたの気持ちは晴々としない。なぜなら、どんなことをしてもあなたの脳裏に不快なしこりが残り、追い払おうとしても、いまわしい記憶がよみがえってくる。ねえ、わたしはあなたにそんな思いをさせたくはないのです。それにこのことだけは——」ポアロは姿勢を正して椅子に坐りなおすと、力強くうなずいた。

「そうです、どうしてもゆるがせにできないことがあります。もしその男が無実なら、絞首刑にされるなど、許されないことですからね」ここで彼は言葉をきると、つけ加えた。「だが、結局のところは、その男が殺人を犯したのじゃないでしょうかね?」

「それが確信できるくらいなら、なにも言うことはないのです」

「二人の頭脳は一人に勝るといいますからね。さて、それでは話は決まりました。わたしはこの事件に全力で取り組みますよ。さ、時間を無駄にしているときではありません。事件のほとぼりも冷めかかっているくらいです。マギンティ夫人《ヴォワラ》が殺害された——いつです?」

「去年の十一月二十二日です」

「それでは、すぐ事件の細目を検討しましょう」

「あなたにお渡しするつもりで、私はこの事件のノートを持ってきているのです」

「それはよかった。いまのところ、アウトラインさえつかめればいいのです。かりにジェイムズ・ベントリイが夫人を殺したのでないとするなら、いったいやったのは誰でしょうね？」

スペンスは肩をすくめると、重々しく言った。

「私の見たところでは、該当するものは一人もいないのです」

「しかしそれでは答えになりませんね。よろしいですか、どんな殺人事件にもかならず動機があるものです。とすると、マギンティ夫人事件にはどんなものが動機になりますかな？　嫉妬、復讐、ねたみ、恐怖、金？　それではと、一番おしまいに出てきた単純な動機を取り上げてみましょうか？　夫人の死によって利益を得るものは誰なのです？」

「誰といって、たいしたことはありませんね。夫人は貯蓄銀行に二百ポンド預けておりましたが、彼女の姪がそれをもらうことになっています」

「二百ポンドじゃ、たいした金額ではありませんね。しかし場合によっては、それでも充分ということになる。では、その姪のことを考えてみましょう。まあ、あなたの足どりをまたたどることになるが、これは勘弁してください。あなたにしたって、こんなことはもうとっくに考えずみだということくらいはわたしにもわかっていますが、もう一度、わたしはあなたと一緒にあたってみる必要があるのです」

スペンスはその大きな頭をうなずかせた。

「ええ、むろん警察でも、その姪のことは頭に入れていたのです。彼女は三十八歳で既婚です。夫というのは建築と室内装飾をやっている会社に勤めております。ペンキ屋なのです。なかなかしっかりした性格で、ちゃんとした仕事もあり、切れる男です。馬鹿じゃありません。細君のほうは陽気な性質で、すこしおしゃべりですが、優しい気持で伯母を愛していたらしいのです。二人とも、差し迫って二百ポンドが必要だというわけじゃありません。もっとももらえばうれしかったでしょうがね」

「夫人の家はどうなるのです？　その二人がもらうのですか」

「あれは借家なのです。むろん借家規制法で、家主はあの老婦人を、追い出すわけにはいきませんでしたけどね。しかし、夫人が死亡したのですから、姪が引き継ぐわけにはいかないと思います——いずれにしろ、彼女も、その夫も、そんなものは欲しがってはいませんよ。夫妻は小さいが近代的な公営住宅を購入していて、それをとても自慢にしているんですからね」スペンスは溜め息をもらした。「私はその夫妻と非常に親しくなりました——二人は第一容疑者ですからね。しかし、なにも得るところはなかったのです」

「よろしい《ビアン》。ではと、当のマギンティ夫人について話しあってみましょう。夫人がどんな女性だったか話してください――外見上の特徴ばかりではなくね、どうぞ」

スペンスはにやりと笑って見せた。

「警察流の説明ではいけないのですな。よろしい、夫人は六十四歳。未亡人です。夫はキルチェスターにあるホッジスの反物売場に勤めていました。彼は七年ほど前に死んでいます。肺炎でした。それ以来マギンティ夫人は、その辺のいろいろな家を毎日まわっていました。家庭の雑用をやっていたんです。ブローディニーは、近ごろでは住宅地域になりましたが、小さな村です。退職者が一、二人、技術関係の仕事をしている共同経営者が一人、それから医者が一人、まあそんなところです。キルチェスター行きの乗り心地のいいバスと汽車の便があり、ご存じだと思いますが、大きな避暑地であるカレンキーは、わずか八マイル離れたところにあります。しかし、ブローディニーはいまだに美しく田園の趣があります――ドライマウスとキルチェスターの幹線道路から四分の一マイルしか離れていないところですが」

ポアロはうなずいた。

「マギンティ夫人の家というのは、もともとこの村を形づくっていた四軒のうちの一軒なのです。郵便局と村営店、そのほかは農業に従事している人たちの住まいです」

「で、夫人は間借人を置いていたんですね」

「そうです。夫が死ぬ前は、避暑客に貸していたのですが、夫の死後、決まった間借人を置くことにしたのです。ジェイムズ・ベントリイは、そこを借りて数ヵ月になっていました」

「さあいよいよジェイムズ・ベントリイの番ですね？」

「ベントリイの最後の仕事というのは、キルチェスターの不動産屋でした。その前は、母親とカレンキーに住んでいたのです。母親は病弱だったものですから、彼はその面倒をみるのであまり外へは出ませんでした。それから母親が死にました。そして年金も、母親の死亡でなくなってしまったのです。彼はちいさな家を売りはらい、仕事を見つけました。ひととおりの教育は受けたのですが、これといった資格も才能もない上に、私が言いましたように、無愛想な男なのです。で、容易に職も見つからなかったのですが、とにかく〈ブリーザー・アンド・スカットルズ〉という会社に就職しました。どちらかといえば、二流の会社ですね。彼がとりわけ有能で成功したとはとても思えませんな。経営者が社員の整理を断行したとき、彼もその一人に入りました。彼はほかに職を見つけることができなかったものですから、金はすぐなくなってしまったのです。部屋代は月決めで払うことになっていて、朝食と夕食の二食付きで週三ポンドでした——ま、過不足ないといったところですな。彼は二ヵ月も下宿料をためてしまっていて、やりくりがつかなくなっていました。これといってほかに仕事のあてはなかったし、夫人はやいのやいの催促していたのです」

「で、ベントリイは、夫人が家の中に三十ポンドおいてたのを知っていたのですね？なんだって夫人は三十ポンドも家にしまっておいたのでしょう、貯蓄銀行に彼女の口座があるというのに？」

「それはですね、夫人が政府というものを頭から信用していなかったからですよ。連中はあたしのお金を二百ポンドも取っちまったけど、もう決して取られたりするものかって、夫人は言ってたそうです。で、金を自分の手のとどくところに、彼女はいつもしまっておいたわけなのです。二、三の人にそう言っていたらしいのですが、ええ、寝室の床のゆるんだ板の下に隠しておいたのですね、すぐわかってしまうような場所ですな。ジェイムズ・ベントリイは、その隠し場所を知っていたことを認めましたよ」

「ずいぶん協力的なことですね。で、姪とその夫もそれを知っていたのですか」

「ええ、そうです」

「さてと、ここで最初の質問にもどることにしましょう。マギンティ夫人はどんなふうに死んだのです？」

「夫人が死んだのは十一月二十二日の夜のことです。警察医は午後七時から十時までを死亡時刻とみなしております。夫人は夕食をとりました――燻製ニシンとパンとマーガリンです。みんなの話によると、いつも六時半に彼女は夕食をとるそうです。もし、夫人が問題の夜もそのとおりにしたとすると、消化物の点から、彼女は八時半かあるいは九時に殺害されたことになります。ジェイムズ・ベントリイは、彼自身の話によると、その夜、七時十五分から九時ごろまで出歩いていたというのです。夕刻にはたいてい外出して、ほっつき歩いていたようですな。これも彼の口から聞いたのですが、ベントリイは九時ごろ帰宅したというのです（彼は鍵を持っているのです）。そして二階の自分の部屋へまっすぐ入ってしまいました。マギンティ夫人は避暑客用に、各寝室に洗面台を取りつけていました。ベントリイは三十分ばかり読書をし、それからベッドに入りました。彼はべつになんの物音も聞かず、なにも気がつかなかったそうです。翌朝、彼は階下へ降りて、台所を覗いてみましたが、中はからっぽで、朝食の支度をした形跡もありませんでした。ベントリイの話では、彼はちょっとためらってから、マギンティ夫人の部屋のドアをたたいてみたが、なんの応答もなかったというのです。

彼は、夫人が寝すごしているのにちがいないとは思ったものの、重ねてノックをする気にはなりませんでした。それからパン屋がやって来て、ジェイムズ・ベントリイはもう一度行ってノックしてみました。そのあと、さっきお話ししたように、パン屋は隣の家へ行き、エリオット夫人を連れてきました。そして彼女が死体を見つけ、気を失うことになったのです。マギンティ夫人は客間の床に倒れていました。彼女は非常に鋭い刃のついた肉切り包丁のようなもので、後頭部を一撃されていたのです。即死でした。たんすの引き出しはみんな引っぱり出され、中の物が散乱していました。寝室のゆるんだ床板はこじあけられ、現金がなくなっていました。家の窓は一つのこらず閉められていて、内部から鎧戸がおりていました。いじられた跡はなく、外部からこじあけた形跡もないのです」

「だから」とポアロが口を開いた。「ジェイムズ・ベントリイが夫人を殺害したか、あるいは彼女が、ベントリイの外出中に、自分で犯人を中に入れたということになるのですね？」

「そのとおりです。強盗、押しこみの仕業ではありません。では、いったい誰を彼女は中に入れたのでしょう？　近所のものか、姪か、それともその夫か、煎じつめればそうなります。われわれは近所の人たちは除外することにしました。姪とその夫は、その晩、映画を観に行っていました。もっとも――そうです、もっともどちらかが映画館から出て、誰にも見られないまま、三マイルを自転車でとばし、あの老婦人を殺してから金を外に隠す。そしてそっと映画館に戻ってくることも可能なわけです。私たちはその可能性も追及してみました。しかし確証は握れなかったのです。しかも、もしそうなら、なんだって金をマギンティ家の外へ隠したのでしょう？　あとでとりだすには困難な場所です。なんだって三マイルの道を帰る途中で、隠さなかったのでしょう？　あの隠し場所に金があった唯一の理由は——」

ポアロはその言葉をひきとって結論を言った。

「それはですね、その家に住んでいながら、しかもその金を自分の部屋にも、家の中にも隠しておきたくなかったからだ。つまり、ジェイムズ・ベントリイということになりますな」

「そうです、どうしてもベントリイに不利になってくるのです。で、決定的なことには、彼の袖口に血がついていたのです」

「それについて、彼はどう弁明したのです？」

「前日、肉屋の店の前を通ったときについたのを思い出したと言うのです。ばかもいい加減にしろです、動物の血なんかじゃありませんでした」

「で、その話を固守しているのですか？」

「そうでもないのです。裁判のときは、全然別のことを言っているのです。ポアロさん、袖口には髪の毛もついていました——血に染まった髪の毛です。それはマギンティ夫人の毛髪であることが証明されたのです。そうなったら、是が非でも言い逃れなければなりませんでした。彼はその晩、散歩から帰ってきたときに、その部屋に入ったことを認めたのです。彼は言いました、ノックをしたあとで、部屋に入ると、夫人を見つけました、床の上に死んでいたのです、と。彼はかがみこんでさわってみました。たしかめてみたかったのだと言うのです。そして頭がすっかり混乱してしまいました。彼はいつも血を見るとひどく怯えるたちなのだそうです。すっかり虚脱した状態のまま、自分の部屋に帰りました。気が遠くなりそうでした。朝になると、昨夜のことがまるで夢みたいで、とても信じる気にならなかったそうです」

「眉つばもいいところですね」とポアロが註釈をつけた。

「ええ、まったくです。しかもそれでいて」とスペンスは考え深げに言った。「どうも本当のようにも思えるのです。とてもあたりまえの人間には——陪審員には、といってもいいのですが、信じられるような話ではありません。しかし、私はベントリイのような人間を知っております。いや、私の言うのはすぐ虚脱状態になるような人間の話ではないので、つまり責任ある行動を要求される事態に直面すると、それに対処することすらできない人間のことなのですが。つまり、小心なのですな。彼は部屋に入っていって夫人を見つけた。なにか手を打つべきだ——警察を呼ぶとか、近所へ知らせに行くとか、それがなんであろうとちゃんとした行動をとるべきだということは、彼にもわかっているのです。彼はすっかり怖じ気づいてしまったのですね。で、ベントリイはこう思った、〝そんなことをおれが知っている必要はない。今夜ここへ入らなかったことにすればいいさ。ぜんぜん入らなかったことにして寝てしまおう……〟とね。むろん、恐怖からそう思いついたわけですな。つまり、自分が手がけたと疑われはしまいかという恐怖です。で、彼はできるだけ局外に身を置こうと思ったのです。こうしてあの馬鹿者は深みへはまりこんでいったのですよ――首のところまでね」

　スペンスは言葉を切った。

「そんなふうだったかもしれませんね」

「かもね」とポアロは考え深く言った。

「あるいはまた、彼の弁護士が考え出した話のとおりだったかもしれません。私にはわからないが。彼がいつも昼食に行くキルチェスターのカフェのウェイトレスは、ベントリイがいつも壁の見えるほうか隅にばかり席をとって、人の見えないテーブルを選んでいたと言っていました。彼はそんな人間なのです――まあ、ちょっとひねくれていて、かといって、殺人をしでかすほどひねくれてはいないのです。被害妄想みたいなところはありませんでしたが」

スペンスはすがりつくような眼差しで、ポアロを見つめた——しかしポアロは一言も答えなかった——彼は眉をひそめていた。

しばらくのあいだというもの、二人の男は黙りこくって坐っていた。

第三章

やがて吐息をもらすと、ポアロはふと我に返った。

「よろしい《エ・ビアン》」と、彼は口を開いた。「お金の動機については、わたしたちは検討をしつくしたようです。では、ほかの問題に移りましょう。マギンティ夫人には敵がありましたか？ 誰かを怖がっていなかったでしょうか」

「いや、その形跡はありません」

「近所の人たちはなんと言っているのですか？」

「あまり喋らないのですよ。どうも、警察には話したがらないのでしょう。しかし、なにか隠し事をしているとは思えないのです。夫人は、自分のことを表に出したがらないたちだったとみんな言っています。ま、それも充分うなずけるのですがね。あの村では、おわかりのことと思いますが、ポアロさん、おたがいにそう親密ではないのです。疎開者たちは、戦時中思い知らされましたからね。マギンティ夫人は、近所の人たちとも長年すごしてはきましたが、おたがいに親密ではなかったのです」

「どれくらいそこに住んでいました？」

「そうですね、十八年から二十年くらいだと思います」

「そのまえの四十年というのは？」

「夫人については、これといった秘密はないのです。ノース・デヴォンから来た農夫の娘でしてね。彼女とその夫は一時イルフラクームの近くに住んでいました。それからキルチェスターへ移って来たのです。二人は村の反対側に家を持っていましたが、そこがじめじめしていることがわかったので、ブローディニーに移りました。夫のほうは、ものの静かな品のいい男でした。ちょっと身体が弱くて——酒場なんぞへもあまり行かなかったようです。じつに品行方正で、後ろ暗いところなど、なに一つありませんでした」

「それなのに夫人は殺されたわけですね？」

「そうです、それなのに彼女は殺されたのです」

「姪は伯母に悪意をもっている人を知らないのですか？」

「ええ、知らないと言っているのです」

ポアロは、ちょっと怒った様子で鼻をこすった。

「じゃあ、マギンティ夫人がじつはマギンティ夫人でなかったとしたら、ずいぶん事が簡単になるわけですな。秘密を持つ女とでも言われるような、つまり過去を持っているような女でしたらね」

「さあ、それはだめですな」と、スペンスは頑強に言い張った。「彼女は紛れもなくマギンティ夫人そのものですよ。部屋を貸し、家庭の雑役に出ていくような女です。イギリスなら、どこでだってお目にかかれるような――」

「でも、その人たちが全部殺されるわけではありませんからね」

「それはそうですよ」

「じゃあなぜマギンティ夫人は殺されたのか？　はっきりした答えが出ていませんよ。いったい、なにが残ります？　はっきりしない摑みどころのない姪と、それよりももっとつかみどころのない他人。事実？　そう、わたしたちは事実を考えてみましょう。事実とはなにか？　年老いた掃除婦が殺され、小心で不器用な若い男が捕まって、殺人罪を着せられたことだけです。なぜ彼はつかまったのか？」

スペンスは食い入るように見つめた。

「不利な証拠があったからです。私がさっき申しましたように――」

「そうです、証拠があります。しかしスペンスさん、それは真実の証拠でしょうか、それとも仕組まれたものか？」

「仕組まれた？」

「そう、ジェイムズ・ベントリイが無実だということを前提とすると、二つの可能性がのこります。証拠は、彼に疑いを向けるためにわざとでっちあげられたものか、あるいは彼が単なる周囲の状況による不幸な犠牲者かですよ」

スペンスは考えこんだ。

「そうですね、あなたのお考えになっていることはよくわかります」

「事件が前者であるという証拠はなにもないわけですが、また、そうでないということを示すものもないのです。盗られた金が、すぐに見つかるような家の外に隠されていたのですよ。実際に彼の部屋に金が隠されていたのなら、警察だってもっと手数が省けていたでしょうに。殺人は、ベントリイがそれまでもときどきやっていたように、一人で散歩に出たすきに行なわれたのです。血痕は、彼が裁判のとき陳述したようなことで彼の袖につく結果となったものか、それとも、これもまた何者かに仕組まれたことなのか？　誰かが暗闇の中で彼とすれちがいざま、その袖口に雄弁な証拠をなすりつけたものだろうか？」

「それはちょっと、考えすぎのような気がしますね、ポアロさん」

「そう、たぶんね。しかし先の先まで考えておかなければなりませんよ。この事件では、想像力のおよぶかぎり、深く読む必要があるとわたしは思うのです。というのはね、スペンスさん、もしマギンティ夫人があたりまえの掃除婦にすぎなかったのだとしたら、その殺人者こそは、異常な性格の持主にちがいないからです。そうです、あきらかにそういうことになる。つまり、この事件に横たわっている興味は殺人者にかかっているので、被害者にあるのではない。これは、ありきたりの犯罪ではないのです。一般的にいって、事件の核心は、被害者の性格に負うものです。いつもわたしはその黙りこくっている死者に興味を感じます。被害者の憎悪、愛、行為。こうして殺害された被害者のことを真に知りつくしたときに、その犠牲者ははじめて口を開くのです、死者の唇は一つの名前を告げるのです――わたしたちが知りたいと願っている、その名前を」

スペンスはいささか居心地が悪いようだった。

〝外国人というやつは！〟と自分に言っているようだった。

「ところがこれは――」ポアロはつづけた。「それとはまったく正反対の事件なのです。わたしたちはまだ隠されている性格を推しはかっているのです――暗闇の中にまだひそんでいる一つのおぼろげな姿。どうしてマギンティ夫人は死んだか？　なぜ死んだか？　その解答は、マギンティ夫人の生活を解剖することによって見つけられる種類のものではありません。その答えは、殺人者の性格のうちに見出されるべきものなのですよ。いかがです、わたしのこの意見は？」

「私もそう思いますよ」スペンス警視は用心深く答えた。

「なにものかが望んでいたのだ――なにを？　マギンティ夫人を亡きものにすることか？　それともジェイムズ・ベントリイを葬り去ることか？」

警視は疑わしげに、「ふむ！」と言った。

「そう、そうだ、それがまず最初に決めてかからねばならない問題ですな。本当の犠牲者は誰か？　誰が犠牲者にされるはずだったのか？」

スペンスは疑り深げにたずねた。

「ある人間を殺人罪で葬り去るために、なにものかがまったく害にもならない老女を片づけたのだと、あなたはほんとに思っているのですか？」

「卵を割らなければオムレツが作れないと、よく言うではありませんか。マギンティ夫人が卵だとすると、ジェイムズ・ベントリイはオムレツなのです。さあ、ジェイムズ・ベントリイについて、あなたの知っていることを聞かせてください」

「たいしては知らないのです。父親は医者でした。ベントリイが九歳のときに死んでいます。彼はあまり大きくない私立中学校へ行きました。兵役は不合格、ひ弱な胸のために戦時中はどこかの役所に勤労動員で、独占欲の強い母親と住んでいました」

「なるほど」とポアロが口を入れた。「たしかに可能性がある……マギンティ夫人の私生活にあらわれている以上のものがね」

「あなたは自分の言ってらっしゃることを、真面目に信じているんですか？」

「いや、いままでのところなにも信じていません。しかし、探索の仕方には、二つのはっきり異なった方法があって、どっちをとるのが正しいか、即刻、わたしたちは決めなければならないのです」

「いったい、どうするとおっしゃるのです、ポアロさん？　なにか私にできることがありますか」

「第一に、ジェイムズ・ベントリイにぜひ会ってみたいのです」

「お安いご用です。ベントリイの弁護士に連絡をとってみます」

「そのあとで、むろん、その結果次第ですが――わたしはあまり希望を持っておりませんがね――その面会でなにかわかれば、ブローディニーへ行ってみましょう。そこで、あなたのノートの助けを借りながら大急ぎで、以前あなたがたどったところを、わたしもあたってみることにしますよ」

「私が見落としているといけませんからね」とスペンスは皮肉まじりの笑顔を見せなが

ら言った。

「いや、なかにはあなたの受けた印象とはちがった印象を受けるものも出てくるといったほうがいいですね。とかく人間の反応というやつは変わりやすいし、経験にしたってそうです。ある金持ちの金融業者が、かつてリエージュでわたしが知っていた石鹼製造業者とそっくりだったので、話がとてもうまく行ったことがありましたよ。ま、それはそれとして、わたしのしたいことは、いま指摘したような手がかりとなるものを消去していくことです。ま、マギンティ夫人の手がかり――つまり第一の手がかりを消去するほうが、第二の手がかりを探索するよりあきらかに簡単で、かつ手っ取り早いでしょう。さてと、ブローディニーだと、泊まるのにはどこがいいですか？　適当な宿がありますかな」

「〈スリー・ダックス〉というのがありますが――そこは泊めないでしょう。三マイル離れたところに〈ラム・イン・カラヴォン〉というのがあります――ほかに、ブローディニーにも高級下宿《ゲスト・ハウス》のようなところもありますが。ほんとは、ゲスト・ハウスというよりは、所有者の若夫婦がお金を払ってくれるお客を泊める、古びた別荘ですがね、どうも私には居心地がいいとは思えませんな」と、スペンスがあやふやな口調で言った。

エルキュール・ポアロはにがり切って眼を閉じた。

「苦しみよ、苦しみよ、それがさだめか」

「どういう身分を装って行かれるのかわかりませんが」ポアロに眼をむけながらスペンスが疑わしそうに言った。「オペラ歌手としていらっしゃるといいですな。声が弱って休養にやって来た。それがいいんじゃありませんか」

「いや、わたくしは」王族のような口調でエルキュール・ポアロは言った。「わたくし自身としてまいります」

スペンスは唇をすぼめて、この宣言を受けとった。

「それが得策だとお考えなのですか？」

「そこが肝心なのですよ！　そうですとも、あなた、考えてもごらんなさい、いまや、わたしたちは事態に直面しているのですよ。いったい、わたしたちは何を知っています？　何一つ知りません。だからこそ、何もかも知りつくしているような顔をして出かけるのがいちばんいいのです。わがはいはエルキュール・ポアロである。わがはいは偉大な名探偵である。このエルキュール・ポアロはマギンティ夫人事件の評決に大不満だ。事件の真相にするどい疑惑の眼を光らせているのだぞ。つまり、わたしが知っているという趣向です。どうです？」

「で？」

「わたしはそういう印象を与えておいて、じっくり反応があらわれてくるのを観察するのです。かならず反応があらわれますからね。きっとはっきりした手応えがでてきますよ」

スペンス警視はいかにも心配そうにこの小男をながめた。

「ねえポアロさん、あまり無茶な真似をなさらないでくださいよ。あなたの身に、もしものことがあったら困りますからね」

「しかし、そうなれば、単なる疑惑でないということがはっきりするではありませんか」

「とてもそんな犠牲を払ってまでたしかめたくはありませんよ」とスペンス警視が言った。

第四章

うんざりしきった表情で、エルキュール・ポアロは自分の立っている部屋をながめまわした。その部屋の外観は優美な調和をつくっているというものの、それだけのものだった。ポアロは書棚の上に疑わしげな指先を走らせながら、大仰にしかめ面をしてみせた。思ったとおりじゃないか、ほら、埃《ほこり》だらけだ！　彼はそろそろとソファーに腰をおろしてみた。すると、その壊れたスプリングが、腰の下で押さえつけられたまたわんでしまった。二脚の色あせたアームチェアのほうがまだましのようだ。まあまあ使いものになりそうな四番目の椅子には、獰猛な顔つきの疥癬《かいせん》を患っていそうな大きな犬が坐りこんでいて、その犬がいまにもうなり出しそうにポアロには思えた。

部屋は大きく、色あせたモリスの壁紙が張ってあった。あまりパッとしない金属製の彫版が、一、二点のまあどうにか見られる油絵と一緒に、ゆがんだまま壁にぶらさがっている。椅子のカヴァーは両方とも色があせてしまって、汚れており、絨毯ときたらいくつも穴があいているうえに、心地のよいデザインとは申しかねる代物だった。雑多ながらくたがたくさん、そこここにでたらめに散らばっている。テーブルはキャスターがないので、危うくぐらついている。窓の一つは開けっぱなしで、いかなる力をもってしても、二度とは閉まらないように思われた。ドアは一時的に閉まっても、そのままになっているようには思えない。かけ金がはまらず、一陣の風が吹いてくると、勢いよくパッと開いて、冷たいつむじ風が部屋の中をうずまくのである。

「これはやりきれないな」自分がいかにもかわいそうで、思わずそうつぶやいた。「ああ、まったくやりきれん」

ドアがパッと勢いよく開くと、風と一緒にミセス・サマーヘイズがとびこんできた。彼女は部屋を見まわすと、遠くの誰かに、「なあに？」と一声叫んで、また出て行ってしまった。

ミセス・サマーヘイズは赤髪で、ちょっと魅力的なそばかすのある顔をしていた。そして、始終ものをどこかに置き忘れたり、そうかと思うとそれを探し回ったり、まるで取り乱したようにそわそわとしていた。

エルキュール・ポアロは椅子から跳び立つと、ドアを閉めた。

ほんのしばらくするとまたドアが開き、ミセス・サマーヘイズがあらわれた。こんどは大きなホーローのボウルとナイフを持っていた。

遠くのほうで男の声がした。

「モーリン、あの猫がまた病気になったんだよお、どうしたらいい？」

ミセス・サマーヘイズもどなり返した。「いま行くわよ、そのままにしておいて」

彼女はボウルとナイフをおっことすと、また出て行ってしまった。

ポアロはまた立ちあがり、ドアを閉めた。

「いよいよもって、やりきれんことになった」

車が横づけになった。と、大きな犬が椅子からとびあがって、だんだんと高く吠えはじめた。犬が窓際の小さいテーブルにとびうつると、テーブルはグシャとつぶれてしまった。

「もういよいよがまんがならん《セ・アンシュポルターブル》」とポアロ。

ドアがまたバタンと開き、風は部屋の中をうずまいた。犬は外に走り出て、まだ吠えつづけている。モーリンの声が大きく、はっきりと聞こえてきた。

「ジョニイ、なんだって裏口の戸を開けっぱなしにしておくのよ！　あのいやらしい雌鶏たちが食料品室に入りこんでるじゃない」

「これでわたしは週に七ギニイも払うのかね！」ポアロは感にたえたようにつぶやいた。ドアがガチャンと閉まった。窓から、けたたましく鳴いている雌鶏の声が聞こえてきた。

と、またまたドアが開き、モーリン・サマーヘイズが入ってきて、ボウルを見つけるとうれしそうに声をはりあげた。

「まあここにありましたのね。あの、ミスタ、ええと、こちらでお豆の皮をむいたりしたらお気持ちが悪くなりますわね。台所の匂いって、ほんとうに我慢がなりませんもの」

「いやマダム、わたしはうっとりしているくらいですよ」

その言葉はたぶん正確ではなかったかもしれないが、それに近い気持ちだった。なにしろポアロが六秒以上つづけて会話をする機会にめぐまれたのは、この二十四時間のうちで、これがはじめてだったのだから。

ミセス・サマーヘイズは椅子の上に身を投げ出すようにして坐ると、熱狂的な勢いと、驚くべき拙劣な手つきで豆をむきはじめた。

「ほんとに」と彼女は言った。「お客さまのお気に召しますといいんですけど。なにか変えてほしいことがありましたら、どうかおっしゃってくださいな」

ポアロはすでに、このロング・メドウズで我慢できるものといったら、この女主人以外ないという結論に達していた。

「あなたはたいへん親切な方ですよ、マダム」と彼は礼儀正しく答えた。「ただ、わたしは適当なお手伝いさんを、わたしの力でお世話できたらと思っているのです」

「まあお手伝いさんですって！」ミセス・サマーヘイズはきんきん声をはりあげた。「ほんとに助かりますわ。通いの人さえ見つからないんですのよ。とても役に立つお手伝いさんが殺されてしまって、ほんとに運が悪いんですの」

「マギンティ夫人のことじゃありませんか？」とポアロがせきこんで言った。

「ええ、マギンティさんなんですの。ああ、あの人がいなくなっちゃって！　そりゃあ、あのときときたら、大騒ぎでしたわ。なんといっても、内輪のものがはじめて殺されたんですもの。あたし、ジョニイにも言ったんですけど、まったくあたしたちにしてみればほんとに運が悪いんですよ。マギンティがいないと、あたし、どうしていいのかわからないんですもの」

「あなたは彼女が気に入っていたのですか？」

「ええ、頼りになる人なんですの。あの人は月曜の午後と木曜の朝に通ってきました。まるで時計のようにきちんとね。いまは、駅のそばからやってくるバープのおかみさんを使っているんですけど、ご亭主と子供が五人もいるんですの。ですから、ずっとここで働いてもらえないんですよ。やれ旦那さんの具合が悪いとか、おかあさんか子供がひどい病気だとかなんだとか言いましてね、少なくともあのマギンティなら、身体の調子が悪くなるたって、あの人だけですものね。それに、あの人は風邪ひとつひかなかったと言ってもいいくらいですわ」

「じゃ、彼女はいつもたのもしくて、正直だったのですね？　あなたはマギンティを信用してたのでしょう？」

「ええもう、あの人だったら安心でしたわ、料理をまかせても。ま、すこしぐらいこそこそ嗅ぎまわったでしょうけれど。人の手紙ぐらい盗み見はしたでしょうね。でも、そんなことは仕方がございませんわ。ああいう人たちの生活って、とても退屈なものですもの、そうじゃございません？」

「マギンティ夫人の生活は単調だったのですか？」

「そりゃあもう、お話にならないくらいだったと思いますわ、一日じゅう四つんばいで拭き掃除、おまけに、朝来てみれば人さまの、山と積みかさなった洗い物がながしの上で待っているんですもの。かりにあたしがそんな毎日と顔をつき合わせていなければならないとしたら、いっそのこと殺されたほうがどんなに楽かわかりませんわ、そうですとも」

サマーヘイズ少佐の顔が窓のところにあらわれた。ミセス・サマーヘイズはとびあがって、豆をひっくりかえすと、いっぱいに開きっぱなしになっていた窓のところへとんで行った。

「あのしょうがない犬が、また鶏の餌を食べちゃったんだ、モーリン」

「まあいやになっちゃうわねえ、きっと病気になるわよ！」

「どうだい」ジョン・サマーヘイズはボウルにいっぱいに入っている葉物を示した。「ホウレン草はこのぐらいあればいいだろう？」

「あら、だめよ」

「ずいぶんあると思うがな」

「お料理したら、茶さじ一杯分ぐらいにしかならないわよ。ホウレン草がどうなるかってこと、あなたはまだわからないの？」

「やれやれ！」

「お魚はきた？」

「まだその気配はないな」

「そうだわ、なにか缶詰をあけなければいけないわね。あなた、やってちょうだいよ、ジョニイ。食器棚の隅に一つあったわ。ちょっと膨れてたけど、まだ大丈夫だと思うわ」

「ホウレン草はどうするね？」

「あたしがやるわ」

彼女は窓をとびこすと、夫婦は一緒に行ってしまった。

「なんということだ《ノム・ダン・ノム・ダン・ノム》」とエルキュール・ポアロはつぶやいた。彼は部屋を横切ると、できるかぎり窓を閉めた。サマーヘイズ少佐の声が、風に乗って彼の耳に聞こえてきた。

「あの新しい客をどうする、モーリン？　あいつ、ちょっと変わっているね。もう一度、あいつの名前を言っておくれよ」

「いま、話はしてたんだけど、なんていったかしら、ええと、たしかポアロ、そうだわ、フランス人なのよ」

「へえー、ぼくはその名前をどこかで見たような気がするよ」

「きっと家庭用パーマよ、美容師みたいですもの」

ポアロはたじろいだ。

「いやちがうな、きっとピクルスの名前だよ。なにかわからんが、よく見かけるやつさ。早目に最初の七ギニイをとりあげといたほうがいいよ」

声がとだえた。

エルキュール・ポアロは、床一面にこぼれている豆を拾いあつめた。それがようやく片づいたとたんに、ミセス・サマーヘイズがまたドアから入ってきた。

彼は豆を彼女のほうへうやうやしく差しだした。

「どうぞ、マダム」

「あら、どうもすみません。このお豆、すこし黒く見えますでしょ。壺の中に入れて塩漬けにしてますの。でも、ちょっと悪くなったみたいですわね、だめかしら」

「そうですね、ちょっと古いようですが……あの、ドアを閉めてもよろしいですね、どうも隙間風が入ってきますのでね」

「まあ、どうぞ。あたし、いつもドアを開けっぱなしにして行くんじゃないかと思って」

「そうなのですよ」

「このドアときたら、ちゃんと、閉まりませんのよ。この家も、もうとっくにガタがきていますのよ。ジョニイの両親がここに住んでいましたの。でも、かわいそうに、あまり楽じゃなかったものですから、手入れもできなかったんですわ。それからあたしたち、ここに住みにインドから帰ってきてみると、もうどうしようもなくなっていたんですの。

夏休みの子供たちにとってはこの家も愉しかったでしょうけれどね、たくさんのお部屋を走りまわれるし、お庭もあるし。あたしたちにはちょっとショックでしたけど、ここをお客さまにお貸しして、どうにか維持することができるようになりましたの」

「いまのところ、お客はわたしだけですか？」

「お二階に、お年寄りの婦人がいらっしゃいますわ。いらしたときから、ずっと床に就きっきりですのよ。この方についてはなにもわからないんですの。でも、いらっしゃることだけはたしかですわ。あたし、日に四回もお食事を運んでまいりますの。食欲には異常がありませんのよ。なんですか、明日、姪ごさんのところかなにかへいらっしゃるんですって」

ミセス・サマーヘイズは、そこでちょっと黙ってから、作り声を出して言った。

「もう魚屋が来るころですわ、あの——一週間分の宿泊料がお願いできるかと存じまして、一週間、ご滞在でございましたわね」

「いや、もっと長くなるでしょう」

「まことに申し訳ございませんが、現金の持ち合わせがないものですから、それにここの商人ときたら、とても支払いがうるさいんですの」

「そんなご心配なんかご無用ですよ、マダム」

ポアロは一ポンド紙幣を七枚とりだすと、それに七シリングそえた。ミセス・サマーヘイズはあわててそのお金をかき集めた。

「どうもありがとうございます」

「自己紹介をさせていただかなければなりませんね、マダム、わたしはエルキュール・ポアロです」

せっかく名乗りをあげてみたのだが、このミセス・サマーヘイズにはなんの動揺も与えなかった。

「まあ、すてきなお名前ですのね」と彼女は親切そうに言った。「ギリシャの方ですの？」

「ご存じかもしれないが、わたしは探偵です」彼は胸をたたいてみせた。「たぶん、もっとも高名な探偵のはずです」

ミセス・サマーヘイズは、おかしくてたまらないといった金切り声をはりあげた。

「お客さまはほんとに面白い方ですのね、ムッシュウ・ポアロ。いったいなにを探偵なさいますの？　煙草の灰ですの？　それとも足跡？」

「わたしはマギンティ夫人殺人事件の調査をしているのです」とポアロが言った。「冗談ではありません」

「ああ痛っ！」ミセス・サマーヘイズが言った。「あたし、指を切ったことがありますの」

彼女は指を一本立てると、詳しく調べてみせた。

それからポアロの顔を穴のあくほどながめた。「あなたのおっしゃることは、これとおなじですわ。もうその事件なんか、すっかり解決してしまったんですもの。警察は、マギンティ夫人の家に間借りしていた、あの間抜けな男を捕えました。裁判にかけられ、有罪に決まりましたのよ。きっと、もう絞首刑になったかもしれませんわ」

「いいえ、マダム」とポアロは言った。「まだ死刑にはなっていませんよ——まだね。だから過ぎ去ったことではないのです——あのマギンティ夫人の事件は。あなたがたが、よく口にする詩の一節を思い出していただきたいのです。〝問題は、問題があるかぎり、問題だ〟とね」

「あらあら」ミセス・サマーヘイズは、注意をポアロから、自分のひざにあるボウルにうつした。「あたし、お豆のことが心配ですわ。お昼には使えませんわね。熱湯に通せば、大丈夫でしょうけど。煮てしまえば、なんだって平気ですわね、缶詰だってそうですもの」

「わたしは」と、エルキュール・ポアロは静かに言った。「お昼は結構です」

第五章

「ほんとに、あたし知らないんですよ」とミセス・バーチが言った。

もう三度もおなじことをくり返しているのだ。毛皮の裏つきの大きなコートを着て、黒い口髭をはやした外国人らしい顔つきの紳士に対する彼女の不信の念は、容易なことでは消えてなくなりそうもなかった。

「ほんとにいやな目にあいましたよ」と彼女はつづけた。「かわいそうな伯母ちゃんは殺されてしまうし、お巡りさんは来るし、なにやかやとね。あちこちうろつきまわられて、ひっかきまわされるし、いろいろ訊かれるんですもの。近所の人ときたらみんな大騒ぎでしたよ。はじめのうちは、こんどのことを乗り越えられるとはあたしたち思っていませんでしたけどね。主人のお母さんというのがね、とても意地悪なんですの。こんなことはあたしの身内じゃ起こったためしはないんだよって、言いつづけるんですもの。

それも〝かわいそうなジョー〟の一点ばり。かわいそうなのは、このあたしのほうですわ。あの人はあたしの伯母でしょ？　でも、みんな過ぎ去ったことだと、あたし、そう思っていますの」

「で、あのジェイムズ・ベントリイは無実だとはお思いになりませんか？」

「まあばかばかしい」ミセス・バーチはぴしりと言った。「むろん、有罪ですわ。あの男が全部やったことよ。あの男の様子ときたら、ぜんぜん好感がもてませんでしたわ。あの男いつも独り言みたいに、うわ言ばかり言ってるんですもの。あたし、伯母ちゃんに言ってやったことがあるの、〝この家に、あんな男、おいといちゃいけないわ。気がふれそうな男じゃない〟って。でも伯母ちゃん、あのひとはとても静かで親切で、面倒なことなんか起こさないからって言っていましたの。お酒は飲まないし、煙草も吸わないって言ってたわ。そうよ、いまになってやっとわかったでしょう、気の毒に」

ポアロは考え深げに彼女を見つめた。彼女は健康色にみちあふれ、ユーモアのきいた喋り方をする、大柄で肥った女だった。小さな家はこざっぱりと清潔で、家具の磨き油などの匂いがしていた。かすかに食欲をそそる香りが台所のほうからただよってくる。

家庭を清潔に保ち、ご亭主のために料理の労をいとわぬ良妻だと、彼は見てとった。たしかに彼女は偏見をもっていて、強情なところはあるが、それがあながち欠点だとばかりは言えないではないか。はっきり言えることは、自分の伯母に肉切り包丁を振るったり、夫がそうするのを見て見ぬふりをしそうだと、人に思わせるようなたちの女ではないということだ。スペンスは、彼女のことをそういう女だとは考えなかった。そして、いささか不本意ながら、エルキュール・ポアロも、警視に同意せざるを得なかった。スペンスはバーチ家の経済的な背景にまで探りを入れ、殺人に関するなんの動機もないということがわかった。スペンスという男は、なんでもとことんまでやる男なのだ。

ポアロは溜め息をついた。そして、なんとかねばりながら、外国人に対するミセス・バーチの疑惑をくずしていった。彼は殺人以外から話の糸口をつけて、被害者の身の上に焦点を合わせていった。ポアロは〝かわいそうな伯母ちゃん〟についていろいろな質問をした。彼女の健康、習慣、飲食物の嗜好、政見、亡くなったご主人、それに、人生、セックス、罪、宗教、子供、動物に対する態度など。

こういう一見無関係のことがいずれ役に立つかどうか、彼にはなんの考えもなかった。彼は干し草の山の中から一本の針を探し出そうというのだ。だが、ついでにこのベッシイ・バーチについてもなにごとかを学んだのだ。

自分の伯母について、ベッシイは、たしかにあまりたくさんのことを知らなかった。血のつながりといったようなものはあった。敬意も表わしていた。しかし親密さはなかった。ときどき、まあ月に一度ぐらいは、彼女とジョーは伯母と日曜日の午餐をともにしたり、ほんのたまには、伯母も二人に会いにやって来た。クリスマスにはプレゼントを交換しあったりもした。二人は、伯母が小金を貯めこんでいることも、そして死んだら自分たちの手に入ることも知っていた。

「でも、なにもそれが必要だったというわけではないのよ」とミセス・バーチは紅潮した面持ちで説明した。「あたしたちだって、すこしぐらいのお金ならありますもの。伯母のお葬式だって、あたしたちがちゃんとやったんですよ。とても立派なお葬式でしたわ。お花やいろいろなものを飾って」

うちの伯母ちゃん、編物が好きだったのよ。犬は駄目。散らかしたり汚したりするからなの。でも、猫は飼っていたわ、赤毛の猫。それがどこかへ行ってしまってからは、一匹もいなかったけど、郵便局の女の人が伯母ちゃんに仔猫をあげようとしたの。伯母ちゃんは、家の中はチリ一つないくらいきれいにしていたし、散らかったものが大嫌いだったわ。真鍮類をぴかぴかにして、毎日お台所の床を洗い流していたの。外に働きに出ていたけど、お金にはなりましたのよ。一時間で一シリング十ペンスですもの、それに二シリングはホームリー（会社を経営しているカーペンターさんのご自宅）から入るの。カーペンターさんのところはたいへんなお金持ち。週にもっとたくさん通って来てくれないかと、うちの伯母ちゃん、カーペンターさんに言われたんですけど、まえまえから通っている家があったし、そこの奥さんに悪いからといって断わったのよ」

ポアロは、ロング・メドウズのミセス・サマーヘイズに話を向けてみた。

「そうそう、伯母ちゃん、そこの家へも通っていたわ――週に二日ね。あの夫婦は、現地人の使用人がたくさんいるインドから引き揚げてきたんでしょ、だからミセス・サマーヘイズは、家のことはなにも知らないんですよ。あの人たち、市場向けの野菜園を始めようとしたの、でも、菜園だって全然はじめてなんですよ。学校のお休みに子供たちが帰ってくると、家の中ときたらそりゃあ大変な騒ぎ。でも、ミセス・サマーヘイズはとてもいい人ですわ。伯母ちゃんは彼女が好きでした」

ポアロの心の中に、マギンティの姿がだんだんはっきりと形づくられてきた。マギンティ夫人が編物をしたり、床をゴシゴシ洗ったり、真鍮を磨いたり。猫が好きで犬が嫌い。子供は好きだったが、大好きというほどではない。あまり交際好きの女ではなかった。

日曜には教会に出席したが、教会活動にはなんの役割ももっていなかった。ときたま、それもごくたまにだが、映画を観に行った。彼女は我慢することができなかった――通っている家の画家の夫妻が正式に結婚してないことがわかると、さっさとやめてしまった。本は読まなかったけど、新聞の日曜版は楽しんでいたし、仕事先の奥さんたちがくれる古雑誌は好きだった。映画にはあまり行かなかったが、映画スターのゴシップを喜んで聞いた。政治には関心がなかったが、自分の死んだご亭主がいつもしていたように、彼女も保守党に投票していた。服にはお金をかけたことはなかったが、奥さん連中からのもらいものがたくさんあって、きちんとそれをしまいこんでいた。

マギンティ夫人は、ポアロの予想とおどろくほどぴったりしていた。そして姪のベッシイ・バーチは、スペンス警視のノートどおりのベッシイ・バーチだった。

ポアロが帰ろうとしていたら、夫のジョー・バーチが昼食を食べにもどって来た。小柄な、いかにも抜け目のなさそうな男で、細君よりは扱いにくそうだった。それに、ちょっと神経質な物腰だ。しかし、細君ほど疑惑と敵意を顔には出さなかった。いやむしろ、なかなか協力的な態度を見せたがっているくらいだ。だがポアロには、それがちょっと板についていないように感じられた。なんのために、このしつこい外国人にお愛想を使わなければならないというのだ？　その理由はただ、この外国人が州警察のスペンス警視からの紹介状を持参してきたからじゃないか。

では、このジョー・バーチは警察によく思われたがっているのか？　それで細君のようには、警察に対して批評がましいことが言えないのか？

きっとどこかにやましいところがあるのだ。では、なぜやましいのだ？　それにはいろいろと理由があるにちがいない――マギンティ夫人の死とはなんの関連もない理由が。それとも映画館のアリバイはなんとかして巧妙にでっちあげたもので、家のドアをノックし、伯母さんに中に入れてもらうと、露ほども疑わぬ老婦人を打ち倒した男が、このジョー・バーチなのか。いかにも泥棒の仕業と見せかけるために、たんすの引き出しを開け、部屋中をひっかきまわす。それから、ジェイムズ・ベントリイに濡れ衣を着せるために、狡猾にも家の外へ金を隠したのかもしれない。銀行に預金してある金が、彼の狙っているものなのだ。妻に入ってくるはずの二百ポンドという金は、なにか人知れぬ理由で、彼がひどく必要とする金だった。そうだ、凶器がまだ発見されていなかったとポアロは思い出した。どうして現場にそれを残しておかなかったのか？　どんなばかだって、手袋をはめるか指紋を消すぐらいのことは充分承知のはずだ。鋭い刃で、ずっしりと重いはずのその凶器は、なぜ持ちさられたのか？　それがバーチの家のものだと一目でわかるものだったからなのか？　きれいに血を洗い落としたその凶器が、現在この家の中にあるのだろうか？　なにか肉切り包丁のようなものだと警察医は言っていた――しかし、どうも肉切り包丁のようには思われないな。なにかあまり見かけないもの――どこにでもあるといった代物じゃなくて、すぐ見分けられるもの。警察は躍起になって探したが、とうとう見つからなかった。森の中や、池までさらって探したのだ。マギンティ夫人の台所からなくなったものは何一つなかったし、ジェイムズ・ベントリイがそんなものを持っていたという証言もなかった。警察は、ベントリイが肉切り包丁かそれに類したものを買ったという足取りも摑めなかった。これは小さいが、たしかに彼にとっては有利な否定材料だ。ほかの証拠があまりにも歴然としていたので、無視されてしまったのだ、しかしこの点はまだ……

ポアロは、いま坐っている、少し狭苦しい居間に、すばやい一瞥を投げた。

この家の中の、この部屋か、それともどこかに凶器があるのか？　ジョー・バーチがおどおどして、いかにも愛想のいいのはそのせいなのか？

ポアロにはわからなかった。ほんとにそうだとは考えられなかった。しかし、それも絶対に確信があるというわけでもなかった……

第六章

1

二、三押し問答をしたあげく、ポアロは、〈ブリーザー・アンド・スカットルズ〉社の事務所の、スカットル氏自身の部屋へ通された。

スカットル氏は元気のいい、とても忙しそうな男だったが、人をそらさないところがあった。

「これはこれは、おはようございます」彼は手をこすりあわせた。「さて、どんなご用件でございましょう?」

まるで値ぶみでもするかのように、彼の職業的な眼ざしがポアロの上にそそがれた。

外国人だ。なかなか金のかかっている服装だ。たぶん金持ちだな。レストランの経営者か? ホテルの支配人? それとも映画関係?

「わたしは不当にあなたのお時間をさいていただきたいとは存じません。あなたの以前の雇い人であったジェイムズ・ベントリイのことで、お話にあがったのですが」

スカットル氏の表情豊かな眉毛が一インチほどつり上がり、やがて下がった。

「ジェイムズ・ベントリイ？　ジェイムズ・ベントリイとね？」彼は吐きだすようにたずねた。「あんたは新聞の方？」

「いいえ」

「といって警察の方じゃないらしい」

「そうです、少なくともこの国の警察のものではありませんね」

「この国じゃないとすると」スカットル氏はまるでこれから取引する先の信用調査でもするかのような口ぶりだった。「いったい、どういうことになりますかな？」

ポアロはそんなことにはおかまいなく、自分の話に入っていった。

「わたしはジェイムズ・ベントリイ事件をもっとつっこんで調べてみようと思いましてね、彼の親戚の依頼なのです」

「あの男にそんな親戚があるなんて知りませんでしたな。とにかく、ご存じのとおり、あれは有罪となり、死刑を宣告されている」

「しかし、まだ執行はされておりません」

「生命あるかぎり、望みなきにしもあらず、ですかな？」スカットル氏は首をふった。

「しかし、どうですかね、なにしろ証拠がきわめてはっきりしているのだし。あの男の身寄りというのは誰です？」

「その連中はお金があって、権力があるということだけは言えますな。たいへんなお金持ちでしてね」

「これは驚きましたな」スカットル氏は自分の気持ちがかすかにやわらぐのをどうしようもなかった。とにかく、〝たいへんなお金持ち〟という言葉は、魅力的で催眠術のような効果を持っている。「いや、まったく驚きましたな」

「ベントリイの母親、つまり故ミセス・ベントリイは」とポアロは説明した。「一族の者ときっぱり手を切っていたのです」

「その一族の中のだれかと反目していたわけですな？　なるほど、なるほど。で、ベントリイは、一文なしでやってきたわけだ。かわいそうに親類の連中は、あの男がこんなことになる前に助けに来なかったんだ」

「それで、一族の人たちは、やっといまになってそのことに気がついたのですよ」とポアロは説明した。「大至急、こちらへ来て、できるだけの手を打ってくれと、このわたしに親類の人たちが依頼したのです」

スカットル氏は、職業的な身構えを解くと、椅子の背に寄りかかった。

「さあどうですかな。ちょっと精神異常の気があるのじゃありませんか、もう手遅れですよ。よっぽどえらいお医者さんでも見つけないかぎりね。もっとも、こんなことは、私の知ったことじゃないが」

ポアロは前に乗り出した。

「ムッシュー、ジェイムズ・ベントリイは、こちらで働いていました。あなただったらあの男のことをわたしに話していただけるのです」

「ほとんど知りませんな、まったくね。あの男は、うちの下級事務員にすぎませんでしたからな。ですから、なにも知らないんですよ。たいへん礼儀正しい青年で、とてもまじめに思われた、まあそんなところですな。しかし、セールスマンには向かなかったようですよ。機転がきかないのです。それは、この仕事には向かないということですな。たとえばおとくいが家を売りたいと言ってくる、すると、われわれはお客の家を売ってやる立場になるし、もし家がほしいと言えば見つけてやらなきゃならん。その家が殺風景なさびしい場所にあったとすると、われわれはその古びたところを強調するんです、時代物の家だと言ってね――そして、決して配管設備についてふれてはいかんのです！目と鼻の先にガスタンクでもあるようなときは、設備や、便利さだけを言って、景色のことにはふれない。無理やりにお客に押しつけてしまう――それが、この商売のこつですよ。まあ、いろんな手があるのです。〝すぐお申し込みになるようお勧めいたしますな、奥さま。ここがたいへんお気に召した議員さんがおられますんでね――まったく、ひどくご執心なんで。午後、もう一度ごらんになりにいらっしゃいます〟お客なんてものは、いつもこの手でコロリといきますよ――議員さんは効き目がありますな。そうですとも、選挙区から離れて暮らそうなんて議員がいるものですか。議員というと、なにか手堅い感じを与えるんですな」まっ白な歯並みをむきだすと、突然、彼は笑い声をあげた。「心理学――そういったものですな――心理学ですよ」

ポアロはその言葉にとびついた。

「心理学。なるほど、あなたは賢明ですな。どうもしっかりした方だとお見受けしました」

「そんなにばかではないつもりです」とスカットル氏はおうように言った。

「で、もう一度お尋ねしますが、ジェイムズ・ベントリイの印象はいかがでした？　まあここだけの話として――ええ、まったく、あなたとわたしだけの話としてですが――あなたはあの青年が老婦人を殺したと思いますか？」

スカットル氏はじっと見つめた。

「もちろん」

「それから、あの男はいかにもああいうことをしそうだとお考えなのですね――つまり心理学的に見て?」

「そうですな、そう言われてみると、そうも思えませんな。そんな度胸のある男には思えない。ま、おたずねなら申しますが、気がふれたとでも言いますかな。きっとそんなことでああなったのですね。ちょっと頭が弱く、職を離れたことをくよくよ思いつめて、あんなことをやってしまったのでしょう。頭にきてしまったのですな」

「なにか特別な理由があって彼を解雇したのではないのですね?」

スカットル氏は首を振った。

「悪い年でしてね。社員も仕事がない始末でしたよ。で、いちばん成績の上がらない男をお払い箱にしたのです。それがベントリイでした。まあ、そうなるとは、いつも思っていましたがね。ちゃんとした紹介状だけは彼につけてやったのですが、ほかの仕事にもつけなかったんですね。気力というものがまるでない。いい印象を人に与えませんでしたからな」

いつもそこへ戻ってきてしまうのだ、事務所から出ながらポアロはそう思った。ジェイムズ・ベントリイは人の受けが悪い。とても人に受けのいい人間が、いままで手がけた殺人者の中にたくさんいたことを思い出して、彼は慰めを見出したような気持ちになった。

2

「すみません、ここに掛けて、ちょっとお話ししてもさしつかえございません？」

〈ブルー・キャット〉の小さなテーブルに腰をおろしていたポアロは、目を通していたメニューから眼を上げた。樫の木と鉛でできた枠囲いの窓をあしらって、旧世界の効果を持ち味とした〈ブルー・キャット〉の内部はうす暗かったが、いま彼の鼻の先に坐った若い女性は、その暗い背景からあざやかに浮き出して見えた。

彼女は目のさめるような金髪で、鋼《はがね》のように冷たい青色のジャンパー・スーツを着ていた。そのうえ、エルキュール・ポアロはつい最近、どこかで彼女を見かけたような気がした。

彼女は言葉をつづけた。

「あたし、あなたがスカットルさんにおっしゃっていたお話が耳に入ってしまったものですから」

ポアロはうなずいた。彼は、〈ブリーザー・アンド・スカットルズ〉の事務所の仕切りがプライバシーを守るということより、便利さのほうに主眼をおいて作られていたことを思い出した。評判の立つことは、願ったり叶ったりなのだから、彼はそんなことにはおどろかなかった。

「そういえば、あなたは後ろの窓の右手のところで、タイプを打っていましたね」

彼女はこっくりとうなずいた。彼女の歯がそれを認めるように白く光った。ピチピチとして、健康的な若い女性だと、ポアロは思った。三十三、四くらいのところか、本来は黒っぽい髪なのだが、生来のままにしておける性質の女性でないのだ、そうポアロは見てとった。

「ベントリイさんのことなんですけど」と彼女が言った。

「ベントリイさんのこと?」

「あの人は控訴するんですの? というのは、なにか新しい証拠でもあがったのでしょうか? ああ、あたし、とてもうれしいわ。だってあたし、どうしてもあの人があんなことをしたとは信じられなかったもんですから」

ポアロの眉が上がった。

「では、あなたは彼がやったとは、考えていなかったのですね」彼はゆっくりと言った。

「ええ、はじめのうちはそうでしたの。きっとなにかの間違いにちがいないって、あたし思っていましたわ。でもだんだん証拠があがって――」彼女は言葉を切った。

「そうです、証拠がね」とポアロ。

「あれをやったのが、ほかの人だとは思えなくなってしまったんです。で、あたし、あの人が少し気が変になってしまったんだと、思ったんです」

「彼は、あなたの眼から見ても――その――ちょっと変でしたか？」

「いいえ、そんなに変だとは見えませんでしたわ。あの人はただ恥ずかしがりやで、よくあるように不器用な人でした。ほんとは自分のベストを尽さなかったのだと思いますわ。自分に自信がなかったのです」

ポアロは彼女の顔を見つめた。たしかに彼女は自分に自信を持っている。たぶん、彼女だったら二人分ぐらいの自信はたっぷりある。

「あなたは彼が好きでしたか？」とポアロは尋ねた。

彼女は赤くなった。

「ええ、好きでしたわ。エイミー――事務所の女の子ですけど――彼女は、あの人を嘲笑って、弱虫って呼んでたけど、あたしはあの人が大好きだったんです。あの人はとてもやさしくてお行儀がよかったわ――そして、ほんとにいろんなことを知っているんです。読書のおかげでしょうけど」

「なるほど、本を読んでね」

「あの人はお母さんを亡くしたんです。お母さんはなにしろ何年も病気でしたから。病気じゃないにしても、少なくとも丈夫なほうではなかったのです。で、あの人はお母さんの面倒をなにからなにまで見ていたのですわ」

ポアロはうなずいた。そういう母親たちのことは彼も知っていた。

「それに言うまでもないことですけど、お母さんも、あの人の世話をしていました。健康のことだとか、冬には肺の具合や食物のことなんかですけど」

もう一度、彼はうなずき、それからたずねた。

「あなたは彼とお友だちだったのですか」

「さあ、ほんとにそうだったのかはわかりませんわ。あたしたち、ときどきお話ししました。でも、あの人が会社をやめてからは、あたし――あたし、あの人にそれほど会えなくなりました。一度、お友だちとして、お手紙さしあげたんですけど、返事がありませんでした」

ポアロはやさしく言った。

「それでも、あなたは彼が好きなのですね?」

彼女はちょっと挑戦的に言った。

「ええ、あたし、そうなの……」

「それはいい」とポアロは言った。

彼の心は、死刑を宣告された囚人と会った、あの日のことを思い浮かべていた……ポアロははっきりとジェイムズ・ベントリイを見た。ねずみ色の髪の毛、やせてぶざまな身体、大きな節くれ立った手、肉のない頸すじに目立つ喉仏。そっとうかがうような、きまりの悪そうな──ほとんど陰険ともとれる感じの目付き。信ずるに足る言葉を吐くような男ではなく、はっきりとしない──ぶっきらぼうでささやくような話し方をする、陰気な感じをおこさせる男……それがおおかたの浅薄な観察者たちに与えた、ジェイムズ・ベントリイの印象だった。それが被告席についている彼の印象なのだ。嘘をつき、金を掠めとり、老女の頭を殴りそうな男……

しかし、スペンス警視は人間をよく知っていたから、そんな印象を持たなかった。エルキュール・ポアロもまたしかり……そしてこの女性もそうなのだ。

「なんというお名前です、マドモアゼル？」と彼が尋ねた。

「モード・ウイリアムズです。なにかお力になれること、ございます？」

「あると思いますよ。ジェイムズ・ベントリイが無実だと信じている人たちはいるのです、ミス・ウイリアムズ。その人たちは、その事実を証明しようと働きかけているのです。わたしはその調査の任にあたっているものなのですよ。そしてもうだいぶ、はかどっていると言ってもよいかと思います――そうです、かなり進捗《しんちょく》しております」

ポアロは顔を赤らめもしないで、そんな嘘をついた。彼のつもりでは、それは必要な嘘だったのだ。だれかが、どこかで、心安からぬ思いを抱くにちがいない。モード・ウイリアムズはしゃべるだろう、そしてそのおしゃべりは、池に投じた石のように波紋を生じ、やがて四方に拡がっていく……

「あなたと、ジェイムズ・ベントリイが話し合ったことを、わたしに聞かせてください。彼はあなたに、自分の母親のこと、自分の家庭生活のことを語った。で、彼は、自分か母親にとって、仲が悪かった人のことを話しませんでしたか」

モード・ウイリアムズは考えこんだ。

「いいえ、べつに――仲が悪い人なんて、あなたがおっしゃるようなことは聞いておりませんわ。あの人のお母さんは、若い娘があまり好きじゃなかったようですの」

「息子に献身的な母親というものは、若い娘が嫌いなものですよ。いや、わたしの言っているのは、もっとほかの、それ以上のことです。つまり、仲の悪い身寄りの者とか、敵のようなものです。誰か悪意を持っている者でも？」

彼女は首を振った。

「そんな話、ぜんぜんしませんでしたわ」

「下宿の女主人である、マギンティ夫人のことを彼は話しませんでしたか？」

彼女はかすかに身ぶるいした。

「名指しでは言いませんでしたけど。いつか、夫人は食事にしょっちゅうニシンばかり出すって言ってたことがありますわ――それから、いつかは猫がいなくなって、下宿のおばさんがとり乱しているって言ってましたわ」

「彼は――正直に言ってくださいよ――彼女がどこにお金を隠してあるか知っていると言ってませんでしたか？」

なにか色めき立ったものが、彼女の顔に表われた。が、彼女は顎を挑戦的に上げてみせた。

「たしかに、そう言ってました。あたしたち、銀行を信用していない人たちのことをしゃべってたんです――で、あの人は下宿のおばさんは、余ったお金を床板の下に隠しているんだよって話してくれました。こう言ったんです、〝おばさんがいないときには、いつでも自分の足しにできるわけさ〟って。冗談とは思えませんでしたわ。あの人は冗談なんか言わないんです。まるで、夫人の不注意なのを本気で気にかけているみたいでした」

「ああ」ポアロは言った。「いいことを聞きました。わたしの視点では、ということですがね。ジェイムズ・ベントリイが盗みのことを考えるとしたら、きっと彼は、人には内緒でこっそりとそれをわがものにしようとするでしょう。彼はこう言ったのではありませんか、〝いつか、だれかがそのために、おばさんの頭を殴るかもしれない〟とね」

「でも、とにかく、そんな意味で言ったんじゃないと思いますわ」

「ええ、ちがいますとも。しかし、おしゃべりというものは、どんな小さなことでも、どんなくだらないことでも、話し手の人柄が表われますからな。賢明な犯罪者というのは、決して口を開かないものです。しかし、犯罪者は、めったに賢くはなく、たいがいうぬぼれ屋ですからね。だから、たいがいの犯罪者はおしゃべりなのです――そして、ほとんど捕まってしまう」

モード・ウイリアムズは突然、吐き出すように言った。

「でも、だれかがあの老婦人を殺したのにちがいないんです」

「そうですとも」

「だれがやったのです？　ご存じなんですの？　なにかお考えがありまして？」

「あります」とエルキュール・ポアロは嘘をついた。「たいへんいい考えをわたしは持っているのです。しかし、まだほんの手がかりをつかんだばかりなのですよ」

その娘は、自分の腕時計を見やった。

「あたし、戻らなければなりませんわ。三十分ぐらいならお話しできるかと思っていたんですの。とても昔風のところなんですの、このキルチェスターって——以前は、あたし、ずっとロンドンで働いていたんです。あたしにできることがありましたら、教えてくださいね、ほんとに」

ポアロは名刺を一枚とりだすと、それにロング・メドウズの住所と電話番号を書いた。

「ここがわたしの泊まっているところです」

いまいましくも、自分の名刺が、彼女になんの印象も与えないことにポアロは気づいた。どうも若い世代というものは、高名な名士たちに関する知識が欠けているようだと、彼は思わざるを得なかった。

3

エルキュール・ポアロはいささか気持ちが和むのを覚えながら、ブローディニーへ帰るバスをつかまえた。それがどの程度にせよ、ジェイムズ・ベントリイは無実だとする彼の信念に同調する人間があらわれたのである。ベントリイは、自分で除け者だと思いこむほど友情にめぐまれない男ではなかった。

彼の心は、また獄中のベントリイへと戻っていった。なんという気抜けのした面会だったことだろう。希望も興味もわいてこないのだ。

「ありがとう」ベントリイはだるそうに言った。「でも、もうなにかしていただける余地はないと思いますね」

そうだ、たしかに彼は敵を持っていなかった。生きているのか死んでいるのか、さっぱりわからないような影のうすい男に、敵なんかあるはずがない。

「きみのお母さんは？　敵のようなものがあったかね？」

「そんなものはありません。みんなに好かれていましたし、尊敬されていたんです」

彼の口調には憤りのひびきが感じられた。

「きみの友だちはどうです？」

すると、ジェイムズ・ベントリイはまるでつぶやくように言ったのだ。「ぼくには友だちなんかいません……」

しかし、それは本当のことじゃない。モード・ウイリアムズは友だちだったのだから。

「なんというすばらしい天の摂理だ」とエルキュール・ポアロは考えた。「どんなに魅力の乏しい男でも、どこかの女性の眼にとまるものだとはな」

ミス・ウイリアムズが性的な魅力のある容姿をしているにもかかわらず、彼女がほんとに母性的な女性であるとは、ポアロにはどうしても思えなかった。

彼女はジェイムズ・ベントリイに欠けている素質をもっている。エネルギー、やる気、迫害に対する拒絶、成功する決意など。

ポアロは溜め息をついた。

今日という日は、なんと多くの嘘をついたことだろう！　気にするまい――必要なことなのだ。

思い出すままに、いろいろなことわざをポアロはつぶやきつづけた。「干し草の山で針を探す、藪をつついて蛇を出す、下手な鉄砲も数打ちゃ当たる」

第七章

1

マギンティ夫人が住んでいた家は、バスの停留所から、ほんの二、三歩のところにあった。玄関で子供が二人遊んでいる。一人は虫の喰ったリンゴをかじっていて、もう一人は叫んだり空缶をドアに投げつけたりしていた。二人ともとても愉しそうだった。ポアロも、負けずにドアを強くたたいた。

一人の女が家の角をまわって見にきた。彼女は色つきのオーバーオールを着て、髪はみだれている。

「やめなさい、アーニイ」と彼女は言った。

「やだね」とアーニイは言って、遊びつづけた。

ポアロは戸口の石段をおりると、家の角のほうへ回ることにした。

「子供たちには、とてもかないませんわね」と、その女が言った。

ポアロは、そんなことはない、と思ったものの、口には出さなかった。

彼は裏口のほうへと手招きされた。

「玄関は締め切ってあるんですよ、こちらへお入りになりませんか」

ポアロはものすごく汚れた流し場を通り、もっと汚い台所に入っていった。

「彼女はここで殺されたんじゃありませんよ」とその女は言った。「客間ですわ」

ポアロはかすかにまばたきをした。

「そのためにここにいらっしゃったんでしょ？　あなたはサマーヘイズさんのところにいる、外国の方ですわね」

「じゃ、わたしのことはなにもかもご承知ですか」とポアロは言って、晴やかに微笑んだ。「そのとおりです、マダム——」

「キドルです。あたしの亭主は左官でね、四カ月前に越してきたんですよ。その前はバートの母と一緒に住んでたんですがね……ある人が言ったんですよ、〝人殺しのあった家になんか、おまえさんは金輪際行かないだろうね？〟——でも、あたしに言わせりゃ、家は家ですよ。陽の当たらないような居間で、椅子二つ並べて寝てるよりは、ずっとましですものね。なんといったって家が払底しているときですよ、そうでしょ？　とにかく、ここに引っ越してきてから、いやな目になんか一度だってあいませんもの。殺された人は歩きまわる、なんてよく言いますけど、あの女はそんなことはしませんよ！　事件のあったところ、ごらんになりたいんでしょ？」

ポアロはガイド付きの観光旅行に連れこまれたおのぼりさんのような気持ちになって、同意を示した。

キドル夫人は、重苦しい暗褐色の家具がつめこまれている小さな部屋へ、ポアロを通した。ほかのところとちがって、この部屋は、人の住んでいたという気配がなかった。

「彼女は床に倒れてましてね、頭の後ろがぱっくりとあいてたんですよ。エリオットのおかみさんなんか、腰をぬかすところでしたわ。彼女が見つけたんですよ――彼女と協同組合からパンを持ってくるラーキンという男でしたっけ。でも、お金は二階から盗まれたんですよ。さ、上がってみてください、現場を教えてさしあげますわ」

キドル夫人は階段を上がると、大型のたんす、大きな真鍮製のベッド、二、三脚の椅子、それに乾いたのや濡れたのや、赤ん坊の洗たく物がぶらさがっている寝室へ案内した。

「ここですよ、この部屋」キドル夫人は得意そうに言った。

ポアロはまわりを見回した。この無計画な出産による野放図なとりでが、かつては綺麗好きの老女の丹精こめた領地だったとは、どうしても想像できなかった。この部屋に、マギンティ夫人は住み、そして眠ったのだ。

「これは、夫人の家具じゃないようですが？」

「ええちがいますよ。あの女《ひと》の姪というのが、カラヴォンへみんな持っていってしまったんですわ」

マギンティ夫人のものはなにもなかった。キドル一家がやって来て、征服してしまったのだ。生は死より強しというわけだ。

階下から火のついたような赤ん坊の泣き声が聞こえた。

「赤ん坊が起きたんですよ」おかみさんは不必要なことを言った。

彼女は階段を走りおり、ポアロはあとにつづいた。

ここには、彼にとって益になるものはなにもなかった。

彼は隣家へ回った。

2

「はあ、さようでございます、あのひとを見つけたのは、このあたくしでございます」

ミセス・エリオットはドラマティックだった。狭苦しい家だった。狭くて、きちんと片づいている。その中で、ドラマティックなのは彼女だけだった。やせて背の高い、黒っぽい髪の女で、あのすばらしい一瞬の自分を、もう一度思い出しているらしい。

「ラーキン、ええ、パン屋でございますけど、彼がまいりまして、ドアをたたきました、〝マギンティさんが〟と申したんですよ、〝うんともすんとも言わないんですが。どうも身体の具合が悪いようですよ〟それで、あたくしもそうかもしれないと思いました。あの方は若い娘さんじゃございません、どう見ましてもね。あたくしの確かな記憶によれば、動悸のはげしい人でした。発作を起こしたんじゃないかとあたくし思いました。男の方二人しかいないようでしたから、あたくし、いそいで参ったわけなんです。むろん、男の人たちは寝室に入ろうとしないでしょうからね」

ポアロは、この礼儀にかなった話に、同意のつぶやきをもらしながら、聞き入っていた。

「大急ぎで、あたくし二階へかけあがりました。彼は二階に立って、死人のように蒼ざめておりました。そのとき、そう思ったわけじゃありませんが——そうですとも、そのときはなにが起こったのやら、さっぱりわからなかったのですもの。あたくし、ドアを思いきり強くノックいたしました。それでも、なんの返事もありませんので、ノブをまわし、中へ入って行きました。中はすっかりとり散らかされ、床板ははがされておりました。〝泥棒だわ〟とあたくし申しました。〝でも、あのかわいそうな方はどこにいるのかしら？〟そして客間のほうを見にいこうと思ったのです。彼女はそこにいました……かわいそうに頭をぶち割られて、床に倒れていたのです。人殺し！　一目見るなり、何事か、あたくしにはすぐわかりました。人殺し！　そのほかのことではありえません！　強盗殺人！　それがこのブローディニーに起こったのです。あたくし、叫びに叫びました！　男の人たちは、あたくしをよく介抱してくれましたわ。なんだか目の前がクラクラしてしまったのです。男の人たちは出て行って、〈スリー・ダックス〉からブランデーを持って来てくれました。でも、そのときでさえ、あたくし、何時間も震えつづけておりました。〝そう興奮してはいけませんよ、奥さん〟巡査部長がやって来て、あたくしにそう言いました。〝そう興奮してはいかん、さ、家へ帰ってお茶でも一杯飲むんですな〟で、あたくし、そういたしました。エリオットが帰って来たとき、〝どうしたんだ、なにがあったんだ？〟とあたくしを見つめながら申すのでございます。まだ、あたくし震えていたものですから。ええ、子供のころから感じやすいたちでございまして」

ポアロは、このスリルたっぷりな話にうまく口をはさんだ。

「なるほど、なるほど、そうでしょうとも。ところでお気の毒なマギンティ夫人に、あなたが最後にお目にかかられたのはいつのことです?」

「たしか、その前日だったと思います、あの方が裏庭にミントの葉を少しばかり摘もうと、お出になったところでございました。あたくし、ちょうど鶏に餌をやっていたものですから」

「夫人はあなたになにか声をかけましたか」

「ただ、こんにちはと言って、それからちょっと挨拶めいたことを言っただけですわ」

「それが最後に会ったときですね? 夫人が殺された日には、お会いにならなかったた?」

「ええ、あの男の人は見かけましたけど」ミセス・エリオットは声を低めた。「朝の十一時ごろでしたかしら、道をぶらぶら歩いていました。いつものように、足をひきずってましたわ」

ポアロはあとの言葉を待った。しかし、もう付け加える様子がなかったので、彼のほうからたずねた。

「警察が彼を逮捕したとき、あなたは驚きましたか?」

「そうですわね、そうでもあり、そうでもないというところでございましょうか。と申しますのは、あたくし、いつもあの男のこと、少しおかしいと思っておりましたし、それにこういうことになると、疑いもなく、ああいった気のおかしい人たちは、ときどき始末におえないことをしでかすものですからね。あたくしの伯父に心身障害の男の子のいるのがおりまして、その子がときどき発作を起こしたものです——大人になるにつれて、ま、ちょうどあんなふうだったのです。みんな、あの男がどんなに頭が変だったか知らなかったのですよ。そうですとも、ベントリイは間違いなく脳が弱いんですからね。あたくしは、その時が来ても、あの男を絞首刑にしないでそのかわりに病院に送りこんだとしても、べつだん驚きはいたしませんわ。ま、あの男がお金を隠した場所のことを考えてごらんなさいな。見つけられたいとでも思わないかぎり、誰があんなところにお金を隠すものですか。ばかげた単純な頭、それがあの男なんでございますよ」

「見つけてもらいたいとでも思わないかぎりね」とポアロはつぶやいた。「ひょっとして、あなたは肉切り包丁か——そうですね、斧みたいなものを失くしはしませんでしたか？」

「いいえ、そんなことはございませんわ。警察でもそのことを訊かれました。この辺の家の人全部に訊いたんですよ。そうですわね、夫人がどんな凶器で殺されたのか、いまだに謎でございますよ」

3

エルキュール・ポアロは郵便局のほうへ歩いて行った。

殺人犯は、金は見つけてもらいたがっていた、しかし凶器は見つけられては困るのだ。というのは、金はジェイムズ・ベントリイを指し示すものだからだが、凶器は——いったい誰を指し示すのだ？

彼は頭を振った。彼はそのほかにも二軒訪ねてみた。その住人たちはキドルのおかみさんよりも饒舌ではなかったし、エリオット夫人よりもドラマティックではなかった。彼らはただ、マギンティ夫人が自分一人で生活していた尊敬すべき婦人であったこと、彼女にはカラヴォンに姪が一人あって、誰も訪ねるものはないが、その姪だけは会いに来たことがあること、自分たちの知っているかぎりでは、夫人を嫌っていた者はいないし、悪意を抱いていた者もいないこと、それにジェイムズ・ベントリイに対する減刑嘆願書が出されているのは本当だが、自分たちもそれに署名するように頼まれるだろうか、といったようなことを喋っただけだった。

「どこへ行っても手がかりがないぞ、どこへ行っても」とポアロは自分につぶやきかけた。「なにもないのだ――かすかな徴候さえない。わたしにはスペンス警視の絶望がよくわかる。だが、わたしの絶望とは種類がちがっていたはずだ。スペンス警視、彼は非常にすぐれた勤勉な警官だ。しかし、わたしは、わたしはエルキュール・ポアロだ。なにか啓示があるはずだぞ！」

ポアロのエナメル靴の一方が水溜りの中へ入って泥だらけになり、思わず彼はたじろいだ。

彼は偉大にして比類なきエルキュール・ポアロである。しかし、なんといってももう老人だったし、それに彼の靴はきつかった。

彼は郵便局の中へ入って行った。

右手は郵便物を扱うところになっていて、左手にはキャンディ類だとか、食料雑貨、玩具類、金物類、文房具、バースデー・カード、編物毛糸、子供用下着などのさまざまな商品が豊富に取りそろえてあった。

ポアロはおもむろに切手を買うために前に出た。

あわてて彼の応対に出て来たのは、鋭く輝く眼をした中年の女だった。

「おや」とポアロは自分につぶやいた。「これはまさしくブローディニー村の参謀だぞ」

彼女の名前は、いかにもそれにふさわしく、スイーティマンといった。

「それから十二ペニイですね」大きな綴じ込み帳から切手を器用に取り出しながら、ミセス・スイーティマンは言った。「これで合わせて四シリングと十ペンス、ほかになにかお入用でございますか？」

彼女はキラキラと眼を輝やかして、彼を見つめた。後ろのドア越しに、まるでむさぼるように聞き耳を立てている少女の頭が見えた。その女の髪はだらしなくみだれ、鼻風邪をひいていた。

「わたしはこの辺に不案内のものですが」とポアロはひどくまじめくさった口調で言った。

「はあ、そのようにお見受けいたしますわ」とミセス・スイーティマンは相槌を打った。

「ロンドンからおいでになりましたのね？」

「もうあなたは、わたしの商売がなんだか、よくご存じなんでしょうね？」かすかに笑みを含んでポアロは言った。

「いいえ、まったく存じません。見当もつきませんわ」ミセス・スイーティマンはまったくお座なりの様子で答えた。

「マギンティ夫人は」とポアロが言いかけると、ミセス・スイーティマンは頭を振った。

「あれはほんとに悲しい、ショッキングな事件でございましたわ」

「夫人をよくご存じだと思いますが？」

「はい、よく存じておりました。ま、このブローディニーにいる方たちと同じ程度にですけど。夫人は、なにかこまごましたものを買いにここに来ると、いつもあたくしとおしゃべりをして時を過ごしたものですわ。そう、あれは恐ろしい悲劇でしたわ。それにまだ終わっていません。と申しますか、世間がそう噂してるようですわ」

「ジェイムズ・ベントリイの有罪について、ある筋の話では、それに疑いがあるのです」

「まあそうですの」ミセス・スイーティマンは言った。「警察が無実の人を捕えるという話は、なにも初めてのことじゃございませんわね──といって、あたくし、こんどの事件がそうだとは申しませんけど。それにあの男のことまで、なにもあたくしがとやかく考えることはないんですけど。内気で臆病な男、でも大それたことなんかしないと、お考えなんですのね。あら、そんなこと、あなたのご存じのことじゃございませんでした、そうでございましょ？」

ポアロは思い切って便箋を頼んでみた。

「かしこまりました。恐れ入りますが向こう側までおいでくださいませんか？」

ミセス・スイーティマンは左手のカウンターの後ろへ、大急ぎで回った。

「そうなると、ベントリイさんが下手人でないんなら、いったいだれがやったのか、これはちょっと見当もつきませんですわね」彼女は便箋や封筒用の一番上の棚に手をのばしながら言った。

「このへんでは汚らしい浮浪者をよく見かけますけど、そういう連中の一人が窓の開いているのを見つけて、やったことかもしれませんわね。でも、それだったら、お金を残して行くようなことはしなかったでしょうにね。それを盗むために殺人を犯したのなら、そんな真似はいたしませんわ——ポンド紙幣なら番号もわからないし、印もないんですもの。さ、ございました。これは良い便箋ですわ、封筒にもよく合いますし」

ポアロはそれを買った。

「マギンティ夫人は、誰かを気にしているか、恐がっているような様子はありませんでしたね？」と彼はたずねた。

「あたくしは別段そのようなことは。あの人は臆病じゃありませんでしたわ。夫人はよく、丘の上のホームリーの、カーペンターさんのところで遅くまで仕事をしていましたけど。ええ、カーペンターさんはよく晩餐にお客さまを招《よ》んで、そのままお泊めしてたんです。マギンティ夫人は、洗いものなどのお手伝いに夕方あそこへ行って、遅くなってから帰ってきましたわ。あたくしならごめんですよ。とても真っ暗なのに、あの丘を下りてくるなんて」

「あなたは、あの姪ごさん――ミセス・バーチをよくご存じですか？」

「話したことはございます。彼女も、ご主人も、ときどきいらっしゃいますわ」

「マギンティ夫人が死んで、あの人たちはちょっとしたお金を受け継いだのです」

突き刺すような黒い瞳が、まるで穴でもあけるようにポアロの顔を見つめた。

「ええ、それは当然のことではないでしょうか。あなたには受け取りたくても受け取れませんもの。ただ肉親だけが、それを受ける権利があるのですから」

「そうです、まったくそうですよ。あなたのおっしゃるとおりだ。マギンティ夫人は、その姪がお気に入りでしたか？」

「それはもう大変、ええ、口には出しませんでしたけど」

「彼女のご主人は？」

ミセス・スイーティマンの顔には、なんとか言いつくろおうとするような色が見えた。

「はあ、あたくしの見た目ではそうでございましたわ」

「あなたがマギンティ夫人と最後に会ったのはいつのことです？」

ミセス・スイーティマンは、過去に想いを馳せるように考えこんだ。

「さあ、いつだったかしら、エドナ？」出入口のところにいるエドナが頼りなげに鼻をすすった。「彼女が死んだ日だったかしらね？　ちがうわ、その前の日か、またその前の日？　そう月曜日でした。まちがいありません。あの人は水曜日に殺されたのです。そう、あれは月曜日でした。夫人はインクを一びん買いにきました」

「インクびんを買いにですか？」

「手紙でも書くつもりだったのでしょう」ミセス・スイーティマンはあかるく答えた。

「ありそうなことですな。それで夫人は、そのとき、いつもと変わりはなかったですか？　なにかちがった様子はなかったのですね？」

「ええ、ないように思いました」

鼻をすすっていたエドナが、ドアを通ってカウンターのところまであわててやってくると、話の仲間に入った。

「いいえ、あの人は変でしたよ」と彼女は断言した。「なにかわくわくしている様子で――そうですわね――喜んでいるといった感じじゃないんですけど――興奮して」

「そう、そう言えばそうね」ミセス・スイーティマンは言った。「あのときは気がつかなかったけど。でも、いまあんたにそう言われてみると、夫人はなんだか、ほがらかだったわね」

「その日、夫人の言ったことをなにか覚えていませんか？」

「普通だったら覚えていないんですけど、夫人が殺されたもので、警察が来たりしたものですから、すっかり覚えておりますわ。夫人はジェイムズ・ベントリイについてはなにもいいませんでした。それは確かですわ。カーペンター家のことをちょっと、それにミセス・アップワードのことを話しました——夫人が働きに行っている家のことですわ」

「なるほど。で、夫人はどの家へ働きに行っていたか、おたずねしたいんですがね」

ミセス・スイーティマンはすばやく答えた。

「月曜と木曜はロング・メドウズのミセス・サマーヘイズのところへ行っていました。あなたはそこにお泊まりなんでございましょう？」

「そうです」ポアロはホッと溜め息をついて、「あそこよりほかに泊まるところはないと思ったのですが？」

「ブローディニーにはございませんよ。ロング・メドウズではあまり居心地がよろしくなさそうでございますわね？　ミセス・サマーヘイズって、とてもいい方なんですけど、家事のこととときたら、なんにも知らないんですよ。外国帰りの方って、そんなものでございますわね。いつも洗い物がごった返してるって、マギンティ夫人がよく言ってましたっけ。そう、月曜の午後と木曜の午前中はミセス・サマーヘイズ、それから火曜日の午前はドクター・レンデル、午後はラバーナムズのミセス・アップワードのところでした。水曜日はハンターズ・クロウズのミセス・ウェザビイ、金曜日はミセス・セルカークです。この方はいまミセス・カーペンターになっていますけどね。ミセス・アップワードという方はお年寄りで息子さんと住んでおりますの。メイドがいるんですけど、ちょっと年を取ってきているので、それでマギンティ夫人が週に一回やり直しにいってたんですの。ウェザビイのご夫妻は長いこと手助けがいらないようでしたわ――奥さんはちょっと病気がちなんですけど。カーペンターのご夫婦はとてもきれいな家を持っていて、いろいろお愉しみもなさるんですの。この方たち、みんないい人なんですよ」

ブローディニーの住民に関するこの最後の説明を潮に、ポアロはもう一度通りへ出て行った。

彼はロング・メドウズに向かって、丘をゆっくり登って行った。彼は、あのふくらんだ缶詰の中身と血まみれみたいな豆がお昼ですっかり片づき、夕食用に取っておいてないようにと心から祈った。しかし、ほかにもあやしげな缶詰がまだありそうな気がした。ロング・メドウズの生活はたしかに危険をはらんでいる。

今日という一日は、だいたい、期待はずれの日だった。

いったい彼は何を知り得たろう？ ジェイムズ・ベントリイが友だちを持っていたこと。彼にもマギンティ夫人にも敵がなかったこと。マギンティ夫人が死の二日前に興奮した面持ちであり、インクを一びん買ったこと——

ポアロははたと立ち止まった……それも取るに足りない事実だと？ 彼は、なぜマギンティ夫人がインクを一びん必要だったのだろうと、無益な質問をしてみたのだ。するとあのスイーティマンは大真面目な顔をしてこう答えたじゃないか、夫人は手紙を書きたかったのだと思うと……

それはなにか意味ありげだ——だが、危うくそいつを見逃すところだった、なぜならポアロにとっては、多くの人たちと同じように、手紙を書くなどということは、日常茶飯事だったからだ。

しかし、マギンティ夫人にとってはそうではなかった。手紙を書くなんてことは夫人にしてみれば、わざわざ出かけて行って、インクを一びん買うくらいの常にない出来事だったのだ。

マギンティ夫人は、手紙を書くようなことはめったになかったのだ。あの郵便局長、スイーティマンは、その事実をよく知っていたのだ。しかし、マギンティ夫人は死の二日前に手紙を書いた。いったい誰に宛てて彼女は手紙を書こうとしたのだ、そしてなぜ？

こんなことはまったく重要じゃないことかもしれない。夫人は姪に手紙を書こうとしたのかもしれないし——あるいはちょっと会えないような友だちに。たかがインク一びんといった些細なことに、神経をとがらせるなんてばかげている。

しかし、それがポアロの手に入った全収穫であり、彼はそのあとを追いつづけた。

一びんのインク……

第八章

1

「手紙ですって？」ベッシイ・バーチは首を振った。「いいえ、伯母ちゃんから手紙なんかもらってませんよ。どうして、あたしに手紙を出さなくちゃならないんですの？」

ポアロはヒントを与えた。

「なにかあなたに、言いたいことがあったのかもしれませんよ」

「伯母ちゃんは物を書くような人じゃないんですのよ。ご存じのように、もう七十に近かったんだし、子供の時分には、教育を受ける人なんか、あまりいなかったんです」

「しかし読み書きぐらいはできたんでしょう？」

「ええ、そりゃむろんですわ。読書家じゃなかったけど、《世界のニュース》や《日曜の友》が好きでした。でも書くほうは、ちょっと苦手でしたわ。もし伯母ちゃんがあたしになにか知らせたいと思ったら、つまり、あたしが会いに行くのを延期させたかったり、あたしたちのところへ来られないって知らせたかったら、いつもうちのお隣りの薬剤師の、ベンスンさんに電話をかけて、ことづけを頼むことになってましたのよ。彼はとてもよくやってくれましてね、あたしたちはおなじ区域内ですから、二ペンスかかるだけなんです。ブローディニーには郵便局に公衆電話室がありますの」

ポアロはうなずいた。彼は電話料の二ペンスを支払うほうが、切手代の二ペンスと半ペニイよりましだったという事実を吟味した。彼は、いかにもけちけちしたガッチリ屋らしいマギンティ夫人の人物像を心に描いていた。お金が大好きだったろうと、ポアロは思った。

彼は静かに、しかししつこく繰り返した。

「しかし、伯母さんは、たまにはあなたに手紙を出したと思いますがね？」

「そうですわね、クリスマスにはカードをくれましたわ」

「それに手紙ぐらい出すような友だちが、イギリスのどこかにいそうなものですね？」

「それは存じませんわ。伯母ちゃんには義理の妹がいましたけど、二年前に死んでしまいましたし、ミセス・バードリップというお友だちがありましたけど、この方も死んでますの」

「それでは、夫人がだれかに手紙を書いたとすると、彼女がもらった手紙の返事ということになりますね？」

またもやベッシイ・バーチは疑わしそうな顔をした。「どんな人から手紙が来たかなんて、あたし、わかりませんわ、ほんとですとも」彼女の顔があかるくなった。「そう、お役所からの文書はいつも来てましたけど」

当節では、ベッシイが大まかに〝お役所〟と呼んだところから来る文書が例外というより、もう習慣といった感じになってしまっていることに、ポアロも同感だった。

「いつも妙ちきりんな手紙なんですよ」とミセス・バーチは言った。「字を書きこむような書式で、ちゃんとした人にだってとても答えられないような失礼な質問があるんですもの」

「じゃ、マギンティ夫人は自分で答えなければならないようなお役所の手紙を受けとっていたのかもしれませんね？」

「でも、もし受けとったら、ジョーのところへもって来たでしょう。夫が伯母ちゃんにそんなことをしてやってましたからね。こんなことに大騒ぎして、いつもジョーのところへ持ちこむんですよ」

「夫人の持ち物の中に手紙類があったかどうか、覚えていませんか？」

「さあ、はっきりしたことは申しあげられませんわ。なにも覚えていないんです。だってあのときは、警察がはじめっから手をつけてしまって、あたしが伯母ちゃんのものを詰めるひまもないうちに、それを持っていってしまったんですものね」

「それで、その持ち物はどうなりました？」

「あそこにあるあの箱が伯母ちゃんのですわ——あのがっしりしたすてきなマホガニーの箱です。それに、二階に衣裳たんす、もののいい台所用品がいくらかあります。残りは売りましたの、だって置く場所がないんですもの」

「わたしの言っているのは、プライベートなもののことですよ」と、ポアロはつけ加えて言った。

「たとえば、ブラシとか櫛とか、写真とか化粧道具、そういった……」

「ああ、そうなんですの、そうね、ほんとのことを言うと、あたしスーツケースに詰めこんで、二階にまだおいてありますわ。どう処分しようかまだはっきりわからないんです。クリスマスのバザーに衣服類を出そうかと思ったんですけど、すっかり忘れてましたわ。あんな汚らしい中古服を着ていた人のものなんか、しょうがないと思って」

「いかがです——そのスーツケースの中を見せていただけませんか」

「どうぞ、かまいませんわ。なにかお役に立つようなものが見つかるとは思えませんけど。いままでに警察がすっかり調べたんですもの」

「ええ、それはわかっていますよ、でもやはり——」

ミセス・バーチは、元気よくポアロを小さな裏の寝室へと案内した。洋裁をするところに使っているのだなと彼は思った。彼女はベッドの下からスーツケースを引っぱり出すと、こう言った。

「さあ、これですわ。あたし、ちょっと失礼します。シチューを見なくちゃなりませんの」

ポアロはていねいに彼女に礼を言って、彼女がまた階下へ降りていくドシンドシンという足音を聞いた。彼はスーツケースを自分のほうへ引き寄せると、ふたを開いた。

防虫剤のにおいがプンと鼻をついた。

あわれみの心を持って、彼は中身をあけた。それは、いまは亡き一人の老婦人の秘密を雄弁に物語っているのだ。少し着古された長い黒のコート。二枚のウールのプルオーバー。コートとスカートが一枚。それにストッキング。下着はなかった（たぶん、ベッシイ・バーチが自分用に出したのだろう）。それから新聞紙にくるんだ靴二足。使い古されているが清潔なブラシと櫛。古ぼけてへこんだ銀裏の鏡。三十年ほど前の結婚衣裳をつけた一組の男女が写っている革のフレームに入った写真——たぶん、マギンティ夫人とその夫の写真だ。マーゲートの絵葉書二枚。陶器の犬。カボチャジャムの作り方を書いた新聞の切り抜き。もう一枚センセーショナルな調子で〝空飛ぶ円盤〟のことをとりあつかった記事の切り抜き。三枚目は聖母シプトンの予言を扱った記事。それから聖書と祈禱書もあった。

そのなかには、ハンドバッグも手袋も見あたらなかった。きっとベッシイ・バーチが取り出したか、捨ててしまったのだろう。ここにある衣類は、肉付きのよいベッシイには小さすぎたのだろうとポアロは思った。マギンティ夫人はやせて、ほっそりした女だったにちがいない。

彼は靴を一組とりあげて、片方の包み紙をとってみた。なかなか質のいい、そんなにはき古していない靴だった。ベッシイ・バーチには、小さいにきまっている。

彼はもう一度靴を包みかけて、新聞紙の切れ端の日付に眼を止めた。

それは十一月十九日付の《日曜の友》だった。

マギンティ夫人は十一月二十二日に殺されたのだ。

すると、これは彼女が死の前の日曜に買った新聞だということになる。それが彼女の部屋に落ちていて、ベッシイ・バーチが伯母のものを包むためにそれを使ったのだ。

十一月十九日、日曜日、そして月曜日にはマギンティ夫人は郵便局にインクを一びん買いに行った……

それは日曜の新聞で彼女がなにかに気づいたためではないだろうか？

ポアロはもう片方の靴の包みをあけてみた。それも、おなじ日付の《世界のニュース》紙に包んであった。

彼は二枚の新聞のしわをのばし、それを持って椅子のほうへ行くと、ゆっくりと腰をおろして読みはじめた。たちまち、彼は一つの発見をした。《日曜の友》のあるページの記事が切りとられているのだ。それは中程のページから取られ、長方形をなしている。スペースは、彼が見つけた記事の切り抜きのどれよりも大きいものだった。

彼は二枚の新聞にじっくり目を通した。しかし、ほかにはもう興味をひくものは目にとまらなかった。彼はまた靴をその紙で包みなおすと、ぎゅっとスーツケースの中へ詰めこんだ。

それから階下へおりていった。

ミセス・バーチは台所で忙がしそうにしていた。

「なにか見つかりまして？」と彼女がたずねた。

「なにもありませんでしたな」何気ない口調で、ポアロはこうつけ加えた。「伯母さんの財布かハンドバッグの中に新聞の切り抜きが入ってたかどうかおぼえていませんか、どうです？」

「さあ、なにもおぼえてませんわ。警察が取っていったのじゃないかしら」

しかし、警察が取っていったわけではないのだ。ポアロはそのことをスペンスのノートから学んで知っていた。故人のハンドバッグの中身はリストになっていたが、そのなかには新聞の切り抜きは書いてなかった。

「よろしい《エ・ビアン》」とエルキュール・ポアロはつぶやいた。「つぎの段階はわけはない。大失敗になるか——別の局面を迎えるか、どちらかだ。とうとう、一歩前進したぞ」

2

新聞紙の埃まみれのファイルを前にして、じっと坐りこんだまま、ポアロは一びんのインクがなにかを意味するという自分の見解が、まちがっていないことを自分自身に言い聞かせていた。《日曜の友》は、過去の出来事をロマンティックに脚色することに力を入れていた。

ポアロの目を通していた新聞は、《日曜の友》紙十一月十九日の日曜付だった。

中程のページのトップには、大きな活字でこんな見出しがあった。

往年の悲劇に登場した女主人公たちは今いずこに？

見出しの下には、あきらかに何年も前に撮られたとおぼしき写真の不鮮明な複写が四枚あった。その被写体はいずれも悲劇的には見えなかった。そのほとんどが過去の時代の服装をしているので、実際にはいささかこっけいに見えた。古めかしいファッションを見るくらいおかしいものはない――もっとも、あと三十年かそれくらいたてば、こういった魅力が再認識されるかもしれないし、ある程度流行るかもしれない。

それぞれの写真の下には名前がある。

エヴァ・ケイン――かの有名なるクレイグ事件の〝影の女〟

ジャニス・コートランド――人間の姿をした悪魔を夫とした〝悲劇の妻〟

リトル・リリイ・ガンボール――人口過剰時代の悲劇の子

ヴェラ・ブレイク――夫が殺人者であることを知らなかった妻

それからゴチック活字でもう一度こうある。

女主人公たちは今いずこに？

ポアロは瞬きすると、これらのおぼろにぼやけたヒロインたちの身の上話を著した、どこかロマンティックな記事を隅から隅まで注意深く読みはじめた。

エヴァ・ケインという名前は、クレイグ事件がきわめて有名な事件だったので、彼もおぼえていた。アルフレッド・クレイグはパーミンスターの町役場の書記だった。良心的で、これといった特徴のない小男で、彼の態度は生真面目で陽気だった。彼の不幸は、気まぐれでぐうたらな女と結婚したことだった。ミセス・クレイグは、夫に借金を負わせ、さんざんいじめ抜き、がみがみ彼を怒鳴りつけては、あげくのはてに、口の悪い友だちが言った、ありもしない病気をくよくよと気に病んでいた。エヴァ・ケインは、その家の若い保母兼家庭教師だった。彼女は十九歳、美しく無力で、いささか単純なところがあった。彼女はどうにもならぬほどクレイグに惚れこみ、クレイグのほうもまたそうであった。しばらくして、ある日、近所の人たちはミセス・クレイグが健康上の理由で、転地療養を命じられたと聞いた。これがクレイグの作り話だったのだ。彼は旅行のまず第一の足場として、ある晩遅く車でロンドンへ妻を連れて行き、南フランスへ〝彼女を見送った〟と言った。それからパーミンスターに戻ると、間をおいて、手紙の様子では妻の健康状態はちっとも好転していないようだと言いふらした。エヴァ・ケインは家事の切り盛りのためにあとに残った。そしてあることないことが噂になった。とうとうクレイグは外国で彼の妻が客死した知らせを受け取り、葬式のためだと称して、一週間ばかり行って、帰って来た。

クレイグはどこか間が抜けていた。彼は妻が死んだ場所のことで大失敗をしでかしたのだ。有名な避暑地リヴィエラだと言ったのである。そのリヴィエラに住んでいる親戚だか友だちに、だれかがそのことを手紙で書いたものだから、そんな人の葬式もなければ死んだ人もいないということがわかって、さんざん噂話になったあげく、とうとう警察の察知するところとなったのだ。

その後の出来事は簡単に要約できる。

ミセス・クレイグはリヴィエラになど行ってはいなかった。彼女は細切れにされて、クレイグの家の地下貯蔵室に埋められていたのである。検死の結果、植物性アルカロイドによる中毒死であることがあきらかになった。

クレイグは逮捕され、審問に付された。エヴァ・ケインは共犯者としてはじめから告発されていたが、終始事件について関知していなかったことが判明すると、告発は取り消された。クレイグは最後にすべてを自白し、判決を受けて処刑された。

妊娠していたエヴァ・ケインはパーミンスターに残った。《日曜の友》の記事によると以下のとおりである。

〈親切なアメリカの親戚が彼女を引きとることになった。花のさかりを冷血な殺人者に踏みにじられたこのあわれな若い女性は、名前を変え、永久にこの地に別れを告げ、娘に父の名を隠し、すべてをおのが胸のうちに秘めたまま、新しい生活のスタートをきることになったのである。

〝あたしの娘はなにも知らず、幸福に育つでしょう。彼女の人生が残酷な過去に汚されることはないと思います。あたしの過去の思い出は、ただあたし一人の胸の中にとどめようと、固く心に誓っております〟

かわいそうなか弱い、疑うことを知らぬエヴァ・ケインよ。彼女はあまりにも若くして、男の凶悪さと非行とを知ったのだ。彼女は今いずこに？　ある中西部の町に、近隣の人々の敬愛を受けながら、静かに、しかしたぶん悲しげな色を目にたたえながら、老女となっているであろう……そして、幸福で陽気な若い女性が、きっと子供たちを連れて、毎日のささやかなもめ事や不平を言いつけに、〝ママ〟に会いにやって来るのだ——彼女の母親が過去にどんな苦痛に耐えたかもしらずに〉

「やれやれ《オオ・ラ・ラ》」とエルキュール・ポアロは言った。そして次の悲劇のヒロインへと目を移した。

ジャニス・コートランド、この〝悲劇の妻〟はたしかに夫運が悪かった。読者に好奇心を起こさせるような遠まわしの言い方で書いてはあったが、夫の独特の習癖が、八年間も彼女を悩ませたのだ。八年の殉難、《日曜の友》紙ははっきりとこう言っている。やがてジャニスは友人をつくった。理想家肌で純粋なその青年は、たまたま、夫婦のいさかいを目撃していきり立ち、たちまち力いっぱい夫をなぐりつけたので、鋭い大理石の暖炉の縁で頭蓋骨をくだいてしまったのだ。陪審員は、その挑発が悪辣なものであったこと、この若い理想家が殺意を抱いていなかったことを認め、過失致死罪として五年の刑を宣告したのである。この事件が彼女にむけた世論にすっかり怯えて、苦しんだジャニスは〝忘れ去るために〟外国へ逃れた。

〈彼女は忘れ去ることができたであろうか?〉《日曜の友》紙はこう問いかけている。〈われわれはそうあってほしいと思っている。たぶん、どこかで幸福な妻となり、母となって、かつて静かに彼女を苦しめ悩ましつづけた年来の悪夢も、いまはただの夢となったことであろう〉

「なるほど」エルキュール・ポアロはつぶやいて、リリイ・ガンボールへと移った。人口過剰時代の悲劇の子だ。

リリイ・ガンボールはどうやら実家が子だくさんだったので、そこから出されることになったようだ。一人の伯母が責任をもってリリイの面倒をみることになった。リリイは映画界に入りたがったが、伯母は許してくれなかった。リリイ・ガンボールは、ちょうどテーブルの上にのっていた肉切り包丁をとりあげると、それで伯母を一撃した。伯母というのは独裁的な性格ではあったが、小柄で、か弱い女だった。その一撃は彼女を殺してしまった。十二歳ではあったが、リリイは発育のいい筋骨たくましい子だった。ある更生施設がその門戸を開き、リリイは日常の視界から消え去ってしまった。

〈いまや、彼女は一人の成長した女性であり、ふたたびこの文明社会へ戻ってきた。監禁と保護観察の数年間、彼女の品行は模範的だったと言われている。この事実は、われわれが非難すべきはその子供ではなく、社会システムなのだということを示してはいないだろうか？　無知のままに育てられた小さなリリイは、環境の犠牲者だったのだ。いまは悲しい過ちのつぐないを済ませ、彼女はどこかで幸福に暮らしている。願わくば、よき市民、よき妻、よき母親であるように、あわれなリリイ・ガンボールよ〉

ポアロは首を振った。肉切り包丁を自分の伯母に振り上げ、殺してしまうほど強くなぐりつける十二歳の少女なんて、彼にしてみれば可愛い子供とは言いかねた。彼の同情は、この事件に関するかぎり、伯母に向けられたのである。

彼はヴェラ・ブレイクに目を転じた。

ヴェラ・ブレイクは明らかにすべてを禍《わざわい》へと転じるタイプの女である。はじめ彼女はボーイ・フレンドをつくったが、やがてその男は銀行のガードマンを殺して、警察のおたずねものになるというギャングに転落した。つぎには堅気の商人と結婚した。やがて、男は盗品の故買人になってしまった。彼女の二人の子供は当然、同じく警察の要注意人物だった。彼らはおふくろと一緒にデパートへ出かけて行って、万引でなかなかの稼ぎをしてみせた。しかし、しまいには、〝親切な男〟が首を突っ込んできた。彼は悲劇のヴェラに、自治領にある家を提供してくれたのである。彼女と子供たちは、この不毛の本国に別れを告げることになるだろう。

〈そのような訳で、これから彼女たちは待ちうけている新しき生活に入っていくことになる。あやまちのみ多かりし長い年月を経て、ヴェラの悪業も終わったのである〉

「どうかな」とポアロは疑り深く言った。「彼女は、自分の結婚した男が定期船専門のペテン師だってことに気がつくくらいが関の山じゃないか！」

彼は後ろによりかかると、四枚の写真をながめた。大きな帽子と両耳のところからカールした乱れた髪をのぞかせているエヴァ・ケインは、耳の上に、一束のバラを受話器のように持っている。ジャニス・コートランドは、釣鐘形の帽子を耳がかぶさるまで押し下げ、腰までとどく服を着ていた。リリイ・ガンボールはアデノイド症状を示している平凡な子供で、息づかいが困難なためか、口をポカンとあけて、分厚い眼鏡をかけていた。ヴェラ・ブレイクにいたっては、かわいそうにすっかりぼやけてしまっていて、表情ははっきりわからなかった。

なにかの理由から、マギンティ夫人は、この記事をすっかり切りぬいておいたのだ。なぜだ？　ただそのストーリーが夫人の興味をひいたからなのだろうか？　ポアロにはそうは思えなかった。マギンティ夫人は六十余年の生涯に、ごくわずかなものしか取っておかなかった。ポアロは、彼女の持ち物に関する警察リポートで、そのことを知っている。

夫人はこれを日曜日に切り抜き、月曜日には一びんのインクを買いに行ったのだ。すると結論は、いままで手紙など書いたこともない彼女が手紙を書こうとしたということになる。それがビジネスに関することなら、夫人はジョー・バーチのところへ相談に行ったろう。とすると、ビジネスではない。それは——いったいなんだったのだ？

ポアロの眼は、もう一度四枚の写真の上にそそがれた。《日曜の友》紙はこう尋ねている、〈今いずこに？〉

このなかの一人が、とポアロは考えた、昨年の十一月にブローディニーにいたのかもしれないぞ。

3

ポアロが、ミス・パメラ・ホースフォールと顔をつきあわせている自分に気がついたのは、やっとその翌日になってからだった。ミス・ホースフォールは、あまりゆっくりはしていられない、すぐシェフィールドまで急いで行かなければならないから、と言い訳をした。

ミス・ホースフォールは背が高く、男みたいな感じで、酒も煙草もどんどんやるほうである。彼女を見ていると、《日曜の友》紙にあの甘ったるいセンチメンタルな言葉を書きつらねたのが、彼女のペンだということは、どうしても信じられなくなってしまう。が、とにかく、それは事実だった。

「さ、ざっくばらんにおっしゃって」ミス・ホースフォールはポアロに向かって、こうせっついた。「あたし、もう行かなくちゃなりませんの」

「お話というのは、《日曜の友》紙に書いたあなたの記事のことなのです。ほら、去年の十一月に悲劇のヒロインたちのシリーズで」

「ああ、あの記事、ひどくおそまつだったわね」

ポアロは、その点に関しては意見を述べなかった。彼はこう言った。

「わたしは十一月十九日付でとりあつかわれた、犯罪に関係した女たちの記事にとくに興味を覚えたのです。つまり、エヴァ・ケイン、ヴェラ・ブレイク、ジャニス・コートランド、それにリリイ・ガンボールのことですがね」

ミス・ホースフォールはにやりと笑った。

「女主人公たちは今いずこに？　でしたわね」

「あなたはあの記事を発表したあとで、ときどき手紙なんかをもらっているのじゃないかと思うのですが」

「たしかにおっしゃるとおり！　世の中には、手紙を書くしか能のない人間がいますからね。〝わたしはかつて殺人者クレイグが街を歩いて行くのを見たことがある〟なんてのもあれば、〝彼女の人生物語は、あたくしが想像していたより、ずっとずっと悲惨でした〟なんてことを聞かせたがる人もいますのよ」

「あなたはあの記事の発表後、ブローディニーのマギンティ夫人から手紙を受け取りませんでしたか？」

「まあ、どうしてそんなことがこのあたしにわかるものですか！　あたし、バケツに何杯って受け取っているんですよ。どうしてあたしが、とくにある一人の名前を覚えていなくちゃなりませんの？」

「いや、あなたが覚えているかもしれないと思ったものですから」とポアロは言った。

「つまり、その数日後にマギンティ夫人が殺されたのです」

「あなたの言ってる、その――」ミス・ホースフォールはシェフィールドに行こうとあせっていたのも忘れて、椅子にまたがった。「マギンティ――マギンティね……あたし、その名前思い出したわ、下宿人に頭をペチャンコにされた。ジャーナリスティックな興味からいったら、あまりパッとした事件じゃないわね。セックス・アピールが、全然ないんですもの。で、その人があたしに手紙をくれたって、あなた、おっしゃるのね？」

「《日曜の友》紙宛に出したと思うのですが」

「同じことよ。どうせあたしのところへ回ってくるんですもの。殺人てことになると――しかも、名前が新聞に出たとなると――たしかにあたし、覚えているはずなんだけど――」彼女は言葉を切った。「待てよ――ブローディニーじゃなかったな――ブロードウェイからだったわ」

「あなたはそう覚えているのですか？」

「そうね、どうもはっきりしないな……でも、その名前はと……おかしな名前ね、そうじゃありません？　マギンティ！　そうだわ――ものすごい筆跡で、文章もつづりもあったものじゃない、あれだけしか思い出せないとすると……だけど、たしかにブロードウェイから来た手紙だったけどなあ」

ポアロは言った。「あなたはいま、ものすごい筆跡とおっしゃった。ブロードウェイとブローディニー――両方ともよく似ている地名です」

「そう――そうかもしれないわ。つまりね、誰だって、こんな妙ちきりんな田舎町の名前なんか、覚えちゃいられないのよ。マギンティ――そう、あたし、はっきり覚えているわ。たぶん、その殺人のことが、その名前と密着したのね、あたしの場合」

「どんな内容の手紙だったか、覚えていますか？」

「えーと、なにか写真のことだったわ。あの新聞に載っていたような写真が、どこにあるか彼女が知っていると言うの――それに対して、あたしたちがなにかしてくれるか、いくら払ってもらえるかってこと」

「で、返事を出しました？」

「あのね、あたしたちは、別にそんなものほしくないんですよ。お決まりの返事を出しただけだわ。たいへんありがとうございますが、ご意向には添いかねますってね。でも、それはブロードウェイ宛に出しちゃった――だから、そのおばあちゃんが返事を受けとったとは思えませんわ」

「彼女は写真がどこにあるか知っていた……」

ポアロは、ふとある言葉を思い出した。モーリン・サマーヘイズの何気ない一言、「そりゃあ、彼女もちょっとぐらいはうろうろ覗きまわったりしましたけど」

マギンティ夫人は覗いたのだ。彼女は正直者だったが、いろんなことを知りたがった。それに、人間というやつは、いろんなものを取っておきたがるものだ――ばかげた、意味もない過去の記念品。ただ感傷的な理由から、そんなものをしまっておき、あるいはそれらを見落としてしまって、そこにあることさえ忘れてしまう。

マギンティ夫人は一枚の古ぼけた写真を見つけ、あとで、それが《日曜の友》紙に複写されていることを知ったのだ。そして、彼女はその写真がいくばくかのお金にならないかと思った……

ポアロは元気よく立ち上がった。「いや、ありがとうございました、ミス・ホースフォール。たいへん失礼な言い方で恐縮ですが、あなたがお書きになったこれらの記事の内容は正確ですかかな？　たとえば、わたしはクレイグ事件の年が間違っていることに気づきましたよ――実際には、あなたがお書きになった年より一年あとです。コートランド事件では、夫の名前はヒューバートじゃなくて、たしかハーバートとわたしは覚えていますよ。リリイ・ガンボールの伯母は、バークシャーじゃなくて、バッキンガムシャーに住んでいたのです」

ミス・ホースフォールは煙草を振りまわした。

「あのね、正確さなんて、問題じゃないのよ。はじめからおしまいまでロマンティックな寄せ集め。あたしは事実をほんのちょっと詰めこんで、香辛料をたっぷり振りこんで異国風に料理しただけなの」

「わたしの言いたいのは、ヒロインたちの性格も、どうも完全に描き切っていないということなのですがね」

パメラは馬のようないななきを発した。

「モチ、描いちゃいないわよ。ねえ、どうかしら？　あたし、あのエヴァ・ケインという女は、ちょっとした牝犬で、傷心の無実の人間なんかじゃないとにらんでいるのよ。コートランドの女房にしたって、なんのために、八年も黙ってサディスティックな変態とがまんして暮らしてたのかしら？　それはね、ご亭主がたーんとお金を持っていて、ロマンティックな青年のほうは一文なしだったからよ」

「では悲劇の子、リリイ・ガンボールは？」

「あの子があたしに肉切り包丁を振りまわしたって、あたしはびくともしないわよ」

「ヒロインたちはこの国を去って行った──彼女たちは〝新しい生活のスタートを切るために〟──〝英国自治領へ〟──〝外国へ〟──アメリカへ旅立って行った。なんの証拠もない。それとも、あとになって、彼女たちがまたこの国へ舞い戻って来ていないという証拠でもありますかな？」

「そんなもの、ぜんぜんないわ」とミス・ホースフォールは同意した。「さてと──もうほんとに飛び出さなくちゃ──」

その夜遅く、ポアロはスペンス警視を電話で呼び出した。

「ポアロさん、あなたのことを心配しておりましたよ。なにかつかめましたか？　なにか？」

「わたしは尋問をすませましたよ」とポアロはおごそかに言った。

「え？」

「そしてその結果はこうです。ブローディニーの住人はおしなべて善人なり」

「それはいったいどういう意味なんです、ポアロさん」

「ねえ、あなた、考えてごらんなさい、〝善人〟──この言葉が、今に至るまで殺人の動機だったのです」

第九章

1

「おしなべてこれ善人か」ポアロは駅の近くにあるクロスウェイズの門の中に入りながら、こうつぶやいた。

玄関の側柱の真鍮板は、医学博士レンデルの住まいであることを示している。

ドクター・レンデルは大柄で、陽気な四十男だった。彼は熱意をこめて、この客を迎えた。

「われわれの静かな小村が」とドクターは言った。「偉大なるエルキュール・ポアロ氏をお迎えできたことは非常に光栄です」

「いや」とポアロは言った。彼はご満悦だった。「すると、あなたはわたしの名前をご存じなのですね」

「むろんですとも。知らぬ者がおりましょうか？」

その問に答えることは、ポアロの自尊心がゆるさなかった。彼はうやうやしくこう言っただけだった。「あなたがご在宅でしたのは、たいへん幸運でした」

べつに幸運というわけではなかった。それどころか、抜け目なくタイミングを狙ったのだ。しかし、ドクター・レンデルは愛想よく答えた。

「そうです、うまい具合にお会いできましたからね。十五分もすると手術があるのです。さて、なにかお役に立てますかな？　わたしは、あなたがここでなにをなさっているか知りたいという好奇心でいっぱいなのです。静養にいらっしゃったのですか？　それとも、この村の真ん中で犯罪でも起こったのですか」

「そう、過去にね――現在ではないのです」

「過去に？　わたしは覚えてないが――」

「マギンティ夫人ですよ」

「ああ、なるほど。忘れてましたよ。しかし、あなたがあの事件に関係なさっているとは――こんなに時間が経ってからですか？」

「あなたを信用して打ちあけますとね、わたしは弁護人側に雇われたのです。新しい証拠さえ挙がれば、控訴ができますからね」

ドクター・レンデルは鋭い口調で言った。「しかし、どんな新しい証拠が手に入りますかね？」

「それは、ああ、わたしには述べる自由はありません」

「いや、そうでしょうとも、これは失礼しました」

「しかし、あることのためにお伺いしたので――それはつまり、大変奇妙な――大変その、なんと申しましょうか――つまり、マギンティ夫人がときどき、こちらへ働きに来ていたということを耳にしたからなのです」

「ああ、そうですか、ええ、そうですよ。彼女は来ておりました、ええと、一杯いかがです？　シェリーにしますか？　それともウイスキー？　シェリーのほうがお好きでしょう？　わたしもそうなのです」ドクターはグラスを二つとってくると、ポアロのそばに腰をおろしてつづけた。

「彼女は臨時の掃除に、一週間に一度来てくれたのです。うちには非常に優秀な家政婦がおりますが――ええ、申し分のない人なんですが、しかし真鍮やひざまずいて台所の床を磨いたりするのは、つまり、わがミセス・スコットには無理でしてね。マギンティ夫人はよく働いてくれました」

「彼女は信用できるとお思いでしたか？」

「信用できる？　そうね、これは変わった質問ですな。お答えする資格は、どうもわたしにはなさそうですな――それを知る機会がなかったものですからね。ま、わたしの知っているかぎりでは、まったく信用できましたよ」

「では、かりにですね、夫人が誰かになにか言ったとすると、それはだいたい真実だと思いますね？」

ドクター・レンデルはかすかに動揺の色を示した。

「さあ、そういうことに関してはどうもね。わたしは、ほんとに彼女のことをほとんど知らないのですよ。ミセス・スコットに訊いてみましょう。彼女のほうがよく知っていますからね」

「いやいや、そんなことをするほどのことではないのです」

「あなたはどうもわたしの好奇心を刺激したようですよ」ドクター・レンデルは陽気にこう言った。「彼女が言いふらしてたというのはどんなことなのです？　中傷のようなことなのですか？　つまり、だれかの悪口でも？」

ポアロはただ首を振っただけだった。それから、「おわかりでしょうが、こういうことは、いまのところ、ごくごく内密にしておかなくてはならないのです。わたしはまだ捜査に手をつけたばかりですからね」

ドクター・レンデルは、やや、皮肉な口調で言った。

「少しでも先をいそがなければならないというわけですな？」

「そのとおりです。与えられた時間は、ごく短いのですから」

「まったく驚きだと申すほかはありませんよ……われわれこのあたりの連中は、みんなベントリイの仕業だとばかり思っていましたからね。そのほかに可能性があるなどと夢にも思っていませんでした」

「これはごくありふれた汚らわしい犯罪で、とくに興味のあるものではない、こうおっしゃりたいのでしょう？」

「そう——そうなのですよ。その言葉がぴったりした感じですな」

「あなたはジェイムズ・ベントリイをご存じでしたか？」

「医者ですから、あの男が一度か二度やって来たことはありますよ。自分の健康には神経質なたちの男でしてね。母親に甘やかされたのだと思いますな。そんな例はよく見かけるものです。そういった例は、この土地にもまだほかにありますよ」

「と言いますと？」

「そうですね、ミセス・アップワード、ローラ・アップワードがそうです。自分の息子を溺愛しているのです。自分のエプロンの紐に息子をしっかりと結び付けているんですな。息子というのは利口な男ですが——自分で思っているほど利口というわけではないのです、ま、ここだけの話ですがね――しかし、たしかに才能はありますよ。新進の劇作家のつもりなんですね、そのロビン君は」

「その親子は、ここに長く住んでいるのですか？」

「三、四年になりますかな。このブローディニーに非常に長く住みついている人は、誰もおりませんよ。はじめから住んでいるのは、ロング・メドウズあたりに固まっている、ほんのひとにぎりの田舎家だけです。あなたはあそこにお泊まりになっているのではないですかな？」

「そうです」それほど意気揚々といった様子ではなくポアロは答えた。

ドクター・レンデルはなんだかうれしそうだった。

「あの高級下宿《ゲスト・ハウス》ときたらまったく」と彼は言った。「だいいち、あの若い女性はゲスト・ハウスの運営の仕方もまるっきり知らないんですからな。彼女は結婚生活をインドで送って、なにもかも使用人任せだったのですよ。あなたが快適だと思ってないってことは、賭けてもいいですな。長逗留する者なんか一人もおらんのです。あのかわいそうなサマーヘイズのほうはどうかといえば、彼がいまやろうとしている市場向菜園なんかでは、なに一つできやせんですよ。気持ちのいい男ですがね――商売についてはなんの考えも持っていない――ま、金に余裕のある生活をしようと思ったら当節では商売にかぎりますな。このわたしが病気を癒すなどと早合点をなさってはいけませんよ。ただの診断書の署名にすぎませんからな。もっとも、わたしはサマーヘイズ一家は好きですよ。奥さんのほうはなかなか魅力的な女性だし、サマーヘイズはおそろしくお天気屋のところがありますが、悪友の一人ですよ、最上級のね。サマーヘイズ老大佐のことを知っていらっしゃったらよかったですね。たいしたさむらいで、悪魔みたいに誇り高き男でしたよ」

「サマーヘイズ少佐のご父君ですね？」

「そうです。老人が死んだときには、たいした金は残っていませんでした。おまけに遺産相続税がこの連中の悩みの種でした。でも、連中はこの土地にしがみつく決心をしたのですよ。人がそれを羨むか、とんでもないばかだというか知りませんがね」

　彼は腕時計に目をやった。

「もうおいとましなければなりませんな」とポアロが言った。

「いや、まだ二、三分は大丈夫ですよ。それにうちの家内をおひきあわせしたいですな。どこにいるかな、あれはあなたがこちらに来ていらっしゃると聞いて、興味津々でしてね。わたしたちは二人とも犯罪マニアなのですよ。そんなものをたくさん読んでいます」

「犯罪学ですか、小説、それとも日曜版ですか？」とポアロは微笑しながらたずねた。

「その三つともですよ」

「《日曜の友》のような程度の低いものでも？」

レンデルは笑った。

「それがなくてなんの日曜です？」

「五ヵ月前に面白い記事が出ていましたね。とくに殺人事件に巻きこまれた女性とその悲劇的な人生の記事でしたが」

「そう、その記事は覚えていますよ。ずいぶんばかげた記事でしたがね」

「ああ、そうお思いですか？」

「そうですとも、クレイグ事件は、あれを読んで初めて知ったのですが、ほかの事件のひとつ――コートランド事件では、あの女が悲劇的な無実だなんてことはぜったいにないですとも。まぎれもなく不身持ちな悪女でね。わたしの伯父というのが、あの夫と付き合ってたので、知っているんですが。亭主のほうは、たしかに上等な男ではありませんが、細君のほうだって似たり寄ったりですよ。彼女は、あの青二才をとりこにして、殺人をそそのかしたのです。で、その若い男が過失致死で監獄行きとなると、あの女はすたこら逃げ出して、金持ちの後家さんということになり、ほかの男と結婚したのですよ」

「《日曜の友》にはそれは書いてありませんでしたな。彼女が誰と結婚したか覚えてますか?」

レンデルは首を振った。

「その男の名前は、耳にしたおぼえがありませんな。誰かの話だと、あの女はまったくうまくやったということですがね」

「あの四人の女性がいまどこにいるのか、という記事を読んで驚いた人もいるでしょうな」とポアロは考えながら言った。

「そうですな、先週のパーティかなにかで、その四人のうちの一人にお目にかかっているかもしれませんね。連中は、自分の過去をきれいに隠しているにきまっていますからな。あの写真からでは、とても見分けなんかつきませんよ。みんな、なに喰わぬ顔をしてすましこんでいるでしょうから、そうですとも」

時計が鳴り、ポアロは腰をあげた。

「これ以上お邪魔できませんな。どうもたいへんご親切にしていただきまして」

「いや、たいしてお役に立たず、恐縮です。男というものは、自分のところの日雇い掃除婦がどんなものか、大ざっぱにしか知らないものでしてね。しかし、ちょっとでもうちの家内に会っていただきたいですな。あとで、あれにいじめられますからな」

彼はポアロをホールのほうへ案内しながら大声で呼んだ。

「シーラ、シーラ」

二階からかすかな答えがあった。

「降りておいで、いいことがあるよ」

やせた、金髪で蒼白い顔をした女が、階段を身軽に駆け下りて来た。

「ここにいらっしゃるのがムッシュー・エルキュール・ポアロだよ、シーラ、驚いたろ？」

「まあ！」レンデル夫人は、声も出ないほど驚いたらしかった。彼女の薄青い眼が、気づかわしげにポアロにひたと向けられた。

「マダム」と言って、ポアロはいかにも異国風に彼女の手の上に身をかがめた。

「あなたが、こちらへおいでになっているということは耳にしておりましたの」とシーラ・レンデルは言った。「でも、まさか――」彼女は言葉をとぎらせた。夫人のあかい瞳がすばやく夫の顔へと走った。

「彼女がグリニッジ標準時としているのは、夫だからな」とポアロは胸のなかでつぶやいた。

二、三、お世辞をしゃべってから、彼は辞去することにした。温厚なドクター・レンデルと、気遣わしげで、舌足らずのレンデル夫人が、彼の印象に残った。

マギンティ夫人が火曜日の午前中、働きに行っていたレンデル家では、かなりたくさんの収穫があったわけだ。

2

ハンターズ・クロウズは、雑草の生い茂った、だらだらとした長い車道のわきにある、どっしりとしたヴィクトリア朝風の家だった。はじめはさして大きな家とは考えられなかっただろうが、いまでは暮らすには不便なほど大きいといった感じだった。

ポアロはドアを開けてくれた外国人の若い女に、ミセス・ウェザビイにお会いしたいと伝えた。

彼女は彼をじっと見つめながら、こう言った。

「あたし、わかりません。お入りください。ミス・ヘンダースンにならお会いになれますわ」

彼女はホールに立ったポアロを置きざりにして行ってしまった。まるでそこは、不動産屋の宣伝文句〝設備完備〟そのものだった。世界の各地から取りよせたいろいろな珍しいものでいっぱいだった。とりわけきれいにしてあるというのでもなく、それかといって埃だらけにもなっていなかった。

さっきの外国女があらわれて、こう言った。「ついてきてください」そして大きなテーブルがおいてあるうすら寒い小さな部屋へ案内した。マントルピースの上には、大きな鉤鼻みたいなひどく曲がった口の付いている、大きくていささか不吉な形をした銅製のコーヒー・ポットがおいてあった。

ポアロの背後のドアが開き、一人の女が部屋に入って来た。

「母は休んでおりますの」と彼女は言った。「なにかあたしでよろしかったら？」

「あなたがミス・ウェザビイですか？」

「ヘンダースンです。ウェザビイはあたしの継父にあたります」

年のころ三十くらいのありきたりの女だった。大柄でぎこちないそぶりをする。彼女はじっと見つめていたが、警戒しているような眼ざしだった。

「こちらへ働きに来ていたマギンティ夫人のことで、あなたからなにかお聞きしたいのですが」

彼女はポアロをじっと見つめた。

「マギンティ夫人ですって？　でも、あの人は死にましたわ」

「それは知っているのです」とポアロは静かに言った。「それでも、わたしは夫人のことをお聞きしたいのですよ」

「ああ、保険のことかなにかでしょうか？」

「いや、保険のことではありません。新事実に関するおたずねなのです」

「新事実ですって？　あの——夫人の死について？」

「わたしは」とポアロは言った。「ジェイムズ・ベントリイが有利になるよう、調査をすることを弁護士に約束したのです」

ポアロを見つめながら、彼女はたずねた。

「でも、彼がしたことじゃありませんか？」

「陪審は、彼がやったと考えています。しかし、陪審が誤認したことがわかったのです」

「じゃ、彼女を殺したのは、ほんとにほかの人なんでしょうか？」

「かもしれませんね」

彼女はぶっきらぼうに尋ねた。「誰です？」

「それが」ポアロはやんわりと答えた。「問題なのですよ」

「なんのことだかさっぱりわかりませんわ」

「わからない？　でもマギンティ夫人については、なにか聞かせていただけるでしょうね？」

彼女は不承不承に言った。

「ええまあ……でもなにがお知りになりたいのです？」

「そうですね――まず最初に――彼女をどうお思いでした？」

「さあ――これといってべつに。彼女はほかの人たちとべつに変わったところはありませんでしたわ」

「おしゃべりでしたか、それとも無口なほう？　好奇心は強いほうでしたか、それとも遠慮がち？　陽気？　それとも不機嫌？　善い人か――あるいはそれほど善良な女ではなかったですかな？」

ミス・ヘンダースンの答えはこうだった。

「彼女はよく働きましたわ――でも、たいへんなおしゃべり。ときどきくだらないことを言ってましたわ……あたしは――ほんとは――あの人があまり好きじゃなかったわ」

ドアが開いて、外国女が口を出した。

「ミス・デアドリイ、お母さまが言っています、連れて来てください」

「お母さんがこの方を二階にお連れするようにと言っているの？」

「そうです、どうかおねがいします」

デアドリイ・ヘンダースンは、疑わしげにポアロを見た。

「母のところへいらっしゃいます？」

「まいりますとも」

デアドリイはホールを横切って、階段のほうへ案内して行った。彼女は突拍子もなく、こんなことを言った。「ほんとに外国人て、うんざりさせるわね」

彼女の言っているのは、あの外国女のことで、お客のことを指しているのではないことはあきらかだったので、ポアロは怒らないことにした。デアドリイ・ヘンダースンはどうも単純な女らしいなとポアロは思った——未熟と言っていいほど単純だ。

二階の部屋は安物の小物でいっぱいだった。それはずいぶん旅行をしたことのある婦人の部屋だった。そして彼女は行く先々で、その土地の土産を求めずにはいられないたちなのだ。その土産のほとんどが、あきらかに旅行者のふところ目当てで、いかにも喜びそうに作られてあった。部屋の中には、椅子やテーブルやソファーがごたごた置いてあって、隙間がなく、掛け布が多すぎる感じだった。そして、ミセス・ウェザビイはその真ん中にいた。

ミセス・ウェザビイは小柄な女性のようだった——大きな部屋の中では、痛ましいほど小さく見えた。それは効果のせいなのだ。しかしほんとうは眼に映るほど小さくはないのだ。〝あわれで小さなあたくし——〟と言いたがる人間は、この部屋なら、中背でも、充分その目的が達せられる。

夫人はソファーに楽々ともたれかかり、彼女のまわりには、本や編物、オレンジジュースのグラスやチョコレートの箱などがおいてあった。彼女はあかるく挨拶した。

「こんなかっこうで失礼しますわ。医者が毎日休養をとれとやかましく言いますし、言われたとおりにしないと、みんなに叱られますからね」

ポアロは夫人の伸ばした手をとると、例のお世辞をつぶやきながら、その上に身をかがめた。

彼の後ろから、デアドリイが断固とした口調で言った。「この方、マギンティ夫人のことがお知りになりたいんですって」

ポアロの手のうちに、ゆだねるようにおかれてあったデリケートな夫人の手が一瞬、固くこわばり、彼はふいに鳥の鉤爪を連想した。その手は、繊細なドレスデン製の陶器の感じから、一瞬にして鋭い猛禽類の鉤爪にかわったのだ。

かすかに笑いながら、ミセス・ウェザビイは言った。

「まあ、なんてばかなことを、デアドリイ、いったいマギンティ夫人て誰だい？」

「あら、お母さまおぼえていらっしゃるはずよ。家で働いてたじゃない、あの殺された人」

ミセス・ウェザビイは眼を閉じて震えた。

「やめておくれ、おまえ。とても怖い話だよ。あの後、何週間もわたしは怯えちまったんだからね。かわいそうなお年寄り。でも床の下なんかにお金をしまっておくなんて、ほんとにばかだねえ。銀行に預けておけばよかったんだよ。ああ、むろん、わたしはなにもかもおぼえているよ——ただ、名前だけ忘れてしまったのさ」

デアドリイは無神経に言い張った。

「この方は、彼女のことが聞きたいのよ」

「さ、お坐りになって、ムッシュー・ポアロ。わたしはもう好奇心でいっぱいですの。ミセス・レンデルがたったいま電話をかけてまいりましてね、あたしたち、有名な犯罪学者をお迎えしたわけだと言って、あなたのご様子をすっかり話してくれたんですよ。それで、あのばかなフリーダがお客さまのことを告げに来たとき、てっきりあなたにちがいないと思いましたよ。ですからお迎えをさしあげたんですわ。さあ、おっしゃってください、どういうことなんですの？」

「お嬢さんがおっしゃいましたように、わたしはマギンティ夫人のことを知りたいのです。毎週水曜日に彼女がお宅へ伺っていたことは承知しております。そして彼女が死んだのは水曜日でした。ですから、あの日に、彼女はこちらへまいったはずです、ちがいますか？」

「そうでしょうね、そう、そうだと思いますよ。正確なことはいま申し上げられませんが。もうずいぶん前のことですものね」

「ええ、何カ月にもなります。で、夫人はその日、なにか言ってませんでしたか——なにかとくべつのことを？」

「ああいった階級の人間は、いつもよくしゃべりますからね」ウェザビイ夫人は嫌悪の情をあらわにしながら言った。「だれも本気で耳をかたむけやしませんよ。それにとにかく彼女がその夜、泥棒に入られて自分が殺されることになっているなんてことはわかるわけがありませんしね、そうでしょう？」

「原因と結果があります」とポアロは言った。

ミセス・ウェザビイは額に皺をよせた。

「あなたのおっしゃる意味がわかりませんね」

「たぶん、わたし自身にもわからないのです――いまのところはね。人は光に向かって闇夜の中を動こうとする……あなたは新聞の日曜版をおとりですか、ミセス・ウェザビイ？」

夫人の青い瞳が大きく見ひらかれた。

「ええ、そりゃあ、むろんですわ。わたしは《オブザーヴァー》と《サンデイ・タイムズ》をとっていますす、どうしてですの？」

「ほほう、マギンティ夫人は《日曜の友》と《世界のニュース》をとっていました」

ポアロは言葉を切った。が、誰も口を開く者はいなかった。ミセス・ウェザビイは溜め息をつき、眼を半眼に閉じた。彼女は言った。

「それこそ大変な騒ぎでしたわ。彼女の家にいた、あのおそろしい下宿人。わたしは彼がちゃんとした頭の男だとは根っから思ってやしませんでしたよ。けれど、実際はともかく、見たところは教育のありそうな人間に見えました。それが、かえって事を悪くしたんですよ。そうじゃありません？」

「そうですかな？」

「そうですとも――わたしはそう思いますよ、あんなむごたらしい殺人、肉切り包丁、ああ！」

「警察はその凶器をまだ発見していないのです」とポアロは言った。

「あの男は、池かなんかの中にそれを投げこんだのですよ」

「警察の人たちは池をさらっていたわ」とデアドリイが言った。「あたし、見たわ」

「ねえ、おまえ」と母親は溜め息をついた。「ばかなことを言わないでおくれ。そんなことを考えるのを、わたしがどんなにいやがっているか、知っているだろう、ああ、頭が」

たけだけしく、娘はポアロのほうへ向きなおった。

「もうこれ以上、あのことを話すのはおやめになって」と彼女は言った。「お母さんのためによくないのよ。うちの母はとても神経がもろいほうですからね、探偵小説だって読めないんですよ」

「これはたいへん失礼を」と言ってポアロは立ち上がった。「ただ、わたしには、こうした失礼を犯した言いわけが一つだけあるのです。ある男が三週間のうちに死刑にされようとしているのです。もし、犯人がこの男でないとしたら――」

ミセス・ウェザビイはひじをついて、身を起こした。夫人の声はかん高かった。

「むろん、あの男の仕業ですよ」と彼女は叫んだ。「あの男がしたことにきまっているじゃありませんか」

ポアロは首を振った。

「いや、それほどたしかなことではないようですよ」

彼はそそくさと部屋を出た。ポアロの足が階段にかかると、娘があとから追いかけてきた。彼女はホールでポアロをつかまえた。

「どういう意味であんなことをおっしゃいましたの？」

「言葉どおりのことですよ、マドモアゼル」

「そう、でも——」彼女は言葉がつまった。

ポアロはなにも言わなかった。

デアドリイ・ヘンダースンは、ゆっくり言った。「あなたはすっかりお母さんを興奮させてしまったのよ。母はあんなことが大嫌いなんです——泥棒や殺人や——暴力沙汰は」

「それでは、ここで実際に働いていた女性が殺されたときは、大変なショックだったでしょうね」

「ええ、そう——そうでしたわ」

「すっかりまいってしまったでしょうな——そうでしょう？」

「あのことについては、お母さん、なにも聞こうとしませんでしたの……あたしたち――あたし――いいえ、あたしたちはそういうむごたらしい話は」

「戦争についてはどうです？」

「幸せなことに、この辺には、爆弾一つ落ちませんでしたわ」

「戦争中はどういう役割を果たしたのです、マドモアゼル？」

「ああ、あたしはキルチェスターのＶＡＤ（救急看護奉仕隊）に参加してました。それにＷＶＳ（婦人義勇隊）にも関係がありましたのよ。むろん、あたしは家を離れるわけにはいきませんでしたけどね。お母さんにはあたしが必要だったのです。ですけど、お母さんは、あたしがちょいちょい外出するものですからとてもいやがっていましたの。なにからなにまで面倒なことばかり。それに使用人のことがありますの――言うまでもないことですけど、お母さんは家庭の仕事なんか一つだってやったことのない人ですし、身体も丈夫じゃありませんからね。でも、そうかといって使用人はなかなか雇えませんでした。それで、マギンティ夫人が手伝いに来ることになったんです。彼女が家に来るようになったのは、そういうわけなの。あのひとは、とても働き者でしたわ。しかしもちろんなにもかも昔のようにはいきませんわ」

「あなたは、そんなに気がかりなのですか、マドモアゼル？」

「あたしが？　とんでもない」彼女はびっくりしたらしかった。「でもお母さんはちがいますわ。お母さんは、まだ過去に執着をもっていますもの」

「そう、ある人たちにとってはね」とポアロは言った。

まだ眼底に残っている記憶が、ほんのさっきまでポアロがいた部屋のありさまを彷彿させた。そこにはなかば引き出された書物机の引き出しがあった。それにはいろいろな細かなものが入っている――絹の針山、こわれた扇、銀製のコーヒー・ポット、古雑誌が数冊。引き出しはいっぱいで閉まらないほどだ。彼は静かに言った。「そして、そういう人たちは、いろんなものを大事にとっておくものですよ、昔の思い出の数々を――舞踏会のプログラム、扇、過ぎし日の友だちの写真、メニューや芝居のプログラム、こうした品々を見ていると、昔の思い出が目に浮かんでくるので、とっておくのですね」

「そのとおりだと思いますわ」とデアドリイは言った。「あたしにはその気持ちがわかりませんけどね。あなたは未来ばかり見つめていて、なにかとっておいたことなんかないんです」

デアドリイはゆっくりと言った。

「どこを見ているのか自分でもさっぱりわかりませんわ……つまりね、今日のことだけでいつもたくさん。そうじゃありません？」

玄関が開いて、背の高い、やせた年輩の男がホールに入って来た。彼はポアロを見ると、ぴたりと歩みをとめた。

彼はデアドリイを見つめると、眉が不審につり上がった。

「こちらは、あたしの継父なんですの」とデアドリイは言った。「あたし、あの——あなたのお名前をまだ存じませんの」

「わたしはエルキュール・ポアロです」ポアロは例によって、大層な名乗りを上げる際の、いささか震えを帯びた声音でこう言った。

ウェザビイ氏はべつに感銘を受けた様子でもなかった。

彼は、「ああ」と言うと、コートをかけるために背を向けた。

デアドリイが言った。

「この方はマギンティ夫人のことをおたずねにいらっしゃったのです」

ウェザビイ氏は一瞬動きをとめたが、やがてコートを洋服かけにきちんとかけ終わった。

「それはどうもけっこうなことのようですな」と彼は言った。「ただ、何カ月か前に死んだというその婦人だが、彼女がここで働いていたのは事実としても、われわれは彼女や彼女の家族については、なんの情報も得ておらん始末です。もし、なにか知っておれば、とっくに警察に伝えてあるはずですからな」

彼の語調には、これで話はおしまいだぞという気配が見えた。彼は腕時計を見つめた。

「昼食は十五分以内にできるだろうな」

「今日はちょっと遅れると思いますけど」

ウェザビイ氏の眉がまたつり上がった。

「なんだと？　なぜそうなったんだね？」

「フリーダが今日はすこし忙がしくて」

「ねえ、デアドリイや、私はいまさらこんなことは言いたくないんだが、家庭の切り盛りは、おまえにまかせてあるのだよ。もう少し、時間をきちんとしてもらいたいものだな」

ポアロは玄関のドアを開け、外に出た。彼は、肩越しに振り返ってみた。

すると、ウェザビイ氏が継娘に向けている、冷たい嫌悪にみちた視線とぶつかった。ポアロを見返したその眼には、ほとんど憎悪といってもいいような色が見えた。

第十章

ポアロは第三番目の訪問先を昼食後まで残しておくことにした。昼食は牛の尻尾のひどいシチューに、水っぽいじゃがいも、それにモーリンがたぶんパンケーキに変わるだろうと楽観的に希望していた代物がついていた。それらは、じつに一種独特の料理だった。

ポアロはゆっくりと丘をのぼっていった。ほどなく右手のほう、ラバーナムズに着くはずだった。二軒だったものを壊して一軒の現代風に改装した田舎家。ここにはミセス・アップワードと新進劇作家を約束されているロビン・アップワードが住んでいた。

ポアロは口髭に手をやりながら、しばらく門前に立ちどまった。彼がそうしているうちに、一台の車が曲がりくねりながらゆっくりと丘を下ってきたかと思うと、リンゴの芯が彼の頬めがけて、力一杯飛んできた。

びっくりして、ポアロは抗議の声をあげた。車がとまり、窓から頭が出て来た。

「あらすみません、当たりました?」

ポアロは返事をしようとしたがやめた。彼はそのやや気高いといってもいい顔を見つめた。くっきりした眉、灰色の髪の波打ったみだれ、記憶の糸がほぐれだした。リンゴの芯も彼の記憶に力を貸した。

「これはこれは、オリヴァ夫人」と彼は叫んだ。

彼女は高名な探偵作家だった。

「まあ、ムッシュー・ポアロ」

叫びながら、女流作家は車から抜け出そうともがいた。小さな車だった。それにオリヴァ夫人は大女だった。ポアロはあわてて手を貸した。

「長いドライヴをすると、からだがこわばってしまってね」言い訳がましくつぶやきながら、オリヴァ夫人は突然火山の爆発のような形で、道の上に飛び出てきた。

それから、おびただしい数のリンゴも一緒に飛び出して、愉快そうにコロコロと丘を転がっていった。

「袋がやぶけてしまってね」とオリヴァ夫人は説明した。

彼女は自分の胸の突出した棚から半分食べかけの迷えるリンゴを二つ、三つ払いのけると、大きなニューファウンドランド犬のように身ぶるいしてみせた。と、身体の凹所にひそんでいた、最後のリンゴが自分の兄弟姉妹たちと一緒になった。

「袋がやぶれちまって情けないわ」とオリヴァ夫人は言った。「これはコックス産でした。でもこの地方には、まだまだリンゴがあると思いますよ。それともないかしら？ たぶん全部よそへ送ってしまうのね。今日ではおかしなことばかり行なわれているんだから。それはそうと、ご機嫌いかがムッシュー・ポアロ？ あなたはここに住んでるわけじゃないでしょ？ むろんちがうわね、ではと、殺人事件ですか？ わたしが行くところの女主人じゃないでしょうね？」

「女主人って誰です？」

「それはね」と頭をうなずかせながら、彼女は言った。「ラバーナムズと呼ばれている家よ、教会を過ぎてすぐ左手の下りにかかったところ。そう、そこにちがいないわ、彼女はどんな人？」

「あなたはその人を知らないのですか？」

「知らないわ。わたしはね、いわば仕事のためにやって来たのよ。わたしの小説が、戯曲化されるんでね――ロビン・アップワードの手でよ。わたしたち、そのことで打ち合わせをすることになっているんですの」

「それは結構ですな、マダム」

「そんなに結構でもないのよ」とオリヴァ夫人は言った。「純粋な苦しみからはほど遠いわ。どうして探偵小説なんかに打ちこんだのでしょうね。わたしの小説、ずいぶん儲けさせてくれたのよ――でもね、吸血鬼どもはもっと儲けるのよ、わたしが書けば書くほど、その連中は儲けるというわけ。だからわたしは、もう無理をしないことにしたの。でもあなたには、自分のつくった登場人物がとても言いそうにないことをしゃべらされたり、やりそうにないことをやらされたりする苦痛はわからないでしょうね。そしてあなたが抗議すれば、みんなの言うことは、それが〝すばらしい劇〟だということになる。それがロビン・アップワードの考えていることなのよ。みんな誰でも、彼は頭が非常にいいと言うわ。でも、そんなに頭がいいのなら、どうしてオリジナルの芝居を書かないのかしら、わたしの不幸でかわいそうなフィンランドの主人公をそっとしておいてくれないのか、わたしにはわからないわ。わたしの名探偵は、フィンランド人でさえないわ。ノルウェー人のレジスタンスの一員になってしまっているのよ」彼女は髪の毛を手でかきまわした。「あら、わたしの帽子どうしちまったのかしら？」

ポアロは車の中を見た。

「マダム、あなたはどうも帽子の上に坐っていたんじゃないんですかな」

「おやまあ、きっとそうだわ」帽子の残骸を拾い上げながら、オリヴァ夫人は同意した。「わたし、この帽子が気に喰わないのよ。でも、日曜には教会へ行かなきゃならないと思ってね。大司教はいらないと言ったけど、それでも、もっと古風な牧師たちが帽子を着けるように望むかもしれないと、わたし、思ったのよ。さあ、あなたの殺人のことか、それともなんのことか知らないけど、しゃべんなさいよ。わたしたちの殺人のこと、覚えていて？」

「ええ、よく覚えておりますとも」

「面白かったわね。ほんものの殺人じゃなかったけれど――わたし、ほんものは全然いただけないわ。で、こんどの被害者は誰なの？」

「シャイタナ氏のようにしゃれた人物ではありませんよ（『ひらいたトランプ』参照）。年をとった掃除婦で、五カ月前に金を盗られて、殺されたのです。もう新聞でお読みになっているかもしれませんが、マギンティ夫人ですよ。若い男が有罪になり、死刑を宣告されているのです」

「で、彼は犯人じゃなかった。誰がやったか、あなたはちゃんと知っていて、それを立証しようというのね」オリヴァ夫人は早口で言った。「すてきね」

「早合点してはこまりますよ」溜め息をもらしながらポアロは言った。「誰がやったのか、まだわからないのです――ですから、それを証明するのは、まだまだ先のことですよ」

「男の人って、ずいぶんのんびりしているのね」オリヴァ夫人はけなすように言った。「いずれもうすぐ、わたしが犯人を教えてあげるわ。誰かこの辺の人だと思うけど。一日か二日うろつく時間をくださいね、そうすれば、犯人をたちどころに当ててみせてよ。女の直観、これこそあなたに必要なもの。シャイタナ事件では、わたし、ドンピシャリだったじゃないの」

ポアロはいんぎんに、オリヴァ夫人があの事件のとき、すばやく疑惑の対象を切りかえたのだということを、ご本人に思い出させまいとした。

「あなたがた、男というものはねえ」とオリヴァ夫人はいかにも寛大そうに言った。「女性がスコットランド・ヤードの長官だったらどうでしょう――」

彼女の、日ごろから口癖のこの話題は、家のドアから二人に呼びかけられた声で、中ぶらりんになってしまった。

「ハロー」とその声は呼びかけた。あかるい、気持ちのいいテナーだった。「オリヴァ夫人ですか?」

「わたしよ」とオリヴァ夫人は声をあげた。それからポアロにこう囁いた。「心配なさらないで。わたし、慎重にやりますからね」

「いやいやマダム、わたしはあなたが慎重であってほしくはないですね、その反対ですよ」

ロビン・アップワードは小道を下って、門から出て来た。彼は帽子なしで、ひどく古びたグレーのフラノのズボンをはき、みすぼらしいスポーツ・コートを着ていた。しかし、肥り気味でさえなかったら、好男子といってもよかった。

「アリアドニ、ぼくのすばらしい友！」彼はこう叫ぶと、彼女をひしと抱きしめた。

彼は手を夫人の肩にかけたまま、身体を離した。

「ねえ、ぼくは第二幕にとてもすばらしいアイデアを考えつきましたよ」

「ああそう？」オリヴァ夫人はいかにも興味なさそうに言った。「この方、ムッシュー・エルキュール・ポアロ」

「これはようこそ」と、ロビンは言った。「なにかお荷物は？」

「あるわ、車のうしろにね」

ロビンは二個のスーツケースを運び出した。

「やれやれ、ぼくたちにはちゃんとした使用人がいないんですよ。ばあやのジャネットだけでね。で、ぼくたちはいつも彼女をなにからなにまで使うわけにはいかないのです。

まったくいやになるとは思いませんか？　この鞄はまた、なんて重いんだ。爆弾でも入れてあるんですか？」

ロビンは肩越しに呼びかけながら、小道をよろめきながらのぼって行った。

「お入りください、で、一杯いかがです？」

「あなたに言っているのよ」とオリヴァ夫人は言うと、ハンドバッグと本を一冊、それに古靴を一足、車の前部座席から取り出した。「あなた、いま、わたしが慎重でなければいいとおっしゃったわね」

「そうです、慎重でなければないほど、結構ですね」

「わたし、そんな真似はしなくてよ」とオリヴァ夫人は言った。「でもこれはあなたの殺人事件なんだから、わたしはできるだけ、お手伝いしますわ」

ロビンがまた玄関に出て来た。

「さ、どうぞお入りになってください」と彼は叫んだ。「車はあとで見ますから。母《マドレ》があなたに会いたがっていますよ」

オリヴァ夫人は小道をとんで行き、エルキュール・ポアロはそのあとにつづいた。

ラバーナムズの内装は魅力的なものだった。これはずいぶん金がかかっているな、とポアロは思った。それにしてもぜいたくで、魅力的なすっきりした感じを持っている。

家の各部分に使われている樫材はほんものだった。

居間の暖炉の側にある車椅子に、ローラ・アップワードが、ようこそおいでになったという微笑を浮かべて坐っていた。彼女は鉄灰色の髪と意志の強そうな顎をしている、六十過ぎの精力的な婦人だった。

「あなたにお会いできて、とてもうれしいんですよ、オリヴァ夫人」と彼女は言った。「あなたは、ご自分の小説のことを言われるのがおきらいだろうけど、何年ものあいだ、あなたの小説は、わたしにとってたいへんな慰めでしたよ――とくに、わたしが、こんな足の不自由な身体になってしまってからはね」

「それはようございましたわ」とオリヴァ夫人は、まるで女学生のように、両手をねじりあわせて、もじもじしながら言った。「ああ、この人、ムッシュー・ポアロです。わたしの古いお友だちですの。偶然、外でお会いして。ほんとはわたし、リンゴの芯をぶつけてしまったんですけど、ウイリアム・テルみたいに――ただし、やり方はちがいますけどね」

「はじめまして、ムッシュー・ポアロ。ロビン――」

「なんです、お母さん《マドレ》？」

「お酒をさしあげて。それから煙草はどこ？」

「あのテーブルの上にありますよ」

アップワード夫人はたずねた。「あなたも作家でいらっしゃいますの、ムッシュー・ポアロ？」

「いえ、ちがいますわ」とオリヴァ夫人が言った。「この方、探偵なんですの。シャーロック・ホームズみたいな——鳥打ち帽を被って、バイオリンを弾いたりする人がいるでしょ。この方、殺人事件の解決にここへ来たんですのよ」

グラスの割れる、チリンというかすかな音がした。アップワード夫人は鋭く言った。「ロビン、気をつけなさい」それからポアロに向かって、「それは面白そうですわね、ムッシュー・ポアロ」

「じゃ、モーリン・サマーヘイズの言ったとおりだったんだ」とロビンが叫んだ。「彼女は、家に探偵が泊まっているって。彼女は、それがまるでゾクゾクするようなことだと思っているらしいんですよ。しかし、まったく真面目な話だったわけですね」

「むろん、真剣な話なのよ」とオリヴァ夫人は言った。「あなたたちの真ん中で殺人が起こったんだから」

「そうですね、でもいったい誰が殺されたんです？　それとも、死体が掘り出されて、その件については極秘捜査中というわけですか？」

「いや、秘密というわけではありませんよ」とポアロは言った。「あなたがもうご存じの殺人事件です」

「ミセス・マク——とかなんとか——ほら掃除婦の——去年の秋に——」とオリヴァ夫人が言った。

「なんだ！」とロビン・アップワードは、さもがっかりしたように言った。「でも、あれはとっくに解決済みじゃないですか」

「まだ、全部はきまりがついていないのよ」とオリヴァ夫人は言った。「警察は、無実の人を捕まえちゃって、いまにムッシュー・ポアロがほんものの犯人を見つけなければ、その男は死刑にされてしまうのよ。ああ、なんというスリルでしょう」

ロビンは酒をついだ。

「ホワイト・レディはあなたの分ですよ、お母さん《マドレ》」

「ありがとうよ、おまえ」

ポアロはかすかに眉をひそめた。ロビンはオリヴァ夫人とポアロに酒を手渡した。

「では」とロビンは言った。「この犯罪に！」

ロビンは酒を飲みほした。

「彼女はうちで働いていましたよ」と彼は言った。

「マギンティ夫人が？」とオリヴァ夫人がたずねた。

「そうですよ、ねえ、お母さん《マドレ》？」

「うちで働いていたといっても、一週間に一度来るだけでしたけどね」

「それと、臨時にときどき午後ね」

「その女の人、どんなふうだったの？」とオリヴァ夫人がたずねた。

「とてもきちんとしていてね」とロビンが言った。「そして、頭に来るほどきれい好きなんですよ。なにからなにまで片づけてしまってね、引き出しの中にみんなしまいこんでしまうものだから、なにがどこにあるのか、ちょっと思い出せないくらいなんです」

アップワード夫人は、痛い冗談を言った。

「もし誰かが週に一度ぐらい整理してくれなかったら、じきにこの小さな家の中は身動きもできなくなってしまいますよ」

「はいはい、お母さん《マドレ》。でもね、いろんな物がぼくの置いたところになかったら、仕事にならないですよ。ノートなんかも、どこにいってしまったかわからないんだから」

「わたしにしたって、用は足りなくて、とても困っているんだよ」とアップワード夫人は言った。

「忠実なばあやがいても、あのひとのできることといったら、ただちょっとしたお料理をつくることだけなんだからね」

「足、どうなさったんですの？」とオリヴァ夫人が訊ねた。「関節炎でも？」

「まあ、そんなものですよ。そのうち、付き添いの看護婦に来てもらわなくてはならないでしょうね。ほんとにいやですわ、人の手を借りるなんて。わたしはなんでも自分でしなければ気がすまないんですから」

「お母さん《マ ド レ》、そんなに興奮してはいけませんよ」

彼は、母親の腕を軽くたたいた。

夫人は、急に穏やかな表情にかえると、彼に向かってほほえんだ。

「ロビンはまるで娘みたいに、わたしにやさしくしてくれるんですよ。なにもかもしてくれますし――考えてもくれるんですよ。ええ、誰よりも思いやりがあって」

二人はおたがいに微笑を交わした。

エルキュール・ポアロは立ち上がった。

「さてと、わたしはもうおいとまをしなければなりません。もう一軒訪問して、それから汽車に乗らなければならないのです。マダム、おもてなしをいただきまして、ありがとうございました。アップワードさん、お芝居のご成功を祈りますよ」

「そして、あなたの殺人事件のご成功を」とオリヴァ夫人が言った。

「これはほんとに真面目な話なんですか、ムッシュー・ポアロ？」とロビン・アップワードがたずねた。「それとも人を担《かつ》ぐんではないでしょうね」

「とんでもない、冗談なんかじゃないわ」とオリヴァ夫人が答えた。「正真正銘、大真面目な話なのよ。ムッシュー・ポアロは、犯人は誰か教えてくれないけど、ちゃんと自分ではわかっているのよ。ね、そうでしょう？」

「いやいや、マダム」ポアロの抗議は、ただ不確かなことを示しただけだった。「それはまだまだと言ったではありませんか。わたしにはわからないのですよ」

「そうはおっしゃっても、ほんとは、ちゃんとわかっているんだと、わたし、にらんでいるの。でも、あなたって、すごい秘密屋さんですものね」

アップワード夫人が鋭い口調で言った。

「事件の話はほんとのことですの？　冗談ではなくて？」

「ええ、冗談ではないのです、マダム」とポアロは言った。

彼は頭を下げると、そこを辞去した。

ポアロが小道を下りて行くと、ロビン・アップワードのはっきりしたテナーが聞こえてきた。

「でもねえ、アリアドニ」と彼は言っていた。「ほかのところはともかく、あの口髭や風態はどうだろうね、誰が彼を真面目だと受けとれるだろう？　あなた、ほんとに、あの人を優秀な探偵だと思っているのですか？」

ポアロは自分にほほえみかけた。そうさ、まさに名探偵だとも！

狭い小径を横切ろうとしたとたんに、ポアロはあわてて飛びのいた。

サマーヘイズのステーション・ワゴンがよろめきバタバタいいながら、ポアロの横を追い越して行った。サマーヘイズが運転していた。

「や、失礼しました」と彼は呼びかけた。「汽車に間に合わなければなりませんのでね」そして遠くからかすかな声がつづいた。「ロンドンの青果市場まで……」

ポアロも、汽車に乗ろうと思っていた――キルチェスター行きのローカル線だ。そこで、彼はスペンス警視と打ち合わせをするはずだった。

この汽車に乗る前に、もう一軒訪問するだけの時間がまだあった。

彼は丘の頂上までのぼりつめ、門を通り、白いコンクリート造りのモダンな家へとつづく、手入れの行き届いた車道をたどっていった。屋根が四角で、窓がたくさんある家だ。これがカーペンター夫妻の家だった。ガイ・カーペンターは、大企業であるカーペンター工業会社の共同経営者であり、大変な金持ちで、近ごろは政治にまで手を出している。彼ら夫妻は、つい最近結婚したばかりだった。

カーペンター家の玄関を開けたのは、外国人のメイドでも、年とった忠実な使用人でもなかった。やけに落ち着きはらった男の使用人がドアを開け、エルキュール・ポアロを中に入れたくない様子だった。この使用人の見解によれば、エルキュール・ポアロは外に待たしておく種類の訪問者だった。ポアロはなにか売りつけにきたのだと、彼が疑がったのはあきらかだった。

「カーペンターさまも奥さまもお留守です」

「では、待たしていただきますかな?」

「いつお帰りになるか、わかりかねますので」

彼はドアを閉めた。

ポアロは車道をたどろうとはしなかった。そのかわり、彼は家の角を回っていって、あやうく、背の高いミンクのコートを着た若い女とぶつかりそうになった。

「ハロー」と彼女は言った。「いったい、なんのご用?」

ポアロはうやうやしく帽子を持ちあげた。

「カーペンターご夫妻に」と彼は言った。「お目にかかれたらと思いまして。夫人にお会いできますかな?」

「あたしがそうだけど」

彼女は不作法な口調で喋ったが、そのしぐさには譲歩のきざしがあった。

「わたしはエルキュール・ポアロと申します」

なんの反応もなかった。偉大にして、この特異な名探偵の名前も、彼女は知らないばかりでなく、自分がモーリン・サマーヘイズの最も新しい泊まり客であることすら知らないらしいと、彼は思った。すると、ここでは、田舎町によくある噂もたいしてひろまらないのだな。これは小さな、しかし意味のある事実だ。

「それで？」

「わたしはカーペンターご夫妻のお二方ともにお会いしたいと思っておりました。しかしマダム、あなたはわたしの目的に充分かなったお方です。と申しますのは、わたしがおたずねしなければならないのは、家事に関係のあることですから」

「うちには電気掃除機《フーヴァー》があるのよ」とカーペンター夫人は疑わしそうに言った。

ポアロは笑い声をあげた。

「いやいや、おまちがいになっては困りますよ。わたしが家事についておたずねするのは、二、三の質問だけなのです」

「ああ、あなたは家庭調査員なのね。でもずいぶんばかげているわね――」彼女は言葉を切ると、「とにかくうちへお入りになったほうがよさそうね」

ポアロはかすかに微笑した。彼女は品を落とすようなしゃべり方をやめた。夫の政治活動にならって、行政を批判するときの、あの用心深さが表われたのだ。

彼女はホールを通って案内して行き、よく手入れのしてある庭へと通じる、手ごろな大きさの部屋へ入って行った。それは最新のデザインが施された部屋だった。大きな錦織りの対のソファーと、背が翼状になった安楽椅子が二脚、チッペンデール風の椅子の複製品が三、四脚、それに大机と書き物机が一つずつある。金には糸目もつけず、極上の家具が備えつけられていて、そこには個人的な嗜好のかげは見えなかった。いったいこの新妻はこういうことに無関心なのだろうか、それとも用心深いのか、とポアロは思った。

彼女が振り返ったとき、ポアロは値ぶみするように彼女をながめた。ぜいたくで、若く美しい女性だ。プラチナ・ブロンドの髪、入念に化粧した顔、しかし、なにかまだある――そう、大きな矢車菊のように青い眼――その中の大きく凍りつくような瞳――美しい、溺れさせるような眼だ。

彼女は口を開いた――いまはお上品に、だがその口裏には退屈しきった調子を隠して。

「お坐りくださいな」

ポアロは腰をおろすと、こう言った。

「あなたはたいへん優しい方です、マダム。わたしがおたずねしたいことは、昨年の十一月に死んだ――一般には殺されたと言われておりますが――マギンティ夫人についてなのです」

「マギンティ夫人ですって？　あなたのおっしゃること、あたくしにはよくわかりませんわ」

彼女は彼をにらんだ。その眼はきびしく、疑わしげな色が宿っていた。

「マギンティ夫人をおぼえていらっしゃいませんか？」

「ええ、おぼえていませんわ。それに、なに一つ知ってることもありませんね」

「彼女が殺された事件はおぼえていらっしゃるでしょうね？　それとも、殺人事件などこの土地ではあまりにも一般的なので、あの件にべつに注意を向ける気にならなかったのですか」

「ああ、あの殺人？　ええ、むろん、おぼえておりますわ。あたくし、あのおばあさんの名前を忘れていたんですわ」

「彼女がこの家へ働きに来ていたのにですか？」

「あら、来ていませんよ。あたくし、当時はここに住んでおりませんでしたの。カーペンターと結婚したのは、ほんの三カ月前のことですもの」

「しかしですね、彼女は、あなたのお宅へも働きに行っていたはずですよ。金曜日の午前中だったと思いますがね。そのころ、あなたはミセス・セルカークとして、ローズ・コテイジに住んでいらっしゃった」

彼女は不機嫌になった。

「とっくに答えをご存じなのに、なぜご質問をなさる必要があるのか、あたくしにはわかりませんわ。いったい、どうしたというのですの？」

「わたしは殺人の状況について調査しているのです」

「またどうしてですの？　なんのために？　とにかく、あなた、なぜあたくしのところへいらっしゃったのです？」

「なにかご存じかもしれないと思いましてね――わたしの手がかりになることでも」

「あたくし、なにも存じませんよ。なぜ知ってなくちゃいけませんの？　彼女はただの頭の悪い掃除婦にすぎませんわ。床下にお金を隠しておいて、誰かがそれを盗ろうとして、あの女を殺したのです。まったく気分の悪くなる話よ、なにからなにまで下劣で野蛮な。まるで日曜新聞にのっているような話ですわ」

ポアロは、その言葉にとびついた。

「日曜新聞にのっているような、そうです、たしかに《日曜の友》の記事みたいですな。

たぶん、《日曜の友》はお読みになってると思いますが？」

彼女はとびあがった。そして、ぎこちなく、開かれているフランス窓のほうへ足を向けた。あまりに気まぐれな動き方だったので、彼女はほんとに窓枠にぶつかってしまった。思わずポアロは、闇雲にランプのシェードにはたはたとぶつかる、美しい大きな蛾を想い浮かべた。

彼女は大きな声で呼んだ。「ガイ——ガーイ……」

男の声が少し離れたところから返ってきた。

「イヴかい？」

「早く、こちらにいらして」

年のころ、三十五、六の背の高い男の姿が見えた。男は足をはやめ、窓に向かってテラスを横切ってきた。イヴ・カーペンターは激しい口調で言いつけた。

「ここにいるこの人——この外国人がね、去年のあのおそろしい殺人のことについて、あたしにいろんな質問をするんですのよ。あの年とった掃除婦——あなた、おぼえている？　あたし、こんなこと大嫌いだわ。あなたには、あたしがどんなにいやかわかるわね」

ガイ・カーペンターは眉をひそめ、フランス窓を通って客間へ入って来た。彼は馬のように長い顔をした、蒼白く、やや横柄な感じのする男である。彼の態度はもったいぶっていた。

エルキュール・ポアロは、魅力のない男だと見てとった。

「いったい、これはどうしたことです？」と彼はたずねた。「あなたが妻を困らせたんですな？」

エルキュール・ポアロは両の手をひろげた。

「このようなチャーミングなご婦人を困らせるなんて、頼まれても、わたしはいたしません。ただわたしは、こちらで働いていた、あの死んだ女性のことで、わたしがいまやっている調査に、奥さまの手をお貸し願えないかと思っているだけなのです」

「しかし――その調査というのは？」

「そうよ、それを訊いてくださいな」と彼の妻はしきりに促した。

「マギンティ夫人の殺人事件について、新しい調査が進められているのです」

「ばかばかしい――事件はとっくにすんでいる」

「いやいや、あなたはまちがっておられる。事件はまだ終わってはいないのです」

「新しい調査と言いましたな？」ガイ・カーペンターは眉をひそめた。彼は疑わしそうに言った。「警察によってですか？　ばかげた話だ――あなたは警察になんの関係もない」

「それはそのとおりです。わたしは警察とは独立して動いているのです」

「新聞ですわ」とイヴ・カーペンターが口をはさんだ。「どこかのタブロイド紙、この人がそう言ってましたわ」

警戒するような光が、ガイ・カーペンターの眼の中に宿った。彼の地位では、新聞を敵に回すようなことはできなかった。彼の言葉は、前より友好的になった。

「妻はとても感じやすいたちでしてね。殺人とかそんなことに心を乱しがちなのです。あなたがあれをわずらわせる必要はない、私が保証します。妻は、あの女をほとんど知らないんですから」

イヴは熱心に言った。

「あの女はとても頭の悪い年とった掃除婦にすぎないって、あたくし、この方に申しあげたのよ」

彼女はこうつけ加えた。

「そして、途方もない嘘つきだって」

「ああ、それは面白い」ポアロは晴やかな顔を二人に交互に向けた。「じゃ、彼女は嘘つきなのですね。これはわたしたちには貴重な手がかりとなるかもしれません」

「まあ、どうしてだか、あたくしにはわかりませんわ」とイヴは不機嫌に言った。

「殺人の動機の立証ですよ」とポアロは答えた。「わたしが求めているのは、それなのです」

「あの女は貯金を盗られている」と、カーペンターが鋭く言った。「それが事件の動機だった」

「ああ」とポアロはやんわりと言った。「しかし、そうでしょうか？」

ポアロは、いましも、台詞をしゃべろうとする俳優のような風情で立ちあがった。

「もし、わたしがマダムの心をいくらかでも傷つけたとしましたら、たいへん残念です」とポアロはうやうやしく言った。「こういう事件は、いくぶん不快をともなうものです」

「いや、ほんとに痛ましい事件でしたからな」とカーペンターは口早に言った。「ま、妻は、そのことを思い出したくはなかったわけです。あなたになんの情報も差しあげられず、残念ですな」

「いいえ、いただきました」

「なんですって？」

「マギンティ夫人はよく嘘をついた。非常に貴重な事実です。ところで、どんな嘘を、実際についたのですか、マダム？」

ポアロはうやうやしくイヴ・カーペンターが口を開くのを待っていた。彼女はとうとう言葉を発した。

「あの——べつにこれといったことじゃないの。あたくし、よくおぼえていませんわ」

二人の男の期待にみちた眼差しを意識して、彼女は言った。

「ほんとに馬鹿げたことですわ——人の噂話なんですの。とても信じられないような話」

まだ沈黙がつづいた。やがて、ポアロが言った。

「わかりました——彼女は危険な舌を持っていたわけですね」

イヴ・カーペンターはあわててさえぎった。「いえ、ちがうのよ——そんな大げさな意味で、あたくし言ったんじゃないの。彼女の話というのはね、ただのゴシップなのよ。それだけですわ」

「ただのゴシップ」ポアロは穏やかに言った。

ポアロはいとまごいの身振りをした。

ガイ・カーペンターがホールまで、ポアロを送って来た。

「あなたの新聞——日曜新聞はなんというのです？」

「わたしがマダムにお話しした新聞は」と用心深くポアロは答えた、「《日曜の友》でした」

ポアロが口をつぐむと、ガイ・カーペンターは考え考え、もう一度くりかえした。

「《日曜の友》ね、あまり見かけませんな」

「ときおり、面白い記事がありますよ。それに面白い写真もね……」

沈黙があまり長くならないうちに、ポアロは頭を下げると口早に言った。

「ごきげんよう、ミスタ・カーペンター、たいへんお邪魔いたしました」

門の外から、彼は家を振りかえった。

「どうもおかしい」と彼は言った。「そう、どうもおかしいぞ……」

第十一章

スペンス警視は、エルキュール・ポアロの真向かいに腰をおろすと、溜め息をついた。

「私は、あなたがなにもつかんでいないなどと申し上げているわけじゃないんですよ、ムッシュー・ポアロ」彼はゆっくりとした口調で言った。「私個人の考えでは、あなたはなにかつかんでおいでだとは思うんですが。なにせ、それだけでは弱い！　弱すぎますな」

ポアロはうなずいた。

「たしかにいままでのところでは、どうしようもありません。もっとなにかあるにちがいありません」

「部長刑事か私が、その新聞にあたりをつけるべきでしたね」

「いやいや、ご自分をそう責めるものではありません。事件はきわめてはっきりしています。押し込み強盗。部屋の中はかきまわされ、金がなくなっていた。ほかの事件であなたが忙がしいときに、あんなあやしげな新聞などに、あなたが目をつける意味がどこにありますか」

スペンスは頑固に繰り返した。

「いや、私があたるべきでしたよ。それにインク一びん――」

「わたしは、それをふとしたことから聞きこんだのです」

「しかし、それがあなたにとってなにか意味があるという――また、なぜです？」

「手紙を書くという機会があったことを意味するからです。わたしやあなただったらね、スペンス、ずいぶん手紙を書きますからね――手紙を書くなどということは、ごくあたりまえのことですが」

スペンス警視はまた溜め息をついた。それからテーブルの上に四枚の写真を広げた。

「これが、あなたに依頼されて手に入れた写真です――《日曜の友》が使った原板ですよ。ま、複写したものよりもいくらか鮮明ですがね。しかし、私の意見では、どうもあまり役に立ちそうもないですな。古くて、ぼやけていますし、女たちの髪形がすっかり変わっていますから。耳の形とか横顔を見分ける、はっきりしたものはなにもないわけです。こんな釣鐘形の帽子や手のこんだ髪形、それにバラの花なんて！　あなたになんの手がかりも与えませんよ」

「ヴェラ・ブレイクは一応除外してもいいですな？」

「まずそうでしょうね。ヴェラ・ブレイクがブローディニーにいたら、誰にでもすぐわかってしまいますからね――自分の悲しい物語をすることは、彼女のオハコらしいですよ」

「ほかの三人の女についてはどうです？」

「さしあたって、これだけ調べてみました。クレイグが死刑を宣告されたのち、エヴァ・ケインはこの国を去りました。彼女の変えた名前はホープというのです。ちょっと意味ありげですね？」

　ポアロはつぶやいた。

「なるほど――ロマンティックな名前だ、〝麗わしのイヴリン・ホープはみまかりぬ〟あなたのお国の詩人の詩の一節です。彼女はこの詩句を思い出したのにちがいありません。ときに、彼女の名前はイヴリンでしょう？」

「ええ、たしかそうでした。しかし、エヴァがよく知られている名前です。ときに、ポアロさん、話をもとにもどして、警察の目で見たエヴァ・ケインは、この記事とずいぶんちがっていますよ。ぜんぜんかけ離れたものです」

ポアロは微笑した。

「まあ警察の考えといったものは、それだけでは証拠にはなりませんが、指針にすることはできますよ。警察では、エヴァ・ケインをどう考えているのです?」

「彼女は、世間が考えているような、無実の犠牲者では決してないということです。当時、私はほんの駆け出しでしたので、うちの老署長と、この事件を担当したトレイル警部がそのことについて論争しているのを聞きましたがね。トレイル警部は(なにぶん証拠というものはないのですが)、ミセス・クレイグをあの世に送ろうというちょっと気のきいた考えは、すべてエヴァ・ケインから出たものだと信じていましてね——しかも、彼女がそれを考えたばかりでなく、やったのだとね。ある日、クレイグが帰ってみたら、彼のかわいい友達が、自分の細君をあっさり片づけていた。彼女は、それが自然死で通るとでも考えていたのかもしれませんな。しかし、クレイグはもっと世間を知っていた。彼は怖じ気づくと、あわてて地下室に妻の死体を隠し、妻は外国で死んだという計画を苦心してでっちあげた。それからすべてが発覚すると、彼は自分一人でやったので、エヴァ・ケインはなにも知らないのだという誓言を必死に守ったのです。なるほど」とスペンス警視は肩をすくめてみせた。「誰もそれ以外のことは証明できやしません。凶器は家のなかにあったのだし、二人とも、それを使うことができたのですよ。べっぴんさんのエヴァ・ケインは、何も知らずに、ただ震えていたという。そのくらいのことをやったでしょうよ、ずる賢い女優ですからね。トレイル警部は、そういう嫌疑を抱いていたのです――しかし決め手がなかったのです。私はありのままに申し上げたのですが、ポアロさん、といって、証拠があるわけではないのです」

「しかし、いまのお話は、少なくとも〝悲劇のヒロイン〟の一人は、悲劇的女性以上のなにものかだったらしいことは教えてくれましたよ――つまり、エヴァは殺人者であり、なにか強い動機があればまた殺人を犯すかもしれないというね……さて、つぎはどうでしょう、ジャニス・コートランドについてなにかありますか」

「私はファイルを見てみました。いや、まったくひどい女ですよ。あのエディス・トンプスンを死刑にしたのなら、このジャニス・コートランドも当然死刑にすべきですね。夫も妻も、そろいもそろってじつにいやな夫婦ですな。甲乙がつけられないほどですよ。そして、彼女は若い男を完全に手中に収めるまで、彼にモーションをかけていたのです。しかもそのあいだ中、いいですか、彼女の背後には金持ちのパトロンがついていて、その男と結婚したいがために、彼女は夫を亡きものにしようとしたのです」

「彼女はその男と結婚したのですか」

スペンスは首を振った。

「わかりません」

「彼女は外国へ行き――それから？」

スペンスはまた首を振った。

「彼女は自由の身です。何一つ容疑を受けなかったのですから。結婚しようが、彼女の身にどんなことが起ころうが、われわれにはわからないのです」

「誰かがカクテル・パーティかなにかで、彼女に会っているかもしれませんね」ドクター・レンデルの注意を思い出しながら、ポアロは言った。

「ありそうなことです」

ポアロは最後の写真に視線を移した。

「それから、この子供、リリイ・ガンボールは？」

「殺人で引っぱられるには小さすぎましてね、彼女は更生施設送りになりましたよ。そこでの成績はよかったのですね。そこで速記とタイプを習い、保護観察のもとで職を得ました。よく勤めました。彼女の最後の消息はアイルランドです。彼女も、ヴェラ・ブレイクと同じように除外してもいいのじゃないですか、ポアロさん。とどのつまり、彼女は改心したのだし、性格的な発作でなにかしたからといって、誰もが十二歳の子供を責めやしませんよ。除外したらいかがです？」

「そうですね」とポアロは言った。「肉切り包丁のことがなければいいのですが。このリリイ・ガンボールは、伯母に肉切り包丁を使い、そして、マギンティ夫人を殺した犯人も、肉切り包丁のようなものを使ったという事実は否定できませんからね」

「たぶんあなたのおっしゃるとおりです。さてポアロさん、あなたのほうに話題を換えましょう。あなたに危害を加えようとしたものが誰もいなくて、ほんとによかったですな」

「いやいや」ちょっとためらってから、ポアロは言った。

「ロンドンで、あなたにお会いして以来、私は一度か二度、ずいぶん胆を冷やしていたのです、ま、打ちあけて申しますと。ところで、ブローディニーの住民について、何かありますか」

ポアロは小さなノートを広げた。

「エヴァ・ケインがまだ生存しているとすると、もう六十になっているはずですね。彼女の娘も、《日曜の友》が、その成人してからの生活をいじらしい調子で書いていますが、現在三十歳というところでしょう。リリイ・ガンボールも、まあだいたいそんな年ごろです。ジャニス・コートランドは五十に近い年でしょうね」

スペンスは同意のしるしにうなずいてみせた。

「それではと、話は、ブローディニーの住民、なかでもマギンティ夫人が働きに行っていた人たちのところへ、くるわけですね」

「もっとも、これは仮説を出ないと私は思いますが」

「そうです。マギンティ夫人はあちこちでときおり臨時の仕事もしていたので、かなり面倒にはちがいないのですが。ま、とにかく、定期的に彼女が通っていたお得意さんの家の一軒で、彼女がなにか――きっと写真だと思いますが――見たと、ここで仮定してみませんか」

「結構ですね」

「では、年齢を基準にしていけば、なんとか候補者が出てきますよ――まず第一に、マギンティ夫人が殺された当日に働きに行った家、ミセス・ウェザビイです。ミセス・ウェザビイは、エヴァ・ケインと同い年だし、エヴァ・ケインの娘と同じ年ごろの娘もあるわけです――娘さんは前の結婚のときの子供だと言ってましたからね」

「で、写真の点では？」

「ねえあなた《モン・シェル》、写真からでは決定的な判定は不可能ですよ。とにかく年月が経ちすぎていますからね。まあ、こう言えるぐらいのものですよ、ミセス・ウェザビイはたしかに美人だったとね。彼女はごくありふれたタイプの人間にすぎない。とても人殺しをするような女には思えないが、しかし、エヴァ・ケインだって、世間からはそういう目で見られていたのですよ。それに、マギンティ夫人を殺すのに、実際どれだけの腕力が要るかということは、どんな凶器を使ったか、それを正確に知らなければ言えるものではありません。その柄の振りやすさとか、刃の切れ味だとか」

「そうです、そうです、どうして凶器を発見することができないのか――いや、先を続けてください」

「ウェザビイ家のことについて、もう一つわたしがぜひとも申し上げなければならないことは、ウェザビイ氏が家庭内のことに関して自らが口を出すということなのです。わたしは、彼は不愉快なことが好きなのかと思ったくらいですからね。娘は母親に狂信的なくらい身を捧げていますね、そして継父を憎んでいるのです。わたしはこういう事実にさほど留意しませんがね、ただ考えに入れておくだけです。母親の過去が継父の耳に入るのを防ぐために娘が殺したのかもしれませんし、母親が同じ理由から手を下したともいえます。また、父親がスキャンダルが外部に漏れるのを恐れて、殺したともとれますね。人が考えているよりも、もっとたくさんのちゃんとした人が殺人者になれるのです！　ウェザビイ家の人たちは〝善良な人たち〟なのですがね」

「もし――いや、ほんとにもしですが、《日曜の友》の記事になにか根拠があるとするなら、ウェザビイ家の人たちは、あきらかに第一の本命というわけですな」と彼は言った。

「そのとおりです。エヴァ・ケインの年齢に該当するもう一人のブローディニーの住人は、ミセス・アップワードです。彼女がエヴァ・ケインとしてマギンティ夫人を殺したとするには反する論拠が二つあります。第一に、彼女は神経痛に悩んでいて、車椅子で暮らしているありさまですからね――」

「小説なんかですと」とスペンスはいかにも残念そうに言った。「その車椅子に乗っているということがインチキな場合がありますが、しかし実際では、たぶん本物なのでしょう」

「第二に」とポアロは続けた。「アップワード夫人は独断的で、なかなか向こう気が強い性質です。うまく人を言いくるめるというよりも、意地っ張りなところがあるのですね。これは若いころのエヴァを考えてみると、あてはまらないのです。また一方、人間の性格というものは変わるものですし、自己主張というやつは、年をとるにつれて出てくる性質なのです」

「ほんとにそうですね」とスペンスは認めた。「アップワード夫人は、ありえないことはないが、まずないだろうというところですね。さて、ほかの可能性は、ジャニス・コートランドはいかがです?」

「これは除外していいと思いますね。その年齢にあたる人はブローディニーにはいませんから」

「ジャニス・コートランドが顔の皺をのばして若い女にでもなっていないかぎりはですね——いや、これはほんの冗談ですよ」

「三十歳ぐらいの女性は三人おります。デアドリイ・ヘンダースン、ドクター・レンデルの奥さん、それにミセス・ガイ・カーペンターです。年齢から見れば、このうちのだれかがリリイ・ガンボールか、それともエヴァ・ケインの娘だと言えるかもしれません」

「可能性にしたがいますと、どういうことになります?」

ポアロは溜め息をついた。

「エヴァ・ケインの娘は、背が高いかもしれないし、低いかもしれない。ブルネットとも考えられるし、また金髪とも言える——わたしたちには、彼女の特徴を知るあてがないのです。デアドリイ・ヘンダースンが、一応それらしいと考えてみました。さてほかの二人ですが、まず第一に、これだけは言えます、ミセス・レンデルはなにかに怯えている」

「あなたにですか?」

「そう思いますね」

「これはなかなか意味深長ですな」とスペンスはゆっくり言った。「ミセス・レンデルが、エヴァ・ケインの娘かリリイ・ガンボールかもしれないというわけですね。彼女は金髪ですか、ブルネット?」

「金髪です」

「リリイ・ガンボールは金髪の子でしたよ」

「ミセス・カーペンターも金髪なのです。すごく飾りたてた若い女性です。実際に美人かどうかはともかく、たいへん特徴のある眼をした女性でしてね。うっとりと、大きく見開かれたダーク・ブルーの瞳」

「ポアロさん」とスペンスは頭を振ってみせた。

「彼女が部屋を飛び出して、夫を呼びに行ったときの様子があなたにわかりますかな? わたしは羽ばたいている美しい蛾を思い出したのですよ。彼女は家具につまずき、両の手をまるで目の不自由な者のように大きく拡げていましたよ」

スペンスは寛大な眼つきで、ポアロをながめた。

「ずいぶんロマンティックなのですな、ムッシュー・ポアロ」と彼は言った。「あなたも、あなたの羽ばたく美しき蛾も、それにつぶらな大きな瞳もね」

「いやいや、それほどではありません」とポアロは言った。「わが友、ヘイスティングズ、彼はロマンティックでセンチメンタルでしたが、このわたしは決して！　わたしはたいへん現実的ですよ。女性が、自分の美しさを、なによりもそのつぶらな眼に求めたら、どんな近視だろうと、彼女は眼鏡をかけないで、たとえ輪郭がぼやけて見えても、はっきり距離がわからなくても、自分のまわりの様子を感じとれるようになれるものですよ」

そして、美しさを損ねる太い眼鏡をかけた少女時代のリリイ・ガンボールの写真を、ポアロは静かに人さし指でたたいてみせた。

「ははあ、あなたの考えておられることは、それですか？　リリイ・ガンボール？」

「いや、わたしは、ただありそうなことだと言っているにすぎないのです。マギンティ夫人が死んだ当時、カーペンター夫人は、まだミセス・カーペンターになっていなかった。彼女は若い戦争未亡人で、とても貧乏をしながら労働者用の住居に住んでいました。彼女は近所の金持ちと結婚することになっていました――政治的な野心に燃えている、ひどくもったいぶった男です。もし、そのガイ・カーペンターに、結婚の相手が肉切り包丁で伯母を切りつけたという汚名のある、下劣な素姓がわかってしまったら、あるいはクレイグの成長した娘、今世紀でもっとも悪名高き犯罪者の一人として、戦慄の部屋（マダム・タッソーの蠟人形館で、犯罪者の像などが陳列してある部屋）に安置されている者の娘だとわかってしまったら——それでも彼は結婚すると言える者がいるでしょうか？　彼がその娘を心から愛していたら、たぶん、結婚するとも！　と言うかもしれない。しかし、彼はそういう男ではありません。彼は利己主義で野心家で、自分の名声といったものをひどく気にかける男だと思いますよ。もし若いセルカークが、これは結婚前の彼女の名前ですが、どんなことをしても結婚したいと思っていたら、彼女は自分の不運な本性が、自分の婚約者の耳に少しでも入りはせぬかと、夜も眠れなかったことだろうと思いますね」

「なるほど、あなたは彼女だとにらんでいるのですね」

「あなた、わたしはもう一度言いますけど、わたしにはまだなにもわからないのです。わたしはただ可能性を当たっているだけです。ミセス・カーペンターは、わたしに怯えたような警戒の色を浮かべていましたよ」

「それはくさいですな」

「そうです、しかし非常にむずかしいのですよ。いつだったか、この国に友人と滞在したとき、みんなで狩りに出かけたことがありました。どういうふうにやるかご存じですかな？　狩人は犬と鉄砲を持って行きます。犬が獲物をかり出すのです——鳥は森から空中へ飛び立つ、そこを狩人はパンパンとやるのです。これはわたしたちに似ていますよ。わたしたちがかり出すのはただ一羽の鳥だけじゃなくて、隠れ場所にひそんでいるほかの鳥たちも一緒なのです。鳥に対してわたしたちはべつになにかしようというわけではない、しかし、鳥自身はそんなことを知りはしません。わたしたちはね、あなた、どの鳥が目指す鳥なのか、はっきりと確かめなければならないのです。ミセス・カーペンターは、その未亡人時代に不行跡があったのかもしれない――つまり、たいして悪いことではないが、バレたら都合の悪いようなことがね。なぜ彼女が口早に、マギンティ夫人は嘘つきだなどとわたしに言ったのか、これにはなにかわけがあるにちがいないですね」

スペンス警視は鼻をこすった。

「じゃあ、それをまずはっきりさせましょうよ、ポアロさん。どういうふうに、お考えなのです？」

「どうわたしが考えようと、そんなことは問題ではありません。とにかくわたしは知らなければならないのです。犬が鳥の隠れ場所に入って行ったばかりなのですよ」

スペンスはつぶやいた。

「われわれに、なにかはっきりしたものがつかめたらなあ。もっと証拠でも揃っていればいいのだが、いまのところは推論ばかりで、しかもいささかこじつけくさいんだから。とにかく、さっきも申しましたように、なにもかも薄弱すぎますな。私たちが考えた理由のうちで、いったいどれが殺人の理由だったのでしょう?」

「それはね、わたしたちのまだ知らない家庭状況にあると思いますね。それに体面といったものを非常に気にかけるのです。あそこの住人は芸術家でもなければ、ボヘミアンでもありません。おしなべて非常に善良な人たちばかりがブローディニーには住んでいるのです。郵便局の女局長がそう言っていました。そして、善良な人たちというのは、えてして自分の善良さを保っておきたがる。何年ものあいだの幸福な結婚生活のうちに、自分がかつてはセンセーショナルな殺人事件の公判に、不名誉な姿をさらした事実など跡形もなく消えてなくなり、自分の子が有名な殺人鬼の子供だということもきれいに忘れてしまうでしょう。そしてこう言うのです、〝主人に知られるくらいなら、いっそのこと死んでしまったほうがましだわ!〟〝娘に誰の子かわかってしまうくらいなら、わたしは死んだほうが楽だ!〟とね。そして、とどのつまり、マギンティ夫人が死んでくれたら、そのほうがいいのだと考えるようになるのです……」

スペンスは静かに言った。

「で、あなたはそれがウェザビイ家の人たちだと思っていらっしゃる」

「たしかに、あの人たちは条件にぴったりしています。しかし、それだけですよ。実際の性格から言えば、ミセス・アップワードはミセス・ウェザビイよりずっと殺人者に近いのですよ。彼女には決断力もあるし、意志もあります。しかも彼女は息子を溺愛しているのですよ。結婚する前に自分にどんなことがあったか、それを息子に知られるのを防ぎ、ちゃんとした結婚後の幸福を逃すまいとして、彼女が殺したのかもしれないのです」

「でも、母親の秘密を知ったくらいで息子のロビンは、まいってしまうでしょうかな？」

「ま、わたしの見たところでは、そういうことはないでしょうね。あのロビンは近代的で懐疑的な考え方をもっていて、自己中心的ですからね、母親が夢中になっているほど、彼は母親を愛していないのかもしれませんよ。彼は、ジェイムズ・ベントリイのタイプではありません」

「ミセス・アップワードがエヴァ・ケインだとしたら、息子としてロビンがその事実を外部にもれることを防ぐために、マギンティ夫人を殺しはしませんか？」

「さしあたり、そういうことは考えられませんね。きっとあの男だったら、それを利用しかねないでしょうね。自分の戯曲にして、公開ぐらいしてみせますよ！　べつにロビン・アップワードの利益になるわけでもないのに世間体や肉親愛のためなんかに、あの男が殺人を犯すなんて、とてもわたしには思えませんな」

スペンスは溜め息をついた。

「見渡すかぎりの大平原といったところですね。私たちは、これらの人たちの過去から、なにかつかむことができるかもしれないが、しかし時間がかかりますな。戦争がなにもかも滅茶苦茶にしてしまいましたからね。記録類はすっかり紛失してしまったし、他人の身分証明書などを使って、自分の過去をごまかそうとしている連中には、じつに願ってもないチャンスでしたからな。とくに〝空襲〟のあとなんかでは、死体の身許なんかわかりませんよ！　ま、私たちがたった一人だけに調査を絞っていけたとしても、雑多な可能性が出てきますね、ポアロさん」

「しかし、そんなものはすぐ切り捨ててゆけますよ」

ポアロは、警視の部屋を出て行った、見かけだけはいかにも上機嫌を装っていたが、心の中はいささかしょんぼりしていた。彼も、スペンスと同じように、時間にせきたてられていたのだ。時間さえあったら……

そして、脳裏には、依然としてこびりついて離れない疑念があった——彼とスペンスが作りあげた推理の館は、砂上の楼閣にすぎないのではないだろうか？　やっぱりあのジェイムズ・ベントリイは有罪だったのではないか……

ポアロは、その疑惑に屈服はしなかったが、それは彼の頭から離れなかった。何度も何度も、彼はジェイムズ・ベントリイとの面会を心に思い浮かべた。キルチェスター駅のプラットホームで、入ってくる汽車を待ちながら、彼はそのことばかり考えていた。ちょうど市場の日で、プラットホームは群衆で混雑していた。あとからあとから、群衆が柵から入りこんでくる。

ポアロは身体を乗り出して、前方を見つめた。ああ、やっと汽車が来た。彼が身体を引こうとしたとき、突然背中をはげしく押された。それは非常に強く、それに思いもよらない一撃だったので、彼は完全に身体のバランスを失ってしまった。つぎの瞬間、プラットホームにいた隣の男が間一髪でポアロをつかまえて、引き戻してくれなかったら、驀進してくる汽車の前に彼は落ちこんでしまうところだったのだ。

「いったい、どうしたというんです？」男が詰問した。大柄な、見るからにたくましい陸軍軍曹だった。「気でも狂ったんじゃないのか、ええ？　もうすこしで汽車の下敷になるところだったんだ」

「いや、ありがとうございました、ほんとにありがとう」そのときは群衆もポアロのまわりから遠ざかり、汽車の乗り降りに忙がしかった。

「もう大丈夫ですか？　さ、乗せてあげますよ」

ショックのおかげで、ポアロは座席にへたりこんだ。

「押されたんだ」といまさら言うこともなかったが、ほんとうに押されたのだ。この夕方までは、計り知れない危険にそなえて、身辺の警戒に気を配っていたのだ。ところがさっきスペンス警視と話し合って、いままでに危い目にあいませんでしたか、などと冷かし半分にきかれたときから、ポアロは、無意識のうちに危険なんか過ぎ去ってしまったか、現実に起こりそうもないと思いこんでしまっていたのだ。

しかし、それは大変な思いちがいだった。ブローディニーで彼がした聞きこみの数あるうちの一つが、いまその反応を表わしたのだ。何者かが恐れていたのだ。だれかが、解決ずみの事件をむし返そうとしている危険な男を抹殺しようとたくらんだのだ。

ブローディニー駅の公衆電話で、ポアロはスペンス警視を呼び出した。

「あなたですか。もしもし、よく聞いてください。頼みますよ。あなたにお知らせしたいニュースがあるのです。すばらしいニュースです。〝誰かがわたしを殺そうとしたのです〟」

ポアロは、向こうの電話口から洪水のように流れでてくる言葉に、満足そうに聴き入っていた。

「いや、怪我はありません。しかし紙一重というところでしたよ……そうです、ええ、汽車の下敷になるところでした。いや、誰がやったのか、それはわかりませんでした。なに、大丈夫ですよ、わたしが見つけますからね。どうです、やっぱりわたしたちの捜査方針は正しかったことがわかりましたね」

第十二章

1

電気のメーター調べの男が、そばに立って見ているガイ・カーペンターの使用人頭である執事とおしゃべりをしていた。

「こんどから新しい基準で、電気料金を計算するようになりますよ。居住期間に準じて、一律に料金の等級を決めるんです」と男は説明した。

するど、執事が疑ぐりぶかげに言った。「じゃ、ほかの物価並に上がると言うのかね」

「そう一概には言えませんがね。でもそのほうが不公平がなくていいですよ。ところで、昨夜のキルチェスターの演説会に行ってみましたか」

「いや」

「お宅のカーペンターさんは、なかなか大した演説をぶったということですよ、当選しますかね？」

「この前の選挙のときは、わずかのところだったと思ったな」

「そうでしたね、たしか百二十五票ぐらいのところでした。演説会にはあなたが運転して行くんですかい？　それともだんなが？」

「いつもはご主人が自分で運転して行くよ。運転が好きなのさ。車はロールス・ベントレーだ」

「運転がうまいんですね。夫人も運転しますか？」

「ああ、なさるがね、どうもスピードを出しすぎるようだ」

「女というやつはそうですよ。夫人もゆうべの演説会に出かけたんですかい？　それとも政治のほうには、関心はないんですかね？」

執事はにやりと笑った。

「関心のあるようなふりはしているがね。しかし昨夜は無理をしなかったよ。頭が痛いとかなんとか言って、演説の途中で帰ってこられた」

「さあ！」電気工は、ヒューズ・ボックスの中をのぞきこんだ。「これでよしと」男は道具類を整理しながら、とりとめのない質問をして、帰り支度を始めた。

男は車道を勢いよく下って行ったが、門を出て曲がり角に来ると立ち止まって、手帳になにやら記入した。

Cは昨夜一人で帰宅。到着時間は十時三十分（前後）。指定の時刻にキルチェスター中央駅にいること可能。C夫人は演説会より早く帰る。Cのわずか十分前に帰宅。汽車で帰宅の由。

その覚書は、電気工の手帳では二番目の記入だった。最初の記入は以下のとおり。

2

レンデル博士、昨夜往診。キルチェスターの方向。指定の時刻にキルチェスター中央駅にいること可能。R夫人は一晩じゅう独りで在宅（?）。コーヒーを飲んでからは、家政婦のスコット夫人は、その夜、R夫人を見ていないと言う。R夫人は自分用の小型自動車を所有。

ラバーナムズでは、共同制作《コラボレーション》が着々と進んでいた。ロビン・アップワードが熱心に主張していた。「ね、おわかりになるでしょ。この台詞のすばらしさ。この男と娘とのあいだの性の対立感情がほんとに表現できたら、この戯曲はすごく活気づいてきますよ」

がっかりしたように、オリヴァ夫人は、風に吹き乱された灰色の髪の毛を手でかきむしった。風どころではなく、まるで竜巻に襲われたみたいに、髪の毛が滅茶苦茶になっていた。

「ぼくのいうことはわかるでしょう、アリアドニ？」

「そりゃ、わかるけどね」オリヴァ夫人は憂鬱そうに答えた。

「ま、なんといっても大切なことはあなたがこれについて、ほんとに幸福に思ってくれることですよ」

よほど自己欺瞞のはげしい人間でないかぎり、誰もオリヴァ夫人が幸福そうに見えると思う者はあるまい。

ロビンはいかにも陽気に続けた。「ここで、このすてきな若者が、パラシュートで降りて――」

オリヴァ夫人があわててさえぎった。

「彼は六十なのよ！」

「まさか」

「そうよ」

「そんなふうにはどうしても見えませんよ。どんなに多く見積っても三十五歳というところかな」

「でもね、あたし、三十年も、彼を主人公にして小説を書いてきたのよ。一番最初の小説で、三十五歳にしておいたんだから」

「しかしですよ、もし六十だったら、彼と彼女――ええと、なんという名前でしたっけ、そうだ、イングリッドとのあいだに緊張した場面なんか作れませんよ。それじゃ、男のほうは、いやらしい老いぼれになってしまう」

「たしかにそうなるわね」

「ね、だから、三十五歳でなくちゃ、まずいんですよ」と得意満面にロビンが言った。

「それじゃ、彼はスベン・ヤルセンにすることはできないわ。レジスタンスに参加しているノルウェーの青年にでもすればいいのよ」

「ですけどね、アリアドニ、この芝居の主眼はなんといってもスベン・ヤルセンじゃありませんか。それにあなたのものすごい数の愛読者に、スベン・ヤルセンは人気があるのですからね。だから、スベン・ヤルセンを観るだけでお客が集まってくるのです。彼は、ドル箱ですよ、あなた」

「でもね、わたしの読者は、彼がどんな人物だかよく知っているのよ！　だから、ノルウェーのレジスタンスの闘士の新しい青年になんか仕立てられっこないし、それがスベン・ヤルセンだなんて、言えっこないわ」

「ねえ、アリアドニ。だからさっきもぼくが説明したでしょう、これは小説じゃなくて、お芝居なんですよ。しかも、すばらしいアイデアが浮かんだばかりじゃありませんか。スベン・ヤルセンと、ええとなんという名前でしたっけ——そのカレンとの緊張、対立、これですよ、二人はたがいに反発しあいながらも、はげしく愛しあってゆく……」

「スベン・ヤルセンはね、女なんか眼中にないのよ」とオリヴァ夫人はそっけなく言った。

「しかしですよ、まさか同性愛をさせるわけにはいきませんからね。そういう芝居とは違いますよ。これはスリルと殺人と屋外のようなカラッとした面白味にあるんです」

屋外という言葉をきくと、「あたし、外に出たいな」とオリヴァ夫人が突然言った。

「新鮮な空気がとても吸いたいのよ」

「一緒にお供しましょうか」とロビンが優しく尋ねた。

「ひとりのほうがいいの」

「ではどうぞ。そのほうがいいかもしれませんよ。ぼくは母に卵酒《エッグ・ノッグ》でも作りましょう。かわいそうに母は、みんなから忘れられてしまった子供みたいな気持ちになっていますからね。あの人は、いつも気にかけていてもらいたいたちなんですよ。それから地下室の場面は考えてくれるでしょうね。そうすれば全体がすばらしく引き締まりますよ。大成功、疑いなしです！」

オリヴァ夫人は溜め息をついた。

「しかし、なんといっても、あなたがこの劇化を喜こんでくれることですよ」

オリヴァ夫人はロビンに冷たい一瞥を投げると、以前イタリアで買ってきた派手な軍隊用のケープを、そのゆたかな肩にかけると、ブローディニーのほうへ歩いて行った。

彼女は現実の殺人事件に心を向けて、いまの苦労の種をきれいさっぱり忘れてしまうことにした。エルキュール・ポアロは助力を必要としているのだ。ブローディニーの住人を観察して、いままで一度も失敗したことのない女性の直感を働かせて、ひとつ、ポアロに、誰が犯人か教えてやるんだわ。そうすれば、あとはポアロがその証拠固めさえすればいいんですもの。

オリヴァ夫人は、まず探求の手はじめに丘を下って郵便局まで行き、そこで二ポンドのリンゴを買った。その買い物をしているあいだに、彼女はそこのスイーティマン夫人といかにも睦まじくおしゃべりをした。

この季節にしてはずいぶん暖かいなどと相槌を打ったりして、オリヴァ夫人は、自分がラバーナムズのアップワード夫人のところに滞在していることを話した。

「はあ、あたくし、存じておりますわ。あなたは、探偵小説をお書きになっていらっしゃる、ロンドンからお見えになった方ですわね。こちらにも、ペンギン・ブックスであなたの小説が三冊きておりますわ」

オリヴァ夫人は、そのペンギン・ブックスが並んでいるところに目をやった。それは子供の長靴の陰になっていた。

『二番目の金魚』これはなかなかよく書けているのよ。『猫は知らなかった』——この小説でね、吹矢の筒が一フィートだなんて書いてしまったけど、ほんとの長さは六フィートだったの。そんなに長いなんて、ちょっとおかしいけど、でも博物館の人が、私に手紙をよこしたわ。まちがいを見つけるのが愉しみで、小説を読む人がいるんだわと、わたし、よく思ったわ。ええと、もう一冊はなにかしら？　あら！　『初演俳優の死』ね、これはひどい駄作なのよ。水に溶けやすい睡眠薬ということにしたのだけど、実際にはだめなのよ。はじめからおわりまで不可能殺人の連続。それに探偵のスベン・ヤルセンが活躍する前に八人は死んでしまうんですもの」

「三冊とも売れ行きがとてもいいんですのよ」スイーティマン夫人は、作家自身の批評に感動したそぶりも見せずに言った。「とてもお信じになれないでしょうけど、わたくし、一冊も読んでないんですの。とにかく、本を読む暇が全然ございませんもの」

「そのかわり、あなたのそばでほんものの殺人事件があったわね」とオリヴァ夫人が言った。

「ええ、去年の十一月でしたわ。つい目と鼻の先でございました、あなたのおっしゃるとおり」

「探偵が来て、調べているという話だけど？」

「ああ、ロング・メドウズに来ている小柄な外国人のことをおっしゃっているんですのね。その人、昨日ここに来たばかりですわ、そして――」

スイーティマン夫人は、お客が切手を買いに来たので、話を途中で打ち切った。

彼女は、あわてて郵便受付のカウンターのほうへ歩いて行った。

「おはようございます、ミス・ヘンダースン、今日は、ほんとに暖かいですわね」

「ほんとにそうね」

オリヴァ夫人は、その背の高い娘の背中をじっと見つめていた。彼女は一匹のテリアを連れていた。

「このぶんじゃ、果実の花もなかなか落ちないでしょうね」スイーティマン夫人が心配そうな顔で言った。「ウェザビイ夫人のおかげんはいかがですの？」

「おかげさまでとてもいいの。あまり外出もしませんわ。このところ、東風が吹いているでしょう、だから」

「キルチェスターで今週はとてもいい映画をやっていますよ、ミス・ヘンダースン。あなた、観にいらっしゃらなくては」

「あたし、ゆうべ観に行こうと思っていたんだけど、たいして気が進まなかったのよ」

「来週はベティ・グレーブルの映画ですよ——ええと、ちょうどいま五シリングの切手がきれていますの。二シリング六ペンスの切手二枚でもかまいません？」

娘が出て行くと、オリヴァ夫人が口を出した。

「ウェザビイ夫人はご病気なのね？」

「ええ、そうらしいんですよ」とスイーティマン夫人は苦虫をかみつぶしたような口調で答えた。「たいしたこともないのに、一年中どこが悪い、あそこが悪いと言っている人がよくいますものね」

「ほんとにそうね」とオリヴァ夫人が言った。「わたし、アップワード夫人に、自分で歩くようにしてみたら、もっと善くなるんじゃないかしらって言ってあげましょう」

するとスイーティマン夫人は面白そうな顔をした。

「でもあの方、ご自分でそうしたいときには、歩くそうですわ。あたくし、そんな話を聞いたことがあるんですの」

「いまでもかしら？」

誰がそんな話をしたのだろうと、オリヴァ夫人は考えた。

「女中のジャネットから聞いたの？」とオリヴァ夫人は出まかせにきいてみた。

「ええ、ジャネット・グルームがちょっとこぼしていたんですの」とスイーティマン夫人は答えた。「べつにおかしくはないでしょう。ミス・グルームだって、あの人自身それほど若くはないんですし、東風が吹くと、リューマチがひどく痛くなるんですの。でもわたくし、自分の足が言うことをきかなくなるような真似はいたしませんわ。いまは健康保険があるんですもの、しもやけにかかっても、お医者さんに行けばいいんですもの。健康施設もたくさんあるんですから、もう病気で苦しむなんてことは、めったにございませんわ」

「あなたのおっしゃるとおりね」とオリヴァ夫人は言った。

彼女はリンゴを受け取ると、デアドリイ・ヘンダースンのあとを追って外に出た。が、たいして骨は折れなかった、なぜなら、テリアは年をとって太っていたし、道端の草むらの中を嗅ぎまわったりして、のろくさと道草をくっていたからだった。犬というのは、きっかけをつくるのにはもってこいだわ、とオリヴァ夫人は思った。

「まあ、なんて可愛いの！」彼女は声をあげた。

大柄の、あまりパッとしない若い女は、いかにも満足そうだった。

「可愛いでしょ、ベン？」

ベンは、ソーセージみたいな胴をぶるぶるとふるわせながら見上げたが、また草むらの中に頭をつっこんでうれしそうに嗅ぎまわった。

「喧嘩することなんてありますの？」とオリヴァ夫人がたずねた。「テリアって、よく喧嘩をしますものね」

「そうなの、とても喧嘩が好きで。だから鎖を放さないのよ」

「わたしもそうだと思ったわ」

二人とも、テリアのほうを見ていた。

それからデアドリイ・ヘンダースンがせきこむような口調で訊いた。

「あの――、あなた、アリアドニ・オリヴァさんじゃありません？」

「ええ、アップワードさんのお宅に滞在していますの」

「あたし、知ってるわ。ロビンが、あなたのいらっしゃること、あたしたちに話しましたの。あなたの探偵小説の大ファンなんですよ、あたし」

オリヴァ夫人は、いつものように、照れくさそうに顔を赤らめた。

「まあそう」困ったような口調で、つぶやくと、「うれしいわ」とお義理で言い足した。

「あたし、もっと読みたいんですけど、駄目なの。なぜって、うちでは、タイムズ・ブック・クラブから本を送ってもらっているんですけど、お母さん、探偵小説が嫌いなんです。とても神経質で、あれを読むと、夜眠れないんです。でも、あたしは大好きだわ」

「ほんものの殺人事件がここであったじゃありませんか」オリヴァ夫人が言った。「どの家ですの、殺人のあったのは？　あそこの家のどれかかしら？」

「ええ、あの中の一軒ですわ」

デアドリイ・ヘンダースンは、ささやくような声で言った。

オリヴァ夫人は、マギンティ夫人がかつて住んでいたという家をじっと見つめた。その玄関の石段のところで、感じの悪い子供が二人、面白がって猫をいじめていた。オリヴァ夫人がそれを止めようと、そばに近寄ったとき、猫は爪で引っ掻いて、子供たちの手から逃げ出した。

引っ掻かれた年上の子供が、ギャア、ギャア、わめいた。

「あなたが悪いのよ」とオリヴァ夫人が言ってから、デアドリイ・ヘンダースンに向きなおった。「殺人事件があった家には、ちょっと見えないわね」

「ええ、ほんとに」

二人とも、その点では一致したらしかった。

オリヴァ夫人がつづけた。

「年とった掃除婦ですってね。だれかが襲ったんですって？」

「犯人は下宿人ですの。おばあさん、お金を床下に隠しておいたんですよ」

「そうなの」

デアドリイ・ヘンダースンが突然言った。

「でも、やったのは下宿人じゃないようですわ。おかしな小柄な男の人がやって来て――ええ外国人ですの、エルキュール・ポアロとか――」

「エルキュール・ポアロ？　ああ、その人のことだったら、わたし、よく知っているの」

「ほんとに探偵なんですか？」

「そうよ、とても有名な探偵、すごく頭がいいわ」

「じゃ、彼が無罪だということを、その人なら証明してくれますわね」

「彼って?」

「その——下宿人ですわ、ジェイムズ・ベントリイ。あの人が無罪になるように、あたし祈ってますの」

「あなたが? またどうして?」

「なぜって、彼がやったなんて、あたしにはどうしても思えませんもの。あたし、考えたこともありませんわ」

オリヴァ夫人は、好奇心に燃えながら、彼女をながめた。その口調に響いている情熱に驚いたのだ。

「あなた、その男の人を知っているの?」

「いいえ」とデアドリイはゆっくり言った。「あたし、知りませんでしたわ。でも一度、ベンが足を罠にひっかけたことがあって、ベンを助けるのに、手伝ってくれたことがあるんです。それから、少しお話しして……」

「どんな感じの人?」

「ほんとにひとりぼっちなの。あの人のお母さんがちょうど亡くなったばかりで。とてもお母さんのことを愛していましたわ」

「あなただって、お母さんを愛しているんでしょ？」と、抜け目なく夫人がたたみこんだ。

「ええ、そうなんです。ですからあの人の気持ちがあたしにはよくわかりますの。母とあたし——あたしたちはおたがいによく理解しているんですわ」

「ロビンから聞いたのですけれど、あなたのお父さんは継父なんですってね」

デアドリイはつらそうに言った。「ええ、継父ですわ」

オリヴァ夫人は、言葉をあいまいにしながら言った。「やっぱりその、ほんとのお父さんとは、どこかちょっとちがうでしょうね、お父さんのこと、おぼえていらっしゃる？」

「いいえ、父はあたしが生まれる前に死にましたの。あたしが四つのとき、母はウェザビイと結婚したんです。あたし——あたし、いつも継父を憎んでいますわ。そして母は——」彼女はちょっとためらってから言った。「母の一生はとても不幸でした。同情してくれたり、理解してくれる人が、母のまわりにいなかったんです。うちの継父ときたら、まるで感情というものがない、頑固で冷酷な人間ですの」

オリヴァ夫人はうなずいてみせてから、口の中でつぶやくように言った。「ジェイムズ・ベントリイにはあやしいところなど、少しもないのよ」

「あたし、警察があの人を捕まえるなんて夢にも思っていなかったんです。きっと浮浪者かなにかの仕業にちがいないと思いますの。この道路には、ときどき変な浮浪者がうろついていることがあるんです。その連中の一人にちがいないわ」

オリヴァ夫人はなぐさめるように言った。

「きっとエルキュール・ポアロが真犯人を探し出してくれるわ」

「ええ、きっと——」

彼女は、ハンターズ・クロウズの門のほうへ、急ぎ足で曲がって行ってしまった。

オリヴァ夫人は、ほんのちょっとのあいだ、娘の後ろ姿を見送っていたが、ハンドバッグから小さな手帳を取り出すと、それに書きつけた。

〈デアドリイ・ヘンダースンは白〉そして〝白〟の下にあんまり強くアンダーラインを引いたものだから、鉛筆の芯が折れてしまった。

3

彼女が丘を半分ほどのぼったところで、美しいプラチナ色の髪をした若い女性と一緒におりてくるロビン・アップワードと出会った。

「こちらが有名なアリアドニ・オリヴァですよ、イヴ」と彼は紹介した。「どうしてこうも魅力があるのか、ぼくにはわからないのですが、それにとても情けぶかい人なのですよ。探偵小説などに血道をあげているとは、ちっとも見えないでしょう。こちらはイヴ・カーペンターです。ご主人は、次回の議員になられる方ですよ。いまのジョージ・カートライト卿なんか、ほんとにおめでたい、あわれなご老人ですからね。ドアの陰にかくれている若い女の子におどかされて、とびあがるんだから」

「まあ、ロビン、そんな嘘をつくものじゃありませんわ。党を侮辱することになりますよ」

「そんなこと、かまうものですか、ぼくの支持している党じゃありませんからね。ぼくは自由党ですよ。現在、信頼できる唯一の党ですからね。ほんの小所帯ですが、粒よりで、ちょっと政権をとる見込みはありませんがね。ぼくは、成功する見込みのない政治運動が大好きなんですよ」

彼はさらにオリヴァ夫人に言葉をつづけた。

「イヴがね、今晩ぼくたちにお酒を飲みに来てほしいと言っているのです。ま、あなたの歓迎パーティですよ、アリアドニ。有名作家のね。あなたが当地にいらしたなんて、ぼくたちはぞくぞくするほどうれしいのです。つぎの作品では、このブローディニーを舞台にした殺人事件が書けませんかね？」

「ぜひお書きになってくださいな、オリヴァ夫人」とイヴ・カーペンターも言った。

「このブローディニーにスベン・ヤルセンを登場させるのはわけないじゃありませんか」とロビンが口を出した。「ちょうど、エルキュール・ポアロのように、サマーヘイズのゲスト・ハウスに滞在させればいいんですから。ぼくたちは、いまそこへ行くところなんです。ぼくがイヴにね、あなたが作家として有名なように、ポアロも探偵として有名だと話したのですよ、それに、イヴも、昨日はポアロにたいへん失礼をしたので、そのパーティに、彼にもぜひ出席してもらおうというのですよ。しかしね、これは真面目な話、つぎの小説には、ブローディニーを舞台にしてくださいよ。ぼくたちは手に汗にぎって待っていますからね」

「ほんとにお願いしますわ。きっとすばらしいミステリになるでしょうね」とイヴ・カーペンター。

「だけど、誰が被害者で、誰が犯人になるんです？」とロビンがきいた。

「いま働きに来ている掃除婦はだれ？」とオリヴァ夫人がききかえした。

「いやだな、そんな殺人事件は駄目ですよ。ひどく退屈じゃありませんか。そうだ、このイヴなんか、すばらしい被害者になりますよ。彼女のナイロンの靴下で頸をしめられている、そうだ、そうこなくちゃ」

「あなたのほうがもっとすてきな殺され方をするわよ、ロビン」とイヴが言った。「新進劇作家が田舎のコテイジでグサッと刺されているの」

「犯人がまだきまっていませんね。ぼくの母なんかどうでしょう？　あの車椅子を使うんですよ、そしたら足跡が残らない。こいつはちょっといけるじゃありませんか」とロビンが言った。

「でも、お母さんだったらあなたをグサッとやりたくはないでしょう、ロビン」

ロビンは考えこんだ。

「そうだ、それじゃ駄目だ。じつを言うとね、ぼくの母があなたを絞め殺すところを考えていたんですよ。それだったら、母にだってたやすくやれますからね」

「でもあたし、どうしてもあなたに被害者になってもらいたいの。あなたを殺すことのできる犯人といったら、デアドリイ・ヘンダースンね。あの子だったら、人目をひかない、ありふれた娘ですものね」

「どうです、アリアドニ、新作のお膳立てをしてあげたじゃありませんか。あとは読者をひっかける二、三のにせの手がかりを隠しておけばいいのです。むろん、小説にしてくれなくちゃいけませんがね。くそ、なんていやな犬を飼っているんだ、あのモーリンは」

三人がロング・メドウズの門に入って行くと、二匹のアイリッシュ・ウルフハウンドが前にとび出して吠えついた。

モーリン・サマーヘイズがバケツを手に持って、庭に出て来た。

「フリン、こっちにおいで、コーミック、こっちこっち。あらいらっしゃい。あたしいま、豚小屋を掃除していたところなの」

「よくわかりますよ」とロビンが言った。「ここからでも、臭いますからね。豚君、元気ですか？」

「昨日はね、豚のおかげでさんざん苦労してしまったのよ。寝たっきりで、朝ご飯も食べないんですもの。ジョニイと二人で、豚の飼育書にある、あらゆる病気を研究したのよ。心配で心配で一睡もしなかったの。でも今朝になったらすっかり元気になってしまって、はしゃぎ回っているの。ジョニイが餌をもって入っていったらとびかかって、押し倒しちゃったのよ。ジョニイはほうほうのていで逃げ出して、お風呂にとびこまなくちゃならなかったの」

「なんてエキサイティングな生活をしているんでしょうね、ジョニイとあなたは」とロビンが言った。

「今晩、お揃いで、あたしの家にお酒を飲みにいらっしゃいません、モーリン?」とイヴが誘った。

「ええ、よろこんでおうかがいしますわ」

「オリヴァ夫人の歓迎会ですよ」とロビンが言った。「もっとも、あなたの目の前に夫人がいますけどね。オリヴァ夫人です」

「まあ、ほんとですの」とモーリンが言った。「すてき! あなたとロビンとで、いまお芝居をお書きになっていらっしゃるんですってね」

「すごい傑作になりつつあるんだ」とロビンが言った。「それはそうと、アリアドニ、今朝、あなたが出かけてから、ちょっとした名案が浮かんだのですがね、配役のことで」

「配役のこと?」ホッとしたような声で、オリヴァ夫人がききかえした。

「エリックにぴったりくる役者がいるんですよ。セシル・リーチですがね、カレンキーの実験劇場に出ているんですよ。いつか行って、観てみようじゃありませんか」

「あの、あたしたち、あなたのところにご滞在になっているお客さまにお会いしたいのよ」とイヴがモーリンに言った。「いま、おいでになる？　今晩、いらしていただきたいのですけれど」

「じゃ、ご一緒にうかがいますわ」とモーリン。

「いえ、あたしの口からお願いしようと思いますの、じつをいうとね。昨日、あたし、とても失礼してしまったものですから」とイヴ。

「まあそうですの、それだったら、あの方、どこか、そこいらにいらっしゃると思いますけど」とモーリンはあいまいに言った。「庭のほうじゃないかしら、さ、コーミック、フリン、ほんとにしょうがないね、おまえたちは――」

彼女はバケツをガチャンと放りだすと、アヒルたちがガアガアわめきはじめた池のほうへ走って行った。

第十三章

カーペンター家のパーティも終わりに近くなったころ、オリヴァ夫人がグラスを手に、ポアロに近寄って来た。それまで、夫人もポアロも、自分たちを讃嘆する人たちに囲まれていたのだ。だが、ジンが飲み尽くされるにつれ、パーティがにぎわってくると、人々はおたがいに親しいもの同士あつまって、土地のスキャンダルなどに花を咲かせはじめるものだ。おかげで、外来者であるこの二人は、おたがいに話し合う機会ができた。

「テラスにお出になって」オリヴァ夫人は、まるで陰謀をたくらむ人のようにささやいた。

そして、そう言うが早いか、ポアロの手にちいさな紙片をにぎらせた。

二人は一緒にフランス窓を通りぬけると、テラスにそって歩いた。ポアロはその紙片を開いてみた。

「ドクター・レンデル」そう書いてあった。

ポアロはいぶかしげにオリヴァ夫人を見つめた。オリヴァ夫人は力をこめてうなずいてみせた。その勢いで、柔らかい灰色の髪が顔一面に垂れ落ちてきた。

「犯人は彼よ」とオリヴァ夫人が言った。

「というと？　またどうしてです？」

「あたしにはわかったの」とオリヴァ夫人が答えた。「レンデルはそういうタイプよ。頑健で、いかにもにこにこと愛想がいい、まあそういったこと」

「なるほど」

ポアロは自信なげにつぶやいた。

「では、動機はどういうことになるのです？」

「なにか不正行為よ。それをマギンティ夫人が嗅ぎつけたのよ。ま、理由がなんであろうと、犯人はレンデル。あたし、ほかの人たちを全部あたってみましたけど、結局残ったのは彼」

ポアロは冷静な口調で言った。

「昨夜、キルチェスター駅で、わたしを線路に突き落とそうとした者がいましたよ」

「まあおどろいた、あなたを殺すためにですか？」

「そうにちがいないと思いますな」

「そして、ドクター・レンデルは、その晩外出していたというのですね、あたし知ってますわ」

「そう、たしかにドクター・レンデルは家を空けていました」

「さ、それできまったわ」いかにも満足そうにオリヴァ夫人は言った。

「ところがそうはいかないのです」とポアロ。「カーペンター夫妻も昨夜キルチェスターに出かけて、しかもべつべつに帰宅しているのですよ。レンデル夫人は一晩中家にいて、ラジオを聴いていたのかもしれないし、そうでないかもしれません。はっきり、そうだと裏づける者はいないのです。それにミス・ヘンダースンもよくキルチェスターへ映画を観に行きます」

「いいえ、彼女は外出しませんでしたわ、家にいたんですって、そうあたしに言いましたもの」

「しかし、その話を頭から信じるわけにはまいりませんね」とポアロはたしなめるように言った。「家族というものは共謀するものです。しかも、外国人のメイドのフリーダは、昨夜映画を観に出かけているのです。これでは、誰がハンターズ・クロウズの家にいて、誰が外出していたか、メイドにだって断言することはできないのですよ。物事を見きわめること、これはなまやさしいことではありません」

「あたしたちのことでしたら証明できますわ」とオリヴァ夫人が言った。「その出来事は昨夜の何時だとおっしゃいましたっけ？」

「九時三十五分きっかりです」

「それでは、ラバーナムズだけは、とにかく保証つきですよ。八時から十時半まで、ロビンと彼のお母さんとわたしの三人でポーカーをしていたんですもの」

「では、あなたと彼が鼻をつきあわせて共同謀議《コラボレーション》を練っていたと考えられますな」

「まあ、それじゃお母さんは、雑木林に隠してあるオートバイに飛び乗って行ったとでもおっしゃるの？」とオリヴァ夫人は声を立てて笑った。「だめ。お母さんはあたしたちと一緒でしたわ」それからみじめな思いにとらわれたように溜め息をついた。そして、「共同制作《コラボレーション》」と、吐き出すようにつぶやいた。「まるで悪夢だわ！　バトル警視に大げさな黒い口髭をつけられて、こいつがおまえなんだと言われたらどんな気持ちがして？」

ポアロはちょっとまばたきをした。

「まさに悪夢なのでしょう、あなたのおっしゃるとおり」

「あたしが苦しんでいるということ、おわかりになってくださったのね」

「わたしだって、とてもひどい目にあっているのです」とポアロは言った。「サマーヘイズ夫人の料理ときたら、それこそお話にならないのですからね。とても料理と名のつくような代物ではないのです。開けっ放しのドア、冷たい風、腹をこわした猫、長い毛の犬、脚のこわれた椅子、あのいまいましいベッド」ポアロは目をつむって、彼を悩ますいろいろなものを挙げてみせた。「バスルームのなまぬるい湯、穴のあいている階段の絨毯、それにコーヒーだ。あの夫妻がコーヒーと称してすすめるあの液体を、あなたにどう説明したらいいでしょう。あれで胃袋がむかつかなかったら、それこそ不思議なくらいですよ」

「まあ」オリヴァ夫人は同情した。「でも、あのひとはすてきな人でしょう」

「サマーヘイズ夫人ですか、そうです、彼女はチャーミングですよ。まったく魅力的だといってもいいでしょうな。だから、なおさら困るのですよ」

「あら、そう言っているうちに、彼女がまいりましたよ」

モーリン・サマーヘイズが、二人のそばにやって来た。彼女のそばかすのある顔には、恍惚とした色が浮かんでいた。グラスを手にしながら近づいてくると、いかにも親しそうに二人にほほえみかけた。

「あたし、ちょっと酔ってしまいましたの」とモーリンは大声で言った。「ほんとにおいしいジンですわ、すっかり飲みすぎちゃって。パーティって、とても愉しいですわね。ブローディニーでは、こんなことめったにありませんのよ。これも、有名なあなた方お二人のおかげですわ。あたしにも本が書けたら、どんなにいいかしら。でも、あたしみたいな能なしにはなにもできませんけど」

「いや、あなたは立派な妻であり、母ではありませんか、マダム」ポアロがかしこまって言った。

モーリンは目を大きく見開いた。そばかすのあるちいさな顔に、輝いている魅力的な淡褐色の目。オリヴァ夫人は、彼女はいくつぐらいだろうかと考えてみた。たぶん三十そこそこにちがいない。

「まあ、あたしが？　どうかしら、そりゃあ、あたしみんなを愛してますよ、でもそれだけですわ」

ポアロは咳ばらいをした。

「わたしの考えを述べさせていただきますと、マダム、ほんとに夫を愛している細君というものは、夫の胃の状態をいつも心にかけていなければならないのです。これはきわめて重要なことですよ、とりわけ胃はね」

モーリンはいささかムッとしたようだった。

「ジョニイの胃はすばらしいんですよ。それにそんなこと、取るに足りないことじゃありませんの、胃のことなんか」

「いや、わたしはね、その胃の中になにを入れてくださるかということを言いたかったわけなのです」

「じゃあ、あたしのつくるお料理ということですのね、愛情はなにも食べ物できまるわけじゃありませんわ」

ポアロはうなった。

「それに着る物だってそうよ」とモーリンは夢見るように言った。「それからすることなすこともね。そういった目に見えるものだけがすべてではありませんわ」

モーリンはそう言って口をつぐんだ。彼女の眼は酔ってトロンとしていて、あらぬ方をながめていた。

「このあいだ、新聞に投書した女性がいたじゃありませんか」と突然モーリンは言った。「ほんとにばかげた投書ですわ。子供にね、いろいろメリットになるような他人のところに養子にやったほうがいいか——そうですよ、その女ときたら、メリットだなんて書いていますのよ——つまりね、いい教育だとか上等の着物、住み心地のいい環境とか、そんなことなのよ。それとも、なにもしてやれない貧しい自分の手もとに子供をおいたほうがいいかっていう身上相談なんですけど、ほんとにばかげた質問ですわ。そうですとも、子供に食べさせてやることさえ充分にできたら、それだけでいいんですわ」

彼女はまるで水晶を見るように、まぶしそうに目を細めて、空になった自分のグラスをながめた。

「あたしにはちゃんとわかっているんですよ、あたしは養子だったんです。あたしのお母さん、あたしを人に預けたんです。おかげで、人のいう〝メリット〟にいやというほどあずかりましたわ。でもあたしには、おまえなんかべつに欲しくてもらったんじゃない、おまえのおふくろさんが手離したんだからと言われているようで、いつもいつも、身を切られるみたいでしたの」

「それはね、お母さんはあなたのためを思って犠牲を払ったんですよ、きっと」とポアロが言った。

モーリンが澄みきった眼で、ポアロを見た。

「あたしはそんなことぜったいに信じないわ。そんなのは自分たちの都合のいい言い訳よ。はっきり言えば、あんたなしでもうまくやっていけるってことでしょ……それがこたえるのよ。あたしは絶対に自分の子どもたちは見捨てないわ――どんなメリットのためだとしてもね、ぜったいに」

「あなたのおっしゃるとおりだと思うわ」とオリヴァ夫人が言った。

「わたしも同感ですよ」とポアロ。

「それじゃ、なにも問題はないわ。あたしたち、なにを論じあっていたんだったのかしら？」とモーリンが楽しげに言った。

ロビンがテラスにそってやって来て、みんなに加わった。

「ほう、いかなるご相談です？」

「養子の話ですの」とモーリンが答えた。「あたし、養子になんかなりたくないわ、あなたはどう？」

「しかしですね、孤児になるよりはいいと思いますね。それはそうと、そろそろおいとましなくちゃ、アリアドニ？」

お客たちは、一団となって引き揚げた。ドクター・レンデルは急用で先に帰っていた。宴会気分の余勢をかって、彼らは陽気にはしゃぎながら丘をくだっていった。

ラバーナムズの門の前に来たとき、ロビンは、みんなを家に招き入れようとして躍起となった。

「母に、パーティのことをなにからなにまで話してあげたいのですよ。足が不自由なものですから、とても退屈しているのです。一人で取り残されるのがたいへん嫌いでしてね」

みんなが陽気になだれこむと、アップワード夫人はよろこんでお客たちを迎えた。

「ほかにどんな人がいたんです？　ウェザビイ家の人は？」とたずねた。

「来ませんでしたよ。ウェザビイ夫人は気分がすぐれないということでしてね。それで、あのさえないヘンダースンの娘も、彼女なしでは来られなかったというわけです」

「あのひとは、いつだって陽気な顔をしていたことがありませんね」とシーラ・レンデルが言った。

「ちょっと不健全ですよ」とロビン。

「彼女のお母さんのせいよ」とモーリンが言った。「親のなかには、子供をむしばむ人がいますもの」

彼女は、アップワード夫人のいぶかしげな眼にあうと、突然パッと顔を赤らめた。

「おまえをむしばんでいるかい、ロビン？」とアップワード夫人がたずねた。

「とんでもない、お母さん《マドレ》」

気まりの悪さを隠すために、モーリンはあわてて夫人の飼っているアイリッシュ・ウルフハウンドに話題をかえた。話はかなり専門的になってきた。

アップワード夫人はきっぱりと言った。

「遺伝から逃れることはできませんよ。犬とおなじように人間もね」

シーラ・レンデルはつぶやいた。

「環境とはお考えになりません？」

アップワード夫人は彼女をさえぎった。

「いいえ、わたしはそうは思いませんよ。環境は、その人間の、外面的なところに影響をあたえるだけですもの——それ以上のものではありませんわ。人間の内部に巣喰っているもの、それが遺伝なのですよ」

シーラ・レンデルの赤くなった顔を、エルキュール・ポアロは好奇の目でながめた。

彼女は異常な激しさで言った。

「それじゃ残酷ですわ。不公平すぎますよ」

アップワード夫人がそれに答えた。「人生というのはそもそも不公平なものですよ」

ジョニイ・サマーヘイズの、のろのろとした、しまりのない声がこの会話に加わった。

「ぼくはアップワード夫人のお話に賛成ですね。育ちですよ、問題なのは。それがぼくの信条なんです」

オリヴァ夫人がいぶかしげにたずねた。「とすると、何代もあとに継がれるというのですね、三代も四代もあとまで——」

不意にモーリン・サマーヘイズがかん高い美しい声でそれをさえぎった。

「だけど、ほら、こんな引用句があるじゃないの、〝幾千年までも慈悲を垂れたもう——〟」

こんな真面目な文句が会話のなかにとびこんで来たので、みんなはふたたび、いささかうんざりした面持ちになった。彼らは話題をポアロにむけて、気分を転換した。

「ポアロさん、マギンティ夫人のことを話してくださいませんか。どうして、あの陰気な男が、夫人を殺したのじゃないんです？」

「あの男は、いつもぶつぶつ独り言を言ってましたね」とロビンが言った。「小道を歩きながらね。ちょくちょく道で会ったものですよ。いや、まったく変人でしたね、あの男は」

「彼が下手人でないとお考えになるのは、なにか理由があるはずです。ポアロさん、話してくださいませんか」

ポアロはみんなにほほえんでみせた。そして口髭をなでた。

「彼が犯人でないとすると、誰がやったのです？」

「そうだわ、犯人は誰？」

アップワード夫人はそっけなく言った。「この方をそういじめるものではありませんよ。たぶん、わたしたちのなかの一人を疑っていらっしゃるんですからね」

「まあ、あたしたちのなかの誰か――？」

ざわめきのなかで、ポアロの眼は、アップワード夫人の視線をとらえた。なにか面白がっているような――そう、挑戦するような目つきだった。

「ポアロさんが、われわれのなかの一人を疑っているんだって」ロビンはいかにもうれしくてたまらないといった口調で言った。「さて、それではモーリン」まるで王室顧問弁護士のようないばった態度ではじめた。「あなたは、その夜、どこにおりましたか、ええと、その――」

「十一月二十二日の夜ですよ」とポアロが教えた。

「そうです、そうです、その二十二日の夜に？」

「まあいやだ、そんなこと、あたしわからないわ」とモーリンが答えた。

「もういまとなっては、誰だって覚えてなんかいませんわ」とレンデル夫人が言った。

「いや、ぼくは覚えてますよ」とロビンが言った。「というのはね、その晩、ぼくはラジオに出演していたからです。〈演劇における諸問題〉というのを放送するために、コールポートに出かけたのですよ。はっきり覚えていますね。かなり長い時間、ゴールズワージーの〈銀の箱〉に出てくる日雇い掃除婦について論じたのです。そしたら、その翌日マギンティ夫人が殺されたじゃありませんか。あの戯曲の掃除婦が夫人とそっくりなので、びっくりしてしまったのです」

「そうそう」突然シーラ・レンデルが口をはさんだ。「やっとあたし思い出しましたわ。ほら、あの晩、ジャネットが外出するので、お母さんだけひとりぼっちになってしまうって、あなた、おっしゃったじゃありませんか。それであたし、夕食をすませて、こちらへ伺ってあなたのお母さんのお話し相手になろうとしたのよ。でも、お相手できなかったけど」

「ええと、そうそう、そうでしたよ。わたし、頭痛がしたものだから、裏庭に面している寝室で休んでいましたっけ」とアップワード夫人が言った。

「それで、明くる日」とシーラが言った。「マギンティさんが殺されたってきいたとき、あたし思わず考えたの、まあいやだ、きっとその晩、暗闇で犯人とすれちがったにちがいないって。だってはじめ、犯人はそこらへんの浮浪者が忍び込んだんだと、みんな思っていたんですものね」

「あたし、なにをしてたんだか、まだ思い出せないわ」とモーリンが言った。「でも、次の朝のことはおぼえている。あのパン屋が言ったのよ、〝マギンティ夫人はまだ寝てますよ〟って。それであたし、なぜいつもの時間にあの人起きないのかしらって、不思議に思ったんです」

彼女はブルッと身をふるわせた。

「なんておそろしいことでしょう」

アップワード夫人はまだポアロから目を離さなかった。

彼はひそかに胸のうちで思った。「夫人はなかなか知性のある婦人だ。それだけに冷酷な性質を持っている。そのうえ利己的だ。こういう婦人はなにをやっても不安を感じたり、後悔したりしないものだ」

せき立てるような、不平がましい細い声がした。

「それで、まだ手がかりはつかめませんの、ポアロさん？」

それはシーラ・レンデルだった。

ジョニイ・サマーヘイズの長くて浅黒い顔が異様に輝いた。

「そうだ、手がかりだ」と彼は言った。「だからぼくは探偵小説がたまらないほど好きなんですよ。探偵にはすべてを意味する手がかり、でも犯人が見事に逮捕されるまで、ほかの人間にはなんの意味もない手がかり。ねえ、ポアロさん、ぼくたちに、ほんのちょっとでいいですから、手がかりを教えていただけませんかね」

ポアロのほうに、笑いかけている顔、なにかを期待しているような顔がいっせいに向けられた。ここにいる人たちにとっては、一種のゲームなのだ（もっとも、そのなかの一人にとってはゲームどころの騒ぎではないかもしれないが）。しかし殺人はゲームではない。殺人は、この上もなく危険な代物なのだ、たぶん。

不意にポアロは、自分のポケットから無造作に四枚の写真をつかみ出した。

「手がかりが知りたいというのですな」と彼は言った。「これですよ《ヴォワラ》！」

ドラマティックなジェスチャーで、ポアロはそれらの写真をテーブルの上に放り出した。

みんなはそのまわりにむらがり、腰をかがめて、めいめいに叫び声をあげた。

「見てごらんよ！」

「おそろしく流行遅れのスタイルだね！」

「ほら、このバラの花を見て」

「おやおや、この帽子ときたら」

「なんておそろしい顔をした子供だろう」

「だけど、いったい誰なのかしら、この人たち？」

「とんでもない服装だと思わない？」

「この女は、昔はきっときれいだったよ」

「でも、なぜこれが手がかりなのかしら？」

「この連中はなに者なんです？」

ポアロはゆっくりと、自分を取り囲んでいる顔の一つ一つを眺めていった。

まあ、彼が内心期待していたもののほかは、これといってべつに眼に入らなかった。

「この写真の中に、見覚えのある人間はいませんか？」

「見覚えですって？」

「つまりですね、この写真のどれかを、前にごらんになったことはありませんかな？

アップワード夫人、あなたでしたら、見覚えがあると思いますけど？」

アップワード夫人はためらった。

「そうですわねえ、たしか——」

「どの写真です？」

夫人の人さし指がリリイ・ガンボールの、眼鏡をかけた子供っぽい顔の上に止まった。

「この写真をごらんになったことがあるのですね、いつのことです？」

「ほんの最近ですよ。ええと、どこでだったかしら——思い出せませんわ。でも、これとそっくりの写真をたしかに、わたし見ましたよ」

夫人は眉をひそめながら椅子に腰をおろしていた。夫人はじっと考えこんでいる。

レンデル夫人が近づいてきて、彼女は放心状態から抜け出した。

「では失礼しますわ、アップワードさん。ご気分のいいときに、ぜひお茶を飲みに、うちへお寄りになってくださいね」

「ありがとう。ロビンがわたしを押してくれて丘が越えられましたらね」

「むろんですよ、お母さん《マドレ》。ぼくはあの車椅子を押すために、身体中の筋肉をきたえているのですからね。ウェザビイさんの家に行った日のこと、おぼえていますか、道がとてもぬかって――」

「ああ！」突然アップワード夫人が声をあげた。

「どうしたんです、お母さん《マドレ》？」

「いえ、なんでもないんだよ、それで？」

「帰り道に丘をのぼるときなんか、はじめに車椅子がすべって、それからつぎにはぼくがすべってしまって、これじゃとても家には帰れないと思ったものですよ」

お客たちは、みんな笑いながらさよならの挨拶をして、ぞろぞろと出て行った。

アルコールにはたしかに舌をなめらかにする作用があるな、とポアロは思った。

あの写真を見せたことは、はたして良かったか、悪かったか？　あのドラマティックなジェスチャーも、アルコールのせいだったのだろうか？

ポアロにははっきりしなかった。

しかし、なにやら弁解じみたことをつぶやきながら、ポアロはいま来た道を取って返した。彼は門を押し開けて、家のほうに歩みよった。左手の開いている窓から、二つの低い話し声がきこえてきた。ロビンとオリヴァ夫人の声だった。ロビンがほとんどひとりで喋りまくっていた。

ポアロはドアを開けて中に入ると、右手のドアを通って、つい今しがたまでいた部屋に入って行った。アップワード夫人は、暖炉の前に腰かけていた。夫人の表情は、どことなく陰鬱そうだった。なにかをじっと考えこんでいたので、ポアロが入って来たのには、おどろいたようだった。

ポアロが挨拶をするかわりに小さく咳ばらいをすると、はっとしたように鋭く彼を見上げた。

「まあ、あなたでしたの。ひどくびっくりしましたわ」

「これはどうも失礼しました、マダム。だれかほかの人だと思ったのですね？　だれだとお考えになったのです？」

夫人はそれには答えようとしないで、ただ、「なにかお忘れものでも？」と言っただけだった。

「ここはとても危険だと申し上げに来たのですよ」

「危険ですって？」

「そうです、あなたにとって危険なのですよ。いまさっき、あなたは、あの写真の一枚を知っているとおっしゃったからです」

「なにも知っているなんて申しませんよ。昔の写真というものは、みんな似たり寄ったりのものですもの」

「まあお聴きになってください、マダム。あのマギンティ夫人も、あの写真の中の一枚を知っていたのですよ、わたしはそうにらんでいるのです。そして、マギンティ夫人は死んだのです」

思いがけないユーモアの色が夫人の眼に浮かんだ。アップワード夫人は言った。

「〝マギンティ夫人は死んだ。どんなふうに死んだ？　こんなふうに危険に身をさらして死んだ〟こうおっしゃりたいのですね？」

「そのとおりです。あなたがすこしでもなにか知っていらっしゃるのでしたら、さあ、わたしに話してください。そのほうが安全なのですよ」

「ありがとうございます。でも、そんなに単純なことではありませんの。わたしがなにかを知っているかもしれないなんて、少しもたしかなことではないんです――ええ、事実というようなはっきりしたことは、なに一つ存じておりませんの。漠然とした記憶というのは、ほんとに手におえないところがありましてね。つまりこういうことなんですのよ、いつ、どこで、どんなふうに、ということがはっきりしてなければね」

「しかし、あなたはもうそのことをちゃんと知っていらっしゃる、とわたしはにらんでいるのですよ」

「いいえ、まだまだいろいろと考えに入れなければならない要素があるんですよ。まあ、そんなにせき立てないでくださいな、ポアロさん。わたしは、すぐ結論が出せるといった人間じゃないんですのよ。わたしには、わたしのやり方がありますし、はっきりさせるためには時間がかかりますからね。結論に達したら、行動しますわ。でもはっきりするまでは、だめですよ」

「あなたという方は、いろいろな意味で隠し立てをなさるご婦人なのですね、マダム」

「おそらくね。知識は力ですわ。力は正しい目的にだけ使われなければなりません。こんなこと申してはなんですけど、あなたは、イギリスの田舎気質といったようなものをよくご存じないんじゃないかしら」

「言葉を換えて言いますとね、〝おまえなんかいまいましいただの外国人じゃないか〟ということになりますね」

アップワード夫人は軽くほほえんだ。

「わたしはそれほど無作法な女ではありませんよ」

「もし、このわたしにお話しになりたくないようでしたら、スペンス警視がおります」

「まあ、ポアロさん、警察なんて。いまの段階では早すぎますよ」

ポアロは肩をすくめた。

「わたしはあなたに警告を申し上げたのです」

いまは、ポアロにも確信があった。アップワード夫人が、いつ、どこで、リリイ・ガンボールの写真を見たか、はっきり思い出したことに。

第十四章

1

「もうすっかり春だ」翌朝、エルキュール・ポアロは独り言をいった。なんだか、昨夜心配したことは、みんな根も葉もないことのように思えてくるのだ。アップワード夫人は、自分のことはちゃんと用心してゆける聡明な婦人なのだ。とは言うものの、どうもあの夫人は、妙に気にかかる。ポアロには、彼女の反発がまったく理解できなかった。あきらかに彼女は彼が関わることをこばんでいる。彼女はリリイ・ガンボールの写真に覚えがあって、それを独力で解決しようとしているのだ。

庭のなかの道を歩きながら、ポアロがそのような回想にふけっていると、背後から声をかけられて、思わずびっくりした。

「ムッシュー・ポアロ」

レンデル夫人があまりにも静かに近寄って来たので、彼はぜんぜん気がつかなかったのだ。昨日からというもの、ポアロはすっかり神経質になっていた。

「これはこれは、失礼しました、マダム。ドキッとしてしまいました」

レンデル夫人はお義理のように笑ってみせた。ポアロがいらいらしている以上に、夫人も神経質になっているようだった。片方のまぶたがピクピクしていて、両の手を絶え間なく動かしていた。

「あの、お邪魔でしょうか、お忙しいのじゃございません？」

「いいえ、忙しいどころか、ぜんぜんひまですよ。お天気はいいし、わたしは春の気分を満喫しているところです。戸外はほんとうにすばらしいですな。サマーヘイズさんのお宅の部屋は、どうもその、空気の流通がよすぎましてな」

「流通ですって？」

「英国では〝通風〟でしょうか」

「はあ、そう申しますわね」

「窓は開けっ放し、ドアも開けっ放し」

「こちらのお宅はもうガタガタですものね。それにサマーヘイズさんたちはぜんぜん手入れをなさらないんですもの。あたくしだったら、ちゃんと手入れをしますわ。そりゃあ、ここのお家は何百年という伝統がおありでしょうけれど、いまどき、そんな感傷的理由で執着なんかしていられませんわ」

「そうですね、現代では、センチメンタルなところはありませんな」

しばらく、二人とも黙りこくっていた。ポアロは、夫人の神経質そうな白い手を眼の隅につよく感じていた。夫人のほうから口を開くのを彼は待っていた。

と、急に彼女は話しかけて来たが、なにか突拍子もない感じだった。

「あの、あなたがなにか調査なさいますとき、いつも口実をおつくりになりますの？」

ポアロは、その質問の意味を考えた。夫人のほうをべつに見てはいなかったが、自分の横顔に焼きつくように注がれている真剣な彼女の眼ざしがはっきりと感じられた。

「そうですね、あなたのおっしゃるように、マダム、まあ便宜的なものですよ」とあたりさわりのないようなことをポアロは答えた。

「では、こちらにご滞在になっていらっしゃることも、それから、その――いろいろなことをおたずねになることも――」

「一種の方便かもしれませんな」

「なぜ――なぜこのブローディニーにいらっしゃいましたの、ポアロさん？」

ポアロは、ほんの軽く、これはおどろいたといった視線を夫人にむけた。

「たしか前にも申しましたように、マダム、わたしはマギンティ夫人の殺人事件の調査にまいったのですよ」

レンデル夫人はするどい語調で言った。「それはよくわかっておりますわ。でも、ばかばかしい口実だと思いますの」

ポアロは眉をつりあげた。

「ほう？」

「むろん、そうですわ。だれもそんなこと、信じておりませんもの」

「いや、それだけの理由で、わたしは来たのですよ」

夫人の薄青色の眼がまたたくと、ポアロから視線をそらした。

「あなたはほんとのことをおっしゃっていませんわ」

「ほんとのこと——それはいったい、なんです、マダム？」

不意にまた彼女は話題をかえた。ポアロにはそんな感じがした。

「あの、おたずねしたいことがありますの。匿名の手紙のことなのです」

「それで」夫人が言葉をきってしまったので、ポアロはうながすように言った。

「匿名の手紙なんて、いつも嘘ばかり書いてあるのじゃないでしょうか？」

「そうですね、ときにはそういうこともありますな」とポアロは用心深く答えた。

「いいえ、いつもですわ」と夫人は言い張った。

「そう言われてしまうと、どうお答えしていいか」

シーラ・レンデルは、はげしい口調で言った。「ほんとに卑劣で、不誠実で、いやしいったらありませんわ！」

「いや、まったくです」

「じゃあなたは、匿名の手紙に書かれてあるようなことなど、信用なさりはしませんわね？」

「これはなかなかむずかしいご質問ですな」ポアロは重々しく言った。

「あたくしなら信じませんわ。ああいったものは一切信じませんわ」夫人はさらにはげしく言い足した。

「あなたがなぜここにいらっしゃるのか、あたくし、そのわけをよく存じておりますの。でも、あれはほんとのことじゃないんです、真っ赤な嘘ですわ」

夫人はそう言ってクルッと向きをかえると、歩み去った。

エルキュール・ポアロは、いかにも興味ありげに眉をつりあげた。

「これはこれは」と、彼は自分に言い聞かせた。「さて、このまま庭を歩きつづけるか。それとも彼女は別の事件を持ちこんできたのだろうか？」

これはいよいよこんがらがってきたぞ、とポアロは思った。

レンデル夫人は、彼がこのブローディニーにいるのは、マギンティ夫人の事件のためではなく、なにかもっと別の調査のためだ、とはっきり言いきったのだ。マギンティ事件など、たんなる口実にすぎないと言った。ほんとうに、彼女はそう信じているのだろうか？　それとも、自分に問いかけたみたいに、もっと自分に庭を歩きまわらせたかったからなのか？

いったい、その匿名の手紙というのは、なんのことなのだろう？

アップワード夫人が最近見たことがあると言っていた写真の女性は、あのレンデル夫人なのではないのか？

言い換えるなら、レンデル夫人こそ、リリイ・ガンボールではないのだろうか？　娑婆に出たリリイ・ガンボールは、いちばん新しい消息ではエールにいたというではないか。ドクター・レンデルはそこで彼女と知り合って、彼女の前身を知らずに結婚したのではなかろうか。リリイ・ガンボールは速記タイピストとしての訓練を受けていたのだ。彼女の技が、医者の仕事にも大いに役立つだろう。

ポアロは、頭をふって溜め息をついた。

たしかに、ありうることだ。だが、たしかめてみなければならない。

冷たい風が吹いてくると、やがて太陽が沈んでいった。

ポアロは身をふるわせると、家の中に入るために、引き返した。

そうだ、たしかめてみることだ。凶器さえ見つかったら――

その瞬間、ある不思議な確信で、ポアロの眼にパッとうつったものがあった。

2

どうしてもっと早く気づくか、眼に入らなかったのだろう、とポアロは心の奥底でそう思った。彼がこのロング・メドウズに来たときから、どうもずっと、そこにあったらしい……

窓ぎわの本棚の上の、ごちゃごちゃした中にあった。

ポアロはつくづく思った。「なぜもっとまえに気がつかなかったのだろう」

彼はそれを手にとると、その重さを量り、いろいろといじくりまわしてみてから、それを打ちおろそうと、上に振りあげた――

そこへモーリンがいつものようにあわただしく、二匹の犬をつれて、ドアから入って来た。明るい、親しみのある声で彼女は言った。

「まあ、砂糖打ち《シュガー・カッター》でなにをなさっていますの？」

「なんですって、シュガー・カッター？」

「ええ、シュガー・ハンマーともいいますけど、どっちが正しい名前か、あたし、よく知りません。おもしろいかっこうですわね、頭のところに小鳥の飾り物なんかついて、子供っぽい」

ポアロは手にしたまま、綿密に調べてみた。その大部分が装飾をほどこしてある真鍮でできていて、手斧のような形をしており、先端は鋭くとがっていて、ずっしりと重い道具だった。淡青色や赤色の石がところどころに飾りつけられている。その頭には、トルコ石の目玉をつけたありふれた小鳥の飾り物がついていた。

「人ひとり殺すには、ちょうど手ごろな道具ですわね」とモーリンが無邪気に言った。

彼女は、それをポアロからとりあげると、空中の一点めがけて、まるで誰かを打ち殺すとでもいった具合に振りおろした。

「すっごく簡単」と彼女は言った。「これだったら、どんな頭だって、大丈夫、打ちくだけると思いますわ」

ポアロは、彼女の顔を穴のあくほど見つめた。そばかすのある顔に、邪気のひとかけらもない陽気な表情を浮かべていた。

「あたし、ジョニイにまえから言ってありますの、あんたにうんざりしたら、あたしがどうするかって。あたし、この道具を妻のベストフレンドと呼んでいますのよ」

彼女はケラケラ笑いながら、シュガー・ハンマーをあった場所におくと、ドアのほうへ歩いて行った。

「あら、なんの用でここへ来たのかしら?」彼女は考えこんだ。「どうしても思い出せないわ。いやだわ! お鍋に入っているプディングの水加減でも見に行ったほうがよさそうですわ」

ポアロは声をかけて、彼女を呼び止めた。「これ、インドから持って帰ってこられたのじゃないですか?」

「いいえ、ビー・アンド・ビーで、クリスマスに買いましたの」

「ビー・アンド・ビー?」ポアロは当惑してききかえした。

「それはね、持ち寄りのバザーのことですわ」とモーリンはいかにも得意そうに説明してきかせた。「牧師館で開かれますの。いらないものがたくさんあるでしょ、それを持って行って、自分の必要なものと交換するわけです、自分の欲しい品物で一番手ごろの物とね。といって、なんでも欲しいものが手に入るとはかぎりませんけど。あたし、このハンマーとコーヒー・ポットを手に入れました。コーヒー・ポットの口がなんともいえないほど好き。それに、ハンマーの頭についている小鳥が気に入りましたのよ」

そのコーヒー・ポットというのは、ちいさな銅の打ち出しだった。大きく湾曲している容器の口に、ポアロはなんとなく見おぼえがあった。

「二つともバグダッドから来た品物なんですって。たしかウェザビイさんがそうおっしゃっていましたわ。それともペルシャだったかしら」

「じゃ、これはウェザビイさんの品物だったのですね？」

「ええ、ウェザビイさんのところにも、もっとたくさんガラクタものがありましてよ。さ、ほんとに行ってみなくちゃ、プディングの水加減」

彼女はとび出して行った。ドアがバタンと音を立てた。ポアロは、またシュガー・ハンマーを手にとると、窓のそばの明るいところへ持って行って、光にあてて すかして見た。

かすかに、ほんのかすかに、しみがそのとがった先の部分についている。

ポアロはひとりでうなずいた。

彼はちょっとためらってから、シュガー・ハンマーを部屋から持ち出すと、自分の寝室に入って行った。そこで箱の中にハンマーを注意深く入れて、紙できちんと包装をすると、階段をおりて外に出た。

シュガー・ハンマーがなくなったことなど、だれも気がつくまい、たいした道具ではないのだから、そうポアロは思った。

3

ラバーナムズのロビンの家では、劇の共同制作《コラボレーション》が難航中だった。

「ねえ、彼を菜食主義者《ベジタリアン》にするのは、どうかと思いますねえ」とロビンが反対した。「好き嫌いが激しすぎますよ。これじゃ人をひきつけるというわけにはいきませんね」

「だって仕方がないじゃない」とオリヴァ夫人は頑固に言い張った。「彼はいつだって菜食主義なのよ。ニンジンやカブの新鮮なジュースをつくるために、ミキサーにかけるんですもの」

「だけどね、アリアドニ、どうしてまた？」

「わたしの知ったことじゃありませんよ」とオリヴァ夫人は意地悪そうに言った。「どうしてそんな嫌味ったらしい男をわたしが考え出したか、わたしにだってわかるものですか。そんなことを言っていたら、頭が変になってしまうわ。わたしがフィンランドのことなんかすこしも知らないくせに、どうして彼をフィンランド人にしたかというのとおなじよ。なぜベジタリアンなのか？　なぜ彼を、嫌味ったらしい俗物にしたのか？　ただそういうふうになっ**ち**ゃってしまったのよ。ね、なにか書くとするわね、するとなかなか評判がいいらしい、いい気になってじゃんじゃん書きとばす――気がついたときには、考えても不愉快になるような、スベン・ヤルセンという作中人物が、わたしに一生つきまとって、離れなくなってしまっているのよ。おまけに世間の人ときたら、作者のこのわたしは、スベン・ヤルセンがお気に入りなのだなどと書いたり話したりするわ。スベン・ヤルセンが好きですって？　とんでもない、こんなやせっぽちのベジタリアンのフィンランド人に、実際に会ったら、わたしがいままで書いて来たどんな殺人方法より、ずっとましな方法でかたづけてやるから」

ロビン・アップワードはうやうやしく敬聴しながら、彼女を見つめていた。

「ねえ、アリアドニ、そりゃあすばらしいアイデアじゃないですか。実在のスベン・ヤルセン――そして作者のあなたが彼を殺害するのだ。それを、あなたの『白鳥の歌』として書くのですよ――あなたの死後に出版されるようにね」

「冗談じゃないわ！」とオリヴァ夫人が言った。「じゃ、お金はどうするのよ、人殺しを書いて入るお金なら、いま欲しいわ」

「わかった、わかった。じゃあまた、意見が一致しないというわけですね」

劇作家はすっかり閉口して、そこいらを大股で歩きはじめた。

「このイングリッドの役は、だんだん退屈になってきましたね」と彼は言った。「地下室の場面はほんとにすばらしいのだけど、そのために次の場面がどうしても盛り上がらない、どうしたらいいかな」

オリヴァ夫人は一言も口をきかない。場面、場面、これがロビン・アップワードの頭痛の種なのだ。

ロビンは、不満げにオリヴァ夫人の顔をちらりと見た。

この朝は、しばしば起きる彼女の不機嫌なむら気があらわれていて、夫人はあの風に吹かれたようなヘア・スタイルをひどくきらっていた。水に浸したブラシで、灰色の髪の毛を思いきり後ろにひきつめていた。夫人の秀でた額、分厚い眼鏡、いかめしい態度、こういったものを見つめているうちに、ロビンは、少年のころ、畏敬していた学校の先生をだんだん思い起こしてきた。とても、彼女のことを〝ねえ〟だとか、〝アリアドニ〟なんて呼びつけにすることができないような気持ちになっていた。

彼はいらいらしながら言った。「どうも今日は気分がすぐれないんですよ。きっと、昨日のジンのせいでしょうね。共同制作はやめにして、キャスティングの問題にかかりましょう。ま、デニス・キャロリイがこの芝居に出てくれたら、申し分ないのですが、いま映画にしばられていますからね。それから、イングリッドにはジーン・ベローズがうってつけですね、それに好都合なことに芝居に出たがっているんですよ。エリック――これは、こないだ、あなたに言ったでしょう、ぼくにインスピレイションが湧いたやつですよ。どうです、今晩、実験劇場へ行ってみようじゃありませんか、セシルについてのあなたの意見がわかりますからね」

オリヴァ夫人は、まるで救われたようにこの申し出に応じた。ロビンは電話をかけにいった。

もどってくると、彼は言った。「さあ、これでみんな片づいたぞ」

4

あれほど晴れていた朝の天気が、だんだんあやしくなってきた。雲が多くなり、陽はかげって、いまにも雨が降りそうだった。ポアロは密生している雑木林を通って、ハンターズ・クロウズの入口まで歩いて行きながら、丘の麓の、こんな淋しい谷間になんか、とても住めそうもないなと思った。その家は、林の中に閉じこめられ、その壁ときたら、木こりの斧ででも切り払わなければとれないほど、たくさんのツタでおおわれていた。

（斧？　砂糖打ち《シュガー・カッター》？）

ポアロはベルを鳴らしたが、返事がないので、またベルを鳴らしてみた。

ドアを開けたのはデアドリイ・ヘンダースンだった。ギョッとしたような表情だった。

「まあ、あなたですの」と彼女は言った。

「お邪魔して、あなたとちょっとお話がしたいのですが」

「あたしと――あの、どうぞ」

前に一度、待たされたことのあるちいさな暗い居間に、彼は通された。暖炉の上には、モーリンの家の棚にあった小さなコーヒー・ポットと同じ型の、ひとまわり大きなコーヒー・ポットがのっていた。その大きな口が、この西欧のちいさな部屋を、東洋の獰猛さで支配しているといった感じをあたえた。

「あの、今日は家の中がごたついていまして」と、デアドリイは恐縮した口調で言った。「ドイツ人のメイドが、今日ひまをとりますの。たった一カ月しかいなかったんですよ。あの娘の婚約者がこの土地にいるんですって、まるでこの土地で結婚できるために、あたしの家へ来たようなものですわ。それで、すっかり準備がととのったものですから、その娘は、今夜出て行くことになったのですの」

　ポアロは同情したようにいった。

「まったくひどいものですな」

「ね、そうでしょう？　継父が言うんですよ、それは違法だって。でも違法だからって、家を出て結婚するといえば、どうしようもないですものね。あたしが、あの娘が衣類を荷造りしているのを見つけなかったら、やめて出て行くなんて、だれにもわからなかったほどなんですよ。きっと、一言も言わずに、この家から出て行くつもりだったんですわ」

「分別のわからない年ごろなんでしょうね」

「ええ、ほんとに」とデアドリイはぼんやりと答えた。

　彼女は、手の甲で、自分の額をこすった。

「あたし、疲れちゃって、とても疲れておりますの」

「そうですね、ほんとに疲れているようですよ」とポアロはやさしく言った。

「あの、ご用はなんですの、ポアロさん？」

「砂糖打ち《シュガー・ハンマー》のことをおたずねしたいのです」

「シュガー・ハンマー？」

彼女は無表情で、なにをいわれているのか理解できないようだった。

「真鍮製の道具で、小鳥の飾りが頭についていて、青、赤、緑の石がはめこんであるのです」ポアロはことこまかに説明してみせた。

「ああ、それなら知っていますわ」

なんの興味も生気もない声だった。

「たしか、こちらにあったものだときいていますが？」

「ええ、あたしの母がバグダッドのバザールで買って来たものです。牧師館に出した品物の一つですわ」

「持ち寄りのバザーですね？」

「ええ。たくさん出品があります。みなさんお金を出すのは大変だけど、かき集めれば出せる物がけっこうあるものですから」

「それでは、クリスマスまで、ハンマーはお宅にあったわけですな。それからバザーに出した、そうですね？」

デアドリイは眉をひそめた。

「クリスマスのビー・アンド・ビーではありませんでしたわ。その前のとき。収穫祭のときでした」

「収穫祭というと、いつになりますか？　十月？　それとも九月？」

「九月の終わりですわ」

その小さな部屋には物音一つしなかった。ポアロは娘を見つめ、彼女もポアロの顔を見つめ返した。彼女のどこ吹く風かといった顔には、なんの表情もなく、興味の色も浮かんではいなかった。この表情の奥にひそんでいるなにものかをつかもうと、ポアロは食い入るように眺めていたのだが、なにも手ごたえはなかった。そうだ、この娘が自分でも言っているように、彼女はほんとうに疲れているのだ……

彼は静かな口調で、だが執拗にたずねた。

「たしかに収穫祭のときだったのですね、クリスマスのときではなくて？」

「まちがいありませんわ」

彼女の眼は落ちついていて、まばたき一つしなかった。

エルキュール・ポアロは待った。ただ待ちつづけた……

だが彼の期待したものは、とうとう姿をあらわさなかった。

彼は堅苦しく挨拶をした。

「これ以上お邪魔するわけにはまいりませんな、マドモアゼル」

彼女は、ポアロを玄関まで送って来た。

彼はまた、車道にそって歩いて行った。

二つの話――ポアロがきいた二つの喰いちがった話。

いったい、どっちが正しいのか？　モーリン・サマーヘイズ？　それともデアドリイ・ヘンダースン？

彼がにらんでいるように、あのシュガー・カッターが凶器として使われたのだとしたら、問題は面白くなってくる。収穫祭は九月の末にあった。その日からクリスマスまでのあいだの、十一月二十二日に、マギンティ夫人は殺されたのだ。そのとき、あのシュガー・カッターの持主は誰だったのか？

ポアロは郵便局へ行ってみた。いつものように、スイーティマン夫人は、彼に好意的で、できるかぎりの協力をしてくれた。彼女の話では、二つのバザーに行った、これまでに欠かしたことがないそうである。そこへ行けば、ちょっとした掘出し物がよく手に入るのだ。彼女は、会の開かれる前に行って、品物の陳列なども手伝っていた。ほとんどの人は品物を自分で持ってきて、前もって郵送してくるような人はいなかった。

斧に似ている、真鍮製のハンマーで、色つきの石がちりばめてあって、頭に小鳥の飾りがついているのですがね？　いや、彼女にははっきり思い出せなかった。なにしろ出品されているものがおびただしい数だし、おまけに会場はものすごく混雑していて、品物によっては、あっという間に持っていかれてしまう。そうだわ、たしか五シリングの値段がついていた、それに似た品物があったようですけど、銅製のコーヒー・ポットの底には穴があいてましたわ。あれじゃ使いものにはなりませんもの、まあ、飾りものにするぐらいですわ。でも、それがいつの持ち寄りバザーだったか、彼女には思い出せなかった。ええと、クリスマスのときだったかもしれないし、もっと前かもしれない。彼女にははっきりとはわからなかった。

彼女はポアロの小包を受けとった。書留になさいます？　そうしてください。

彼女は住所を写し取った。その受取りをポアロに渡したとき、彼女の鋭い眼の中に、つよい好奇の色が浮かんでいるのに彼は気がついた。

エルキュール・ポアロは、思案に没頭しながら、ゆっくりと丘をのぼって行った。

二人の女のうち、あのおっちょこちょいで、陽気で、がさつなモーリン・サマーヘイズのほうが、どうも勘違いしているようだ。収穫祭もクリスマスも、彼女にとっては同じことなのだ。

デアドリイ・ヘンダースンは、のろまで、不器用な女ではあるが、時間や日付の記憶にかけては、はるかに正確なような気がする。

だが、あの耳にタコのできる、うんざりするような質問にはぶつからなかった。

〝どうして、そんなことをお知りになりたいんですの？〟いろんなことをポアロがきいたあとで、きまって逆に質問される文句なのだが、彼女はきき返してこなかった。たしかにごく自然な、十人が十人する質問なのだが。

デアドリイ・ヘンダースンは、ポアロにきき返してこなかったのだ。

第十五章

1

「お電話がありましたよ」ポアロが家に入ると、モーリンが台所から声をかけた。

「わたしに？　誰だろう？」

彼は、いささか意外な気がした。

「さあ、でも電話番号はうちの配給通帳に書きとめておきましたわ」

「それはどうも、マダム」

彼は食堂に入ると、テーブルのほうに歩いて行った。散らかった新聞のあいだに、配給通帳があった。電話のわきに放りっぱなしになっていて、キルチェスター三五〇と番号が書いてあった。

彼は受話器をとりあげると、ダイヤルを回した。

すぐに女性の声が流れてきた。

「ブリーザー・アンド・スカットルズ商会でございます」

ポアロは立ちどころに思い当たった。

「ミス・モード・ウイリアムズをおねがいします」

しばらくすると、女性の低い声がきこえてきた。

「あの、ウイリアムズですが」

「エルキュール・ポアロです。電話をくださったのじゃないですか」

「はあ、お電話いたしました。先日、お申し越しになりました不動産の件につきまして」

「不動産ですって？」一瞬、ポアロは面喰らった。だが、彼女が会社で電話をかけていることに、彼はすぐ気がついた。さっき電話をくれたときには、きっとそばに誰もいなかったのだ。

「わかりました。ジェイムズ・ベントリイとマギンティ夫人の事件のことですね」

「はあ、さようでございます。その件につきまして、お役に立てると存じますが」

「手伝ってくださるというのですね。そばに誰かいますか？」

「そのとおりでございます」

「わかりました。よく聴いてくださいよ、あなたはほんとにジェイムズ・ベントリイを助けたいのですね？」

「ええ」

「いまのお勤めが辞められます？」

なんの躊躇もなかった。

「はい」

「家事労働のような仕事でもやる気はありますか？　性分の合わない人たちと一緒でもかまいませんか？」

「はい」

「いますぐ辞められますか、たとえば明日にでも」

「言うまでもございませんわ、ポアロさん、すぐ手続きはできると思います」

「あなたにしていただきたいことがあるのです。住み込みのお手伝いさんになってもらいたいのですよ、お料理はできますか？」

彼女の声に、ちょっと愉しそうなひびきがこもった。

「大丈夫ですわ」

「それはありがたい《ボン・デュー》、すてきです！　じゃいいですか、これからすぐ、わたしはキルチェスターへ行きますよ。この前お会いした、あのカフェで、お昼の時間に会いましょう」

「はい、かしこまりました」

ポアロは電話を切った。

「なかなかあっぱれな女性だ。機転がきいて、決断力があって、おまけに料理までできるのだから……」

豚の飼育法という専門書の下敷になっている電話帳をやっとのことで取り出すと、ウェザビイ家の電話番号を探した。

電話口に出てきたのは、ウェザビイ夫人だった。

「もしもし、わたし、ポアロです。おわかりですか、マダム」

「さあ、どなただったかしら――」

「エルキュール・ポアロです」

「まあ、どうも失礼いたしましたわ。今日は家の中がとりこんでいたものですから」

「わたしが電話したのは、じつはそのことなのです。お宅のご事情をきいて、たいへんお気の毒に思ったものですから」

「ほんとに恩知らずにもほどがありますわ、あの外国人の娘ときたら。お給料もたっぷり出していたのですし、なに一つ不自由はさせていないんですのよ。こんな恩知らずには、あたくし、腹が立って——」

「そうですとも、そのとおりです。わたしも、心からご同情しているのです。まったくけしからんですね。で、とてもいい解決策が見つかったものですから、とりあえずお電話してみたのです。ひょっとしたことから、お手伝いになりたいという女の子にぶつかったものですからね。なにからなにまでできるというわけでもないでしょうが」

「いいえ、いまの時代では、申し分のないひとなど望むほうがまちがっておりますわ。そのひと、お料理はできますの？　たいていは、お料理もできませんもの」

「もちろん、できますよ。では、その子をご紹介いたしましょうか、試験的にね。名前はモード・ウイリアムズというのです」

「ええ、ぜひおねがいいたしますわ、ポアロさん。ほんとうに助かりますよ。どんな子だって、いないよりましですもの。うちの主人ときたら気むずかし屋で、家の中がうまく運ばないと、デアドリイにあたり散らすものですから。いまの世の中では、なにもかもうまく行くなんてどだい無理なことだということが、男の人には理解できないんですよ、あたくし——」

そこへ誰かが話しかけたらしい。ウェザビイ夫人は、部屋に入って来た誰かと話している様子だった。彼女は受話器に手を当ててはいたが、夫人の押し殺したような話し声がポアロの耳にも入って来た。

「ほら、あの小男の探偵ですよ、フリーダの代わりになる子を知っているんだって。いいえ、外国人じゃないのよ、英国人ですって。ほんとに助かるわ。とてもご親切な方、なにか、あたしのことをとくに気にかけてくださるようよ。まあ、おまえ、そんなこと言うものじゃないわ。そんなこと気にしなくても大丈夫。ロジャーがどんなにあたり散らすか、おまえだって知っているじゃないの。そうよ、とても親切なお話だと思うわ。その子だって、そんなにひどい娘だとは思われないし」

ひそひそ話が終わると、ウェザビイ夫人は、もうこれ以上出せないと思うほどの優しい声を出した。

「ほんとうにありがとうございます、ポアロさん。まあ、なんとお礼を申し上げてよいか、あたくし、わかりませんわ」

ポアロは受話器をおくと腕時計をながめた。

それから、台所に入って行った。

「マダム、今日は、お昼は結構です。これからキルチェスターまで行かなければなりませんので」

「まあ、助かったわ」とモーリンが言った。「プディングが間に合いそうもなかったんですもの。水気が足りなかったものですから、パリパリになってしまいましたの。でも、ちょっと焦げただけだから、大丈夫だと思いますわ。味が変だったら、去年の夏つくったラズベリーのシロップの瓶をあけようと思っていましたのよ。上のほうにカビがちょっとついていているけど、べつに心配ないいんですって。あなたにはかえっていいんですよ、ペニシリンのように効きますもの」

ポアロは、黒焦げのプディングやらペニシリンみたいな昼食から逃げ出せたことに胸をなでおろしながら、家を出た。モーリン・サマーヘイズのあやしげな手料理より、〈ブルー・キャット〉でありつけるマカロニやカスタード、それにプラムの方がどんなにすばらしいか――

2

ラバーナムズのロビンの家では、ちょっとしたトラブルがもちあがっていた。

「ロビン、おまえときたら、お芝居のこととなると、ほかのことはなにもかも忘れてしまうんだねえ」

ロビンはすっかり頭を抱えこんでいた。

「お母さん《マドレ》、ほんとうにすみません。ジャネットが今晩、外出することになっているのを、すっかり忘れてしまっていたんです」

「ええ、そんなこと、どうだっていいんだよ」と、アップワード夫人は冷たく言った。

「いや、重要なことですよ、実験劇場に電話して、今日のかわりに明日行くように伝えておきます」

「そんな気遣いは、なにもしなくていいんだよ。今夜観に行くようになっているんだったら、お行きなさいな」

「だけど、ほんとに――」

「さあ、もうそんな話はやめて」

「じゃ、ジャネットに出かけるのをつぎに延ばしてもらいましょうか」

「そんなことをしてはいけないよ。自分の計画がかき乱されるのをいやがるからね」

「彼女だったら大丈夫ですよ、ぼくがなんとか頼めば――」

「もういいんだよ、かまわないでおくれ、ロビン。ジャネットを困らせないようにね、後生だからその話はこれっきりにしておくれよ。ほかの若い人の愉しみを邪魔するような、やぼな年寄りに、わたしは思われたくないからね」

「お母《マ》さん《ドレ》は――なんてやさしい――」

「それで充分ですよ。さ、おまえ、出かけて、ゆっくり愉しんでおいで。わたしにだって、ちゃんと頼めば来てくれるお相手がいるからね」

「誰です?」

「そりゃ秘密だよ」アップワード夫人は、持ちまえのユーモアを取り戻して言った。

「もう心配しなくてもいいんだよ、ロビン」

「シーラ・レンデルに電話して――」

「電話なら自分でかけるからね。さ、話はきまったよ。出かける前に、コーヒーの用意をしていっておくれよ。パーコレーターに入れて、いつでもスイッチがいれられるようにして、わたしのそばにおいといてね。あ、それからカップを一つ余分に出しておいてちょうだい、お客さまが来たときの用意にね」

第十六章

〈ブルー・キャット〉で昼食をとりながら、ポアロはモード・ウイリアムズに、自分の計画のアウトラインをすっかり説明してきかせた。

「あなたのしなければならないことは、これでおわかりになりましたね？」

モード・ウイリアムズはうなずいた。

「会社のほうへは、話をつけましたか？」

彼女はおかしそうに声をたてて笑った。

「あたしの伯母さん、おかげで危篤にしてしまいましたわ！　自分で電報を打ちましたの」

「それはうまい。それからもう一つ、あなたに注意しておきましょうね。あの村のなかには、どこかに殺人者がなに喰わぬ顔をして潜んでいるのですよ。これは、きわめて危険なことですからね」

「自分の身に注意を怠るなとおっしゃいますのね？」

「そのとおりです」

「あたし、自分のことは自分で注意できますわ」とモード・ウイリアムズが言った。

「それはどうでしょう？」と、エルキュール・ポアロが言った。「その言葉は著名な臨終の言葉集のタイトルにしてもいいですね」

彼女はまた声をたてて笑った、あけっぴろげに面白がっているといった笑い方だった。近くのテーブルから、二、三の顔が彼女のほうを振り返って見たくらいである。

ポアロは、細心に彼女を値踏みしている自分に気がついた。しっかりとした、自信に満ち満ちている若い女性、活気にあふれ、危険な仕事を自らすすんで買って出たひと。いったいなぜだろう？　ポアロはまた、あの虫の鳴くような意気地のない声、無気力な石のような表情を浮かべているジェイムズ・ベントリイに想いを馳せた。人間の性質というのは、じつに奇妙で面白いものだ。

モードが口を開いた。

「あなたが、このお仕事をやるようにとあたしにおっしゃったくせに、どうしてブレーキをかけるようなことをなさいますの？」

「つまりですね、一つの役割を果たそうとする人は、その役割に伴うものもちゃんと知っていなければならないからですよ」

「そんなに危ない仕事だなんて、あたし、思えませんわ」と、モードはいかにも自信ありげに言った。

「いや、わたしにはそう思えないのです。あなたはブローディニーについてはご存じないのでしょ？」

モードはちょっと考えこんでいた。「ええ、たしかにそのとおりですわ」

「おいでになったことは？」

「一度か二度——それも会社の用でまいりましたけど、最近になってからは一度だけですわ——そう、五カ月ぐらい前のことかしら」

「誰に会いに行かれたのです？　ブローディニーのどこですか？」

「あたし、ある老婦人の方に会いにまいりましたの。たしか、カーステイアズ夫人とかカーリスルといったような名前の方でしたけど、はっきりおぼえておりませんわ。その方が、この近くに小さな土地を買おうとなさっていましたので、書類と測量技師の報告書などを持って、その方に会いにまいりましたの。その方、あなたがいま滞在していらっしゃるようなゲスト・ハウスみたいなところに泊まっていましたわ」

「ロング・メドウズですか？」

「そうでした。なんですか、犬がたくさんいて、住み心地のあまり良さそうでない家でしたわ」

ポアロはうなずいた。

「じゃ、サマーヘイズ夫人か、ご主人の少佐にお会いになりましたね？」

「サマーヘイズ夫人にはお会いしましたわ、たしかその人だと思いますけど。彼女が寝室に案内してくれましたの。その老婦人はベッドに休んでいらっしゃいましたわ」

「サマーヘイズ夫人は、あなたのことを覚えていますかね？」

「きっと覚えてなんかいないと思いますわ。覚えていたところで、べつにたいしたことじゃないと思いますけど。戦後は、みんな、自分の仕事をちょくちょく換えますもの。夫人があたしの顔をよく見たって、あの人なら大丈夫ですわ。彼女みたいな人なら、絶対でしょ」

モード・ウイリアムズの口調には、いくぶん皮肉がこもっていた。

「ブローディニーで、そのほかの人に会いました？」

モードは、ちょっとぎこちなさそうに答えた。

「あの――あたし、ベントリイさんに会いましたわ」

「おお、ベントリイ君に会ったのですか。偶然に？」

モードはかすかに椅子をきしませた。

「じつはね、あたし、あの人に葉書を出しましたの。その日にあたしが行くからって、知らせてやったのです。会えるかどうか、と書いたんですの。ブローディニーときたら、どこにも行くところがないんですもの。まったく辺鄙なところ。喫茶店もなければ映画館もないし、なにもないんですから。実際のところ、あたしたち、バスの停留所で話しあっただけですわ。それもあたしが帰りのバスを待っているあいだにですよ」

「それはマギンティ夫人が殺される前の話ですね？」

「ええ、そうです。でも、そうたいして前のことではないんですの。あの事件が新聞に出たのは、それからほんの二、三日たってからですから」

「ベントリイ君は、マギンティ夫人のことをすこしもあなたにしゃべりませんでしたか？」

「ええ、そうだったと思いますわ」

「それから、ブローディニーで、だれかほかの人と話しませんでしたか？」

「そうですわね――ロビン・アップワードさんとだけお話ししましたわ。ラジオで、アップワードさんのお話を聴いていましたの。彼が、ご自分の家から出てらしたものですから、ええ、写真で顔を知っていたんですの、あたし、サインをお願いしました」

「で、サインをしてくれましたか？」

「ええ、とても気持ちよく、サインしていただきましたわ。あたし、ノートを持っていなかったんですけど、ちょうど半端のノートの用紙が一枚あったものですから、アップワードさん、すぐ万年筆を出して、それにサインしてくださいましたの」

「そのほかに、あなたが顔を知っている人はありませんか？」

「そうですわね、カーペンター家の人たちは、知っておりますわ。あの人たち、キルチェスターに、長いあいだ、おりましたの。とてもすてきな車を持っていますのね、それに夫人は美しい服を着てらして。一カ月ばかり前に、夫人はバザーを開きましたの。なんですか、ご主人は次期の議員に立候補しているとか、世間では言っておりますわね」

ポアロはうなずいた。それから彼は、ポケットからいつも肌身はなさず持っている封筒を取り出すと、テーブルの上に四枚の写真を並べた。

「この中の写真に――おや、どうしたのです？」

「社長のスカットルさんが、いまドアから出て行ったところですの。あたしたちに気がつかなければいいんですけど。変に思われますものね。みんな、あなたの噂をしているんですよ。あなたはパリから派遣されてきたんだとか言ってますわ」

「わたしはベルギー人です。フランス人ではありませんよ。でもそんなことはたいしたことじゃない」

「この写真のこと、なにかおっしゃいましたわね？」彼女は身をかがめると、その四枚の写真をていねいに調べた。「ひと昔前のものですわね」

「一番古いのは三十年も前のものですよ」

「ずいぶんおかしな流行遅れの服ですこと。着ている女性がみんな間が抜けて見えますわ」

「前に、これを見たことはありませんか？」

「といいますと、あたしが見たかとおっしゃるのは、この写真のことですの、それともこの婦人たちですの？」

「どちらでも結構です」

「この写真は見たような気がしますわ」彼女は吊鐘型の帽子をかぶっているジャニス・コートランドを指さした。「新聞かなにかで、でもいつのことだかはっきりしませんわ。この子供も、どこかで見かけたような顔ですわ、だけど、やっぱりいつだったか、思い出せません」

「この四枚の写真はね、マギンティ夫人が死んだ前の週の《日曜の友》にのっていたのです」

モードは、彼を鋭く見た。

「じゃ、この写真は、あの事件となにか関係があるとおっしゃるのですね。それで、あなたはあたしに——」

彼女はおしまいまで言い終えなかった。

「そうです」とエルキュール・ポアロは言った。「それであなたにお願いするのです」

彼はポケットからなにやら、ほかのものを引き出して、彼女に見せた。《日曜の友》の切り抜きだった。

「これを読んでごらんなさい」

彼女は注意深く読んでいった。まばゆいばかりの金髪の頭が、その薄っぺらな切り抜きにかがみこんだ。

しばらくして、彼女は頭を上げた。

「この記事は、この写真の人たちのことですね。で、これをお読みになって、あなたはなにかヒントを得たというのですね？」

「いかにも、そのとおりですよ」

「としても、あたしにはなにがなんだかさっぱり——」彼女は言いかけて、なにか考えるように口をつぐんだ。ポアロは黙って見つめていた。彼は、自分自身の考えにふけることが大好きだったけれど、人の意見を聞くこともいつも忘れなかった。

「そうだわ、この四人の中のだれかが、ブローディニーに住んでいるとお考えなのですね」

「その可能性があると思いませんか？」

「そうですわ、どこかにいるはずですもの……」彼女は、エヴァ・ケインの美しく作り笑いを浮かべている顔を指さすと、「このひとも、いまではかなりのお年寄りですわね――アップワード夫人とおなじ年ごろね」

「そのくらいになりますね」

「あたし思うんですけど、アップワード夫人くらいの年配の女性だったら、きっと彼女に恨みを持っている人が何人かはいますわ」

「それはなかなか面白い考え方ですね」とポアロはゆっくり言った。「なるほど、そういう見方もある」それから言葉を重ねた。「あなたはクレイグ事件をおぼえていますか」

「おぼえていない人はいないでしょう。マダム・タッソーの蠟人形館にも飾ってあるくらいじゃありませんか。あの事件の当時、あたしはまだほんの子供でしたけど、新聞では連日、クレイグのことを書きたてて、ほかの事件と比較してみたりしていましたもの。いったいどうしてあれが忘れられるものですか」

ポアロは急に、頭を上げた。

彼女の口調に突然、なにか苦々しいものがひびいてきたので、彼は思わずハッとしたのだ。

第十七章

オリヴァ夫人はすっかり驚きあきれてしまって、小さな楽屋の片隅に、できるだけ縮こまって坐っていようと努めた。しかし、彼女の様子ときたら、とても縮こまっているとは思われず、大きな顔をして坐っているとしかとれなかった。ドーランをタオルで落としていた元気な青年たちが、夫人を取り囲み、ときどき、生あったかいビールを彼女にしきりにすすめた。

持ち前のユーモアをとりもどしたアップワード夫人は、すっかり上機嫌になって、ロビンとオリヴァ夫人の外出をせきたてたりしてくれた。ロビンも家を出るまでに、夫人が居心地のいいように、あらゆる準備を手ぬかりなくやって来たのだ。おまけに、いったん、家を出て車に乗ってからも二回も引き返して、母親が満足しているかどうか見に行ったものだ。

二度目に、ロビンがにやにやして車までもどって来た。

「おふくろさん、電話をかけていましたよ。でも、誰に電話をしたのか、まだぼくに言わないんですからね。でも、ぼくは誰だか、ちゃんと知っていますよ」

「わたしだって、わかっているわ」とオリヴァ夫人は言った。

「じゃ、誰です？」

「エルキュール・ポアロ」

「そう、ぼくもそう思いますよ。おふくろさん、ポアロからなにかきき出そうというんでしょう。なにしろ、自分だけそっと秘密に知っているのが好きなんですからね。ところでと、今夜の芝居はどうでしょうね、セシルをどう思うか、エリックの役にぴったりするかどうか、隠さずにぼくに言ってくださらなければいけませんよ」

なにも言うことはなかった。セシル・リーチという役者は、オリヴァ夫人の抱いているエリックのイメージに合うも合わないもないといった代物だったのだ。これ以上ぴったりしない役者を探すほうが、骨が折れるというものだ。芝居そのものは結構面白かった。しかし、〝そのあとのお付き合い〟という厳しい試練には、いつものようにいらいらさせられた。

ロビンのほうは、水を得た魚のようだった。もうすっかりセシルに決めこんでしまっていて（きっとオリヴァ夫人もセシルに決めたと想像しているのだ）、のべつ幕なしに喋りまくっていた。それにひきかえオリヴァ夫人のほうは、セシルにすっかり肝を潰してしまって、いまも彼女に親切に話しかけてきたマイケルとかいう男優のほうがまだましのように思われた。それにマイケルは、彼女に話し相手になってもらおうなどとはすこしも思っていないらしく、事実、独り言を言ってるのが好きなようだった。ピーターという役者は、二人の会話にときどき口をはさもうとしたが、マイケルの、とめどもなく流れてくるいかにも愉しそうな毒舌のなかに、すっかり影をひそめてしまった。

「ロビンときたらほんとに甘いんですからねえ。ぼくたちも、彼に芝居を見に来てくれるようにって、さかんに勧めているんですよ。ところが、ロビンは、あのこわいおふくろさんには頭が上がらないんですからね。ご機嫌ばかりとっているんですよ。ロビンには才能があるんです、ね、そうお思いになりませんか。すごい才能ですよ。彼はね、女家長の祭壇のいけにえになんかなってるべきじゃないのです。女というやつは、ほんとに手に負えないものですからね、そうでしょう？　あのあわれなアレックス・ロスコフに、女がどんな仕打ちをしたか、言うまでもないことですよ、一年近くも彼にベタベタして、そのあげく彼が全然ロシアからの亡命者なんかではないということがわかったんです。むろん、アレックスはひどく誇張した話を彼女にしてはいたのですがね、もっともその話は面白いにはちがいなかったけれど、みんなが知っているように、嘘っ八だったんですよ。それから、アレックスがロンドンの貧民街の仕立屋の息子にすぎないということが彼女にバレると、彼女は奴をさっさとおっぽり出してしまったのですよ。俗物はいやですね。アレックスはほくほくしながら、彼女から逃げ出したんです。あの女は、ときどきものすごくこわくなるときがある、と彼は言ったのですが、その女の頭が変なんじゃないかと、アレックスも思っていたのですね。女の激怒！　おい、ロビンよ、ぼくはおまえさんのこわいおふくろさんのことを話しているんだぜ！　あのおふくろさんが今晩来られないなんて、なんということだ、しかしオリヴァ夫人がお見えくださるなんて、じつにすばらしい。おお、甘美なる殺人の作者」

深みのある低音で話す、かなり年輩の男が、オリヴァ夫人の手を握った。その手はほてっていて、汗でねばねばしていた。

「どうお礼を申していいかわからないくらいです」と、その男は深い憂愁をおびた口調で言った。「あなたは私の命を救ってくださったのです――それも一度ならず何回も」

それからみんなは、新鮮な夜の大気の中に出て、〈ポニイ・ヘッド〉へ行って、さらに酒を飲みながら、さかんに舞台の話に花を咲かせた。

やがて、オリヴァ夫人とロビンは車で家路についたが、オリヴァ夫人はくたくたに疲れきってしまっていた。彼女は座席にからだをうずめて、目を閉じていた。それにひきかえ、ロビンは、ひっきりなしに喋っていた。

「これも、ちょっとしたアイデアになるとは思いませんかね」と、彼はようやく話を終えた。

「なんですって？」

オリヴァ夫人は、眼をピクピクさせながら開いた。

彼女は、わが家のなつかしい夢を見ながらうとうとしていたのだ。外国産の小鳥や木の葉におおわれた壁。マツ材のテーブル、タイプライター、ブラック・コーヒー、いたるところに転がっているリンゴ……なんて幸福なんだろう、なんという輝かしい孤独な幸福！　作家が、その秘密の隠れ家からとび出してくるなんて、たいへんなまちがいなんだわ。作家というものははにかみ屋で、非社会的な生き物なのだ、だから小説の中で友だちや会話を創り出すことで、その穴を埋めているんだわ。

「お疲れになったのじゃないんですか」とロビンが言った。

「いいえべつに。ただ人づきあいが苦手なだけなの」

「ぼくは人づきあいが大好きなんですよ」

「わたしは駄目」オリヴァ夫人はきっぱり言った。

「そんなはずはないけどなあ、あなたの小説を読むと、そんな気はしませんよ」

「それとこれとはちがうのよ。わたし、人間なんかより、樹木なんかのほうが好きなの、気が休まるのよね」

「ぼくには人間が必要なのです」と見えすいたことを、ロビンはとくとくと述べたてた。「なにしろ、刺激になりますからね」

彼は、ラバーナムズのわが家の前で車を停めた。

「どうぞお先に」と彼は言った。「車をしまってきますから」

オリヴァ夫人はいつものように、車からなんとか這い出ると、玄関までの小道を歩いて行った。

「ドアには、鍵はかかっていませんからね」とロビンが後ろのほうから、大きな声で呼びかけた。

たしかにそのとおりだった。オリヴァ夫人はドアを押し開けて中に入った。どこにも電灯がついてなくて、この家の女主人に対して無作法なことをしているように感じた。それとも節約のためなのかしら？　お金持ちというものは、えてしてしまり屋が多いんだから。ホールには、香水の香りがただよっていた、それは外国製の高価な香水のようだった。一瞬、オリヴァ夫人は、家をまちがえたんじゃないかしらと思ったほどだった。

それからやっとのことでスイッチを見つけると、電気をつけた。

低く樫の木の梁がはってある四角いホールいっぱいにパッと電気の光があふれた。居間に通じるドアは半ば開かれて、そのあいだから足が見えた。アップワード夫人はベッドに行かなかったんだわ、きっと椅子に坐ったまま、寝こんでしまったのだ。それに電気がついていなかったのだから、もうだいぶ前に、眠ってしまったのにちがいないわ。

オリヴァ夫人はドアのそばまで行くと、居間の電気をつけた。

「いま、帰りました――」彼女は言いかけて、息をのんだ。

彼女は手を自分の喉《のど》にあてがった。まるで、なにかかたい塊が喉につかえてしまったように感じて、どんなに叫ぼうと思っても、声が出てこなかった。

やっとのことで、かすれた声が出てきた。

「ロビン――ロビン……」

ロビンがかるく口笛を吹きながら、小道を玄関のほうに歩いてくる足音がきこえてくるまでかなり間があった。彼女はあわてて引き返すと、ホールのほうへ駆け出して行った。

「奥へ行っちゃ駄目――駄目よ、お母さんが死んでいるの――きっと――殺されたのよ……」

第十八章

1

「まったくあざやかな手口だ」スペンス警視が言った。

彼の、いかにも地方人らしいあから顔が、怒りに燃えていた。警視は、重々しく椅子に坐って話に聴き入っているエルキュール・ポアロに顔をむけた。

「手際よく、しかも残酷に」と彼は言った。「絞殺されていたのです。絹のスカーフで――彼女自身のものでね――ちょうどその日に、夫人が頸に巻いていたものですよ。その端と端とを交差して、グイッと絞められたのです。じつにあざやかで、手早く効果的な手口です。これは、インドの暗殺団などがよく使った手口ですよ。被害者は、もがくことも、声一つ出すこともないのです――頸動脈を圧迫されますからね」

「特別な知識は？」

「ま、たいして必要はないですね。はっきりした殺意さえあれば、やってのけられますよ。実際、むずかしいことは何もありません。とりわけ、被害者が犯人を警戒していなかったときには――そうです、彼女はすっかり気をゆるしていたのです」

ポアロはうなずいた。

「夫人がよく知っている人間ですね」

「ええ、一緒にコーヒーを飲んでいたのですから――コーヒー・カップの一つは夫人のそばに、もう一つは客の坐っていたところにあったのです。指紋は、客のカップからは念入りに拭きとられていましたが、口紅は落ちにくいのですな、いくらか、まだ残っていました」

「客は女ということになりますか？」

「あなたは女に狙いをつけていたじゃありませんか？」

「ああ、そうでした、そのとおりですね」

スペンスはつづけた。

「アップワード夫人は、あの四枚の写真の一枚に見覚えがあった――リリイ・ガンボールの写真です。ですから、これはマギンティ夫人事件と関係がありますよ」

「そうです」とポアロは答えた。「マギンティ夫人事件とは切り離すことはできませんね」

ポアロは、アップワード夫人が、ちょっと面白そうに表現した、あの歌の文句を思い出した。

マギンティ夫人は死んだ！
どんなふうに死んだ？
こんなふうに頸をつき出して、
あたしのように。

スペンスはさらに説明をつづけた。
「夫人にはちょうどいい機会だったのですね——息子のロビンとオリヴァ夫人は芝居を観に出かけて行ってしまったのですから。夫人は、彼女の念頭にある人間に電話をかけて、会いに来てくれるように頼んだのです。いかがです、あなたの考えていることはこうでしょう？　夫人は探偵ごっこをしていたのですね」
「ま、そんなところでしょう。好奇心というやつです。自分だけが知っていることを大事に隠しておいて、もっと嗅ぎ出そうとしていたのです。自分のやっていることが、どんなに危険なことか、ぜんぜんわかっていなかったのですよ」ポアロは溜め息をもらした。「まるで殺人事件をゲームかなにかだと思っている人が多すぎる。ゲームどころの騒ぎではないのです。わたしは、夫人にもそう言って注意したのですが、耳を貸そうともしなかったのですよ」

「よくわかりますね。心配が見事に適中したというところですな。ロビンがオリヴァ夫人といったん家を出てから、また様子を見に引き返したとき、夫人はちょうど誰かに電話をかけおわったところだったのです。夫人は誰にかけたか、ロビンには言いませんでした。秘密を愉しんでいたのでしょう。ロビンとオリヴァ夫人は、あなたにかけたものと思ったのです」

「わたしに電話をかけていてくれたら」とエルキュール・ポアロは言った。「いったい、誰に夫人が電話をしたのか、見当はつきませんか」

「ぜんぜんわからないのです。このあたりの電話は、全部自動式になっていますからね」

「メイドにきいても駄目でしたか」

「それが駄目なのです。十時半ごろにメイドは帰って来ました。彼女は裏戸の鍵を持っていて、台所に通じている女中部屋にまっすぐ入って行って、休んでしまったのです。家の中は暗かったので、アップワード夫人はもう寝てしまって、ほかの二人は、まだ帰って来ていないのだろうと、彼女は思ったそうです」

スペンスはさらに付け加えた。「そのメイドというのが、耳が遠くて、とても気難しい女でしてね。家の中のことなんかには全然無関心で、ちょっとした仕事をするんでも最大限の不平をブツブツこぼすといったたちらしいですな」

「古くから真面目に働いているのではないのですか」

「とんでもない、ほんの二年ばかり前に、アップワード家に来たのですよ」

一人の巡査がドアから顔を出した。

「若いご婦人がお会いしたいそうですが。昨夜のことで、ぜひお知らせしたいことがあると申しているのです」

「昨夜のこと？　連れて来たまえ」

デアドリイ・ヘンダースンが入って来た。顔色が青く、緊張していて、いつものようにどこか具合が悪そうだった。

「あたし、お話ししたほうがいいと思ったものですから」と彼女は言って、「あの、お邪魔ではないでしょうか」と、申し訳なさそうに付け加えた。

「いや、ご心配なく、ミス・ヘンダースン」

スペンスは立ち上がると、彼女に椅子をすすめた。彼女は生真面目に、まるで女学生のようにぎこちなくその椅子に腰をおろした。

「昨夜のことについてなにか?」スペンスがうながすように言った。「つまり、アップワード夫人のことなんでしょうか?」

「やっぱり、夫人は殺されたんですのね? 郵便配達の人がそう言ってましたし、パン屋さんもそう言ってたものですから。うちの母は、そんなことがあるものか、などと言っておりましたけど——」彼女はそこで言葉を切った。

「残念ですが、あなたのお母さんのおっしゃっていることはまちがいなのです。ほんとに殺されたのですよ。ええと、なにかお話があるそうですが——?」

デアドリイはうなずいた。

「あの、じつはあたし、あそこにおりましたの」

スペンスの態度が急に変わった。前よりいっそう穏やかな口調だったが、仕事からくる冷酷さが、その陰に隠されていた。

「ラバーナムズのアップワード夫人の家に、いたというのですね。何時ごろですか?」

「正確にはわからないんです」とデアドリイは言った。「八時半から九時までのあいだですわ。そう、九時に近かったと思います。どっちにしても、夕食がすんでからでした。夫人があたしに電話をくださいましたの」

「アップワード夫人があなたに電話した？」

「ええ、ロビンとオリヴァ夫人がカレンキーの劇場に行ってしまったので、ひとりぼっちだから、できたらこのあたしに来てもらってコーヒーを一緒に飲みたいという、お電話でした」

「それで、あなたは出かけたのですね？」

「はい」

「あなたは夫人とコーヒーを飲んだのですか」

デアドリイは首をふった。

「いいえ、あたし、あの家まで行って――それからドアをノックしました。ですけど、返事がないものですから、ドアを開けてホールに入ったんです。ホールは真っ暗で、居間にも電気がついていないのがそこからわかりました。あたし、変だな、と思ったんです。一、二度、アップワード夫人の名を呼んでみたんですけど、やっぱり返事がありませんでした。それできっと、なにかあったのだわ、とあたし、思ったんです」

「なにかあったって、それはどんなことだと思いました？」

「きっとロビンたちと一緒に、芝居を観に行くことになったんだと、あたし、思ったんです」

「約束したあなたに、なにも言わずにですか？」

「それで、あたし、変だなって思ったのです」

「ほかになにか、思いあたらなかったのですか？」

「そうですわね、きっとあのメイドのフリーダが、あたしへの伝言を聞きまちがえたのじゃないかしら、そう、あたし思ったんです。よく、彼女はヘマをするんですのよ。外国人ですし、昨夜は出て行けるので、わくわくしていましたからね」

「で、あなたはどうしたのです、ミス・ヘンダースン？」

「あたし、帰りました」

「家にですか？」

「ええ、ちょっと散歩しましたけど、とてもきれいな夜でしたわ」

スペンスは、しばらく黙ったまま、彼女を見つめていた。警視は彼女の唇を見ているのだ、とポアロは見てとった。

やがてスペンスは身を起こすと、てきぱきと言った。

「いや、どうもありがとう、ミス・ヘンダースン。あなたが私たちにお話ししてくださったことは、たいへんよかったと思います。非常に参考になりました」

彼は椅子から立ち上がると、彼女と握手をした。

「あたし、どうしてもお話ししなくちゃならないと思いましたの。母は賛成してくれませんでしたけど」

「それはそれは」

「でもあたし、気がすまなかったものですから」

「ほんとによかったですよ」

警視は彼女を送り出してから、もどって来た。

彼は椅子に腰をおろすと、テーブルをコツコツたたきながら、ポアロの顔を見つめた。

「口紅をつけていませんでしたね」と彼は言った。「それとも今朝だけかな」

「いや、今朝だけではありません。あの子はいつもつけていませんよ」

「近ごろの娘としては、変わっていますな」

「あの子はなかなか変わっていますよ——まだ色気がないのです」

「香水もつけていないようですな、クンクン嗅いでみたのですがね。オリヴァ夫人の話によりますと、昨夜、あの家には嗅ぎなれない香水の匂いが——それもなかなか高価な香水だったというのですが——ただよっていたらしいのですよ。ロビン・アップワードも、そう言っていました。母親は、香水というものをつけたことがなかったそうです」

「いま帰った娘さんなら、香水などつけないと思いますね」とポアロが言った。

「いや、私にはそうは思えませんな。古風な女学校のホッケーのキャプテンみたいに見えますが、もうあの娘だって、三十になるのですよ」

「そのとおりです」

「身なりにも気をつけたくなるとは考えられませんか」

ポアロは考えこんだ。それから、そう簡単にはきめられませんよ、と答えた。

「どうもぴったりきませんな」とスペンスが顔をしかめながら言った。「口紅も香水もつけない。しかも、すばらしい母親をもっている。ところがリリイ・ガンボールの母親というのは、リリイが九つのとき、カーディフで酒の上の喧嘩をしたあげく、殺されているのですからね。どうみても、彼女がリリイ・ガンボールだとは思えませんな。しかし、アップワード夫人は、電話をかけて彼女を呼んでいますね。これはどうしても見逃せない点です」彼は鼻をこすった。「あっさり解決するというわけにはいきませんな」

「警察医はどう言っています？」

「たいして役に立ちませんな。だいたい、八時半に死亡したというのが、大方の警察医の一致した見解です」

「それでは、デアドリイ・ヘンダースンがラバーナムズへ行ったときには、もう夫人は死んでいたということになりますな」

「あの娘の話がほんとうだとすればですがね。ま、それがほんとの話だったにしろ、あの娘はなかなか臭い女ですよ。母親が、あの娘をわれわれのところに寄こしたくなかったようなことを言ってましたけど、そこに、なにかないでしょうか？」

ポアロはじっと考えこんだ。

「さーて、これといったことはないですね。母親の言ったことにはね。彼女は、できるだけ忌わしい事にはふれたくないといったタイプの女なのですよ」

スペンスは溜め息をついた。

「われわれはデアドリイ・ヘンダースンを、容疑者と見てもいいと思いますが。それとも、デアドリイ・ヘンダースンが行く前に来ていた人間をですね。女性です、口紅と高価な香水をつけている女性です」

ポアロがぶつぶつ言い出した。「あなたはそれを調べ……」

スペンスがさえぎった。

「おっしゃらなくても私は調べておりますよ！　いま、手際よくやっているところです。誰にも警戒されたくはありませんからな。イヴ・カーペンターは、昨夜、なにをしていたか？　シーラ・レンデルは昨夜、どうしていたか？　十中八、九まで、みんな自宅にいたのです。カーペンターは、選挙のことで出かけていましたがね」

「イヴ」ポアロは考えぶかげにつぶやいた。「名前を換えるのにも流行がありますな。当節では、もうエヴァなんて名前はほとんどありませんからね。だが、イヴというのはだれでもつける名前だ」

「彼女は高価な香水をつけていますよ」とスペンスは考えをつづけながら言った。

彼はまた溜め息をついた。

「もっと、彼女の過去を調べあげなければなりませんね。戦争未亡人になることは、なかなか重宝ですからね。いかにも戦死した若い勇敢な飛行士の夫の喪に服しているといった、悲しそうな顔をしていればいいのですから。だれも、その女の過去をきき出そうとはしませんよ」警視はそこで話題をかえた。

「あなたが送り届けてくださった、あのシュガー・ハンマーとかいう代物は、まさにそのものズバリだと思いますよ。たしかにあれはマギンティ夫人を殺害した凶器です。打ち殺すのには、もってこいの凶器だと、警察医も認めています。それに血のついていた跡もありました。むろん、よく洗ってはありましたがね。どんな微量の血液でも、最新の試薬にかかったら反応が出てくるということを、犯人は知らなかったのですな。そうです、まさに人間の血でしたよ。これでまた、ウェザビイ家と、あのデアドリイ・ヘンダースンとの関係が出てきたじゃありませんか」

「デアドリイ・ヘンダースンは、あのシュガー・ハンマーを、収穫祭のバザーのときに出したと、はっきり言っていましたがね」

「それでは、サマーヘイズ夫人がクリスマスのときに買ったと断言したのはどうなるのです?」

「あのサマーヘイズ夫人の言うことは、あやふやなことばかりですよ」とポアロは憂うつそうに言った。「たしかにあの人はなかなかチャーミングな女性ですがね、しかし自分のすることにきちんとしたところのない人なのです。ロング・メドウズに滞在している人間として申し上げますけどね、ドアや窓ときたら、始終開けっ放しなんですよ。だれかがですね、そっと来てなにか品物を持ち出して、また元のところにもどしておいても、とてもあの夫婦には気がつきませんよ。かりに、気がついたとしても、彼女のほうは、夫が兎の肉を切るか、木を切るのにでも使ってたと思うだろうし、夫は夫のほうで、死体でも切るのに使っていると考えるでしょうからね。なにしろ、あの家ときたら、道具の正しい使い方を知らないのですよ。手にふれるものならなんでも使って、どこへでも置きっぱなしにしておくのです。だから、なにがどこにあるのやら、あの夫婦にはさっぱりわからない。わたしがあんな暮らし方をしたら、神経衰弱になってしまいますよ。あの二人は、そんなこと、屁とも思っていないのですからな」

スペンスは大きく息をついた。

「ま、一つだけいいことがありますよ、それは、この事件がはっきりするまで、ジェイムズ・ベントリイの刑の執行が延期されたことです。内務大臣に手紙を出したのです。われわれにどうしても必要なものを許可してくれたのですよ、つまり、時間ですがね」

「そうだ」とポアロが言った。「ベントリイにもう一度会ってみたいと思いますね。いまなら、もうすこし、手がかりが得られるかもしれない」

2

ジェイムズ・ベントリイはすこしも変わっていなかった。すこしやせて、前よりもさらに落ち着きなく手を動かすようになっていたが、相変わらずもの静かな、望みなき男といった感じだった。

エルキュール・ポアロは、細心の注意を重ねて、彼に話しかけた。新しい証拠が出て来たこと、警察が事件の再調査をはじめたこと、だから希望がでてきたということなどを……

だがジェイムズ・ベントリイは、そんな希望などというものに、目をくれようともしなかった。

彼は言った。

「すこしもよくなりっこないですよ。いったい、警察になにが新しく見つけ出せるというのです?」

「きみのお友だちが一生懸命になって調査しているのですよ」とエルキュール・ポアロは言った。

「友だちですって? ぼくにはそんなものはいやあしませんよ」そう言って彼は肩をすくめた。

「いや、そうとは言えませんな。すくなくとも二人のお友だちがきみにはありますよ」

「二人? いったい、それはだれだか教えていただきたいものですね」

彼のその口調には、ほんとにそれが聞きたいというひびきもなく、ただ投げ遣りな不信を示しているだけだった。

「第一にスペンス警視――」

「スペンス? スペンスですって? ぼくを捕まえた警視じゃありませんか? ずいぶん変な話ですね」

「べつにおかしくはないのです。幸運というべきです。スペンスは腕利きの、しかも良心的な警察官ですからね。彼だったらかならず真犯人を捕まえてみせますよ」

「たしかに捕まえましたからねえ」

「いや、おかしな話だが、そうではないのです。だからこそ、彼はきみの友だちなのですよ」

「なんだ、そういう友だちですか！」

エルキュール・ポアロは言葉をつづけずに待った。このジェイムズ・ベントリイにだって、人間の属性はあるはずだ。人並みの好奇心ぐらいはあるはずだ。

たしかにそうだった、やがてジェイムズ・ベントリイは口を開いた。「あとの一人というのは、いったいだれなんです？」

「モード・ウイリアムズですよ」

ベントリイは、なんの反応もあらわさなかった。

「モード・ウイリアムズ？　いったい、だれなんです？」

「ブリーザー・アンド・スカットルズ商会に勤めている女性ですよ」

「ああ、あのミス・ウイリアムズ」

「まさにそのとおり」

「でも、いったい彼女になんの関係があるというのですか?」

ときどき、エルキュール・ポアロは、ジェイムズ・ベントリイの性格にいらいらしてきて、この男がマギンティ夫人殺しの真犯人だったら、どんなにいいだろうと、心から思うことさえあった。不幸にして、ポアロがベントリイにいらいらすればするほど、彼はスペンス警視の考え方と同じになってくるのだ。このベントリイが人を殺すなんて、想像することさえ困難になってくるのだ。ポアロもたしかに感じているように、ジェイムズ・ベントリイの態度には、犯人と見まちがえられる要素が多分にある。だが、もしスペンスが主張するように、うぬぼれが殺人者の特色だとすると、ベントリイは、たしかに殺人者ではない。

ポアロは自制して、言葉をつづけた。

「ミス・ウイリアムズは、この事件に関係しているのです。きみの無罪を、彼女は信じているのですよ」

「彼女に、どうしてそんなことがわかるのか、ぼくにはさっぱり見当がつきませんね」

「彼女はきみを理解しているのですよ」

ジェイムズ・ベントリイは眼をまたたいた。そして、しぶしぶ言った。

「そう、すこしぐらいなら、ぼくのことを知っているかもしれない。でも、すっかり理解しているとは思えないな」

「おなじ会社に勤めていたのでしょう？　ときたま、一緒に食事なんかもしたのじゃありませんか？」

「ええ、一回か二回。〈ブルー・キャット〉というカフェです。とても便利なんです、会社のすぐ前にあって」

「散歩したことなんかもあるんでしょう？」

「ええ、じつは一度あるのです。高原を歩いたのです」

エルキュール・ポアロはとうとう爆発した。

「いったい《マ・フォワ》、わたしがきみからいろいろなことをきき出そうとするのは、悪いことですかね。きれいな女性と仲良くするのは不自然なんですか、愉しくはないんですか、きみはすこしも愉しくすることができないの？」

「ぼくにはそういう気持ちがわからないんです」とジェイムズ・ベントリイが答えた。

「きみの年ごろだったら、女の子たちとの付き合いを愉しむということは、当然なことなんだし、悪いことではないのですよ」

「ぼくは、そんなに女の友だちがいないのです」

「すこしは恥ずかしく思いなさい、独りよがりもいいかげんにしなさい！　きみはミス

・ウイリアムズを知っている。会社はおなじだし、話も交わす、ときには一緒に食事をするし、一度などは高原へ散歩にまで行ったというのに。わたしが、彼女のことを言ったら、きみは名前さえ思い出そうとしないのだから！」
　ジェイムズ・ベントリイは顔をあからめた。

「その、つまり――ぼくはあんまり、女の人と付き合ったことがないんです。それにあの人は、いわゆるレディといった感じの人じゃないでしょう、いえ、それはもうとてもいいひとなんです、むろん、すてきな人です。でも、うちの母が見たら、きっとあまり品のある女性だとは思わないだろうと、ぼく、思ったものでしたから」

「そんなことを考えていたのですか」

　また、ジェイムズ・ベントリイは顔をあからめた。

「彼女のヘア・スタイル、それにあの服装ですもの。なにしろうちの母はとても古風なものですから――」

　そこで、話をやめてしまった。

「しかし、きみはミス・ウイリアムズと交際するようになったじゃありませんか。じゃそれは――なんといったらいいかな――同情みたいなものだったのですか？」

「彼女はいつも、ぼくにとても親切にしてくれました」とジェイムズ・ベントリイはのろのろと言った。「でも、彼女がほんとうに理解したというのではないんです。彼女のお母さんというのは、彼女がほんの子供のとき、死んでしまったのです」

「それからきみは失業しましたね。ほかのところに就職できなかった。ミス・ウイリア
ムズは、ブローディニーで一度、きみと会ったという話ですな？」

ジェイムズ・ベントリイは困ったような顔をした。

「ええ、じつは、そうなんです。彼女は会社の用で来たんですが、ぼくに葉書をよこしました。会えるかどうか、きいてきたのです。いったいなんの用か、ぼくには見当もつきませんでした。深く交際してたわけじゃないんですから」

「でも、彼女と会ったのですね？」

「ええ、失礼な真似はしたくなかったからです」

「で、映画か食事に連れて行ったのですか」

ジェイムズ・ベントリイは、ムッとしたような顔をした。

「とんでもない、そんなことはありませんよ。彼女がバスを待っているあいだだけ、ぼくたちは話をしたんですよ」

「さぞ、その女の子にとっては愉しかったことでしょうね！」

ジェイムズ・ベントリイは嚙みつくように言った。

「ぼくは一ペニイも持っていなかったんですよ。ほんとに文なしだったんですからね」

「それはマギンティ夫人が殺される二、三日前のことじゃないですか？」

ジェイムズ・ベントリイはうなずいた。と、思いがけなく彼のほうから言い出した。

「そうです、あれは月曜日でした。夫人は水曜日に殺されたのです」

「ここで、ほかのことも、きみにききたいのだが、マギンティ夫人は《日曜の友》をとっていましたか？」

「ええ、とっていました」

「彼女の《日曜の友》を見たことがありますか」

「よく、読みなさいと言ってくれましたけど、ぼくはあまり読みませんでした。うちの母は、ああいったたぐいの新聞をきらっていましたからね」

「では、あの週の新聞も読みませんでしたね？　マギンティ夫人は、その新聞のことで、なにか話しませんでしたか、なにか記事のことで？」

「そうだ、話しましたよ」と、不意に思い出したように彼は言った。「夫人は夢中になっていましたっけ！」

「おやまあ《オオ・ラ・ラ》。彼女が夢中になっていた。それで、どんな話をしたのです？　よく思い出してくださいよ、これはとても大切なことですからね」

「どうもはっきり思い出せないんですが。なんですか、たしか昔の殺人事件のことばかりでした。クレイグ、だったかな、いやクレイグじゃなかったかもしれない。とにかく、その昔の事件に関係のあるだれかが、いまブローディニーに住んでいる、と彼女は言ったのです。ほんとに彼女は夢中になっていました。なぜ、そんなことが彼女に重要なのか、ぼくにはさっぱりわかりませんでしたけど」

「で、誰だと言ったのです、そのブローディニーに住んでいるのは？」

ジェイムズ・ベントリイはあやふやな口調で答えた。

「なんですか、息子が芝居を書いている婦人だったと思います」

「彼女は、その名前を言いましたか？」

「さあ、どうも、だいぶ前のことですから――」

「どうか、考えてみてください、おねがいしますよ。あなたはもとの自由の身になりたいでしょう？」

「自由の身ですって？」ベントリイはおどろいたように言った。

「そうです、自由に」

「そりゃあぼくは――むろん――」

「では考えるのです！　さ、マギンティ夫人がなんと言ったんです？」

「ええと、なにかこんなふうに言ったと思います――〝彼女はいまの生活にすっかり満足しているけれど、もし人に知られたら、それこそ鼻を高くしているどころのさわぎじゃないわ〟それからこんなことも言いましたよ、〝この写真を見たら、とても同じ女だとは思えませんわ〟もちろん、昔の写真だったのですがね」

「でも、どうしてその女性がアップワード夫人のことだとはっきりわかったのです？」

「よくぼくにもわからないのですが……そんな印象を受けたのです。彼女はずっと、アップワード夫人のことを喋っていましたし、そのうち、ぼくのほうで興味がなくなってしまったものですから、ろくろく聴いていなかったのです。あとになって――そうですね、いま、考えてみると、誰のことを彼女が話していたのか、わからなくなってしまいましたよ。なにしろ、夫人ときたらいろんなことをのべつまくなしに喋るんですから」

ポアロは溜め息をついた。

「夫人がアップワード夫人のことを言っていたとは、わたし自身、考えていないことなのです。だれかほかのひとだと思いますね。きみが人の話を注意して聴いていなかったおかげで絞首刑にされるなんて、こんな不合理なことはありませんからね。マギンティ夫人は、彼女が働きにいっていた家のことや、そこの婦人たちのことを、ずいぶん、あなたに喋ったでしょうな？」

「ま、そういうこともありましたけど、ぼくにおたずねになるだけ無駄ですね。ポアロさん、あの当時は、生活のことで、ぼくは頭がいっぱいだったんです。夜も眠れないくらい困っていたんですから」

「きみのいまの苦しみに比べたら、そんなものは問題にならないはずですよ！　マギンティ夫人は、カーペンター夫人のことを話したでしょう、まだ結婚するまえのミセス・セルカークのころの彼女のことを、それともレンデル夫人のことを？」

「カーペンターというのは、丘の上に新築の家と大型の車をもっている人ですね？　彼はミセス・セルカークと婚約したんです――マギンティ夫人はいつも、ミセス・セルカークの悪口を言ってましたよ。どうしてだか、ぼくにはわかりませんけど。〝成り上がり者〟というのが、夫人がつけた彼女のあだ名ですよ。どういう意味なのか、ぼくにはわかりませんけど」

「レンデル家のことは？」

「お医者さんの家ですね？　これといって、なにか特別にぼくに話した記憶はないのですが」

「では、ウェザビイ家のことでは？」

「そうだ、こんなことを言ってましたっけ」彼は思い出したのがうれしそうだった。

「〝ウェザビイ夫人がつまらないことに大騒ぎしたり、彼女のとっぴな考えにはやりきれないよ〟って。それからご主人については〝よいにしろわるいにしろ、一言も口に出さない男〟だなんて言ってました」ベントリイはそこでちょっとためらった。「夫人はこんなことも言ってました、あの家は不幸だわ、と」

エルキュール・ポアロは思わず顔をあげた。ほんのちょっとのあいだ、ジェイムズ・ベントリイの声には、これまでにポアロがきいたことのないようなひびきがこもったからだ。思い出したものをただそのまま、繰り返しているのではなかった。彼の心は、ほんの一瞬にすぎなかったけれど、氷のような無関心さから動き出したのだ。ジェイムズ・ベントリイは、ハンターズ・クロウズの生活のことを、その家が不幸か不幸でないかということまで考えているのだ。ジェイムズ・ベントリイは、ただ機械的に言っているのではなく、はっきりと自分の頭で考えはじめたのだ。

ポアロはやさしくたずねた。

「きみは、ウェザビイ家の人たちを知っているの？　お母さんのほう？　それとも父親？　娘さんですか？」

「いや、知りませんよ。でも犬がいましたね。シーリアム・テリアです。罠にかかってしまったことがありましてね、娘さんじゃどうしようもなかったのです。それで、ぼくが手伝ってあげたんですよ」

ベントリイの口調には、また新しいひびきがでてきた。〝ぼくが手伝ってあげたんです〟と彼は言ったが、その言葉には、ほんのかすかにだが、誇りというものがあった。

ポアロは、オリヴァ夫人がデアドリイ・ヘンダースンとの会話について教えてくれたのを思い出した。

ポアロは静かにたずねた。

「娘さんと話したのですか?」

「ええ、彼女のお母さんというのは、とても身体の具合が悪いんだと、ぼくに話しました。あの娘さんは、自分の母親をとても愛しているのですね」

「で、きみも、お母さんのことを彼女に話したんでしょう?」

「ええ」とジェイムズ・ベントリイはそっけなく答えた。

ポアロはなにも言わずに、彼が話をつづけるのを待っていた。

「人生って残酷ですよ」とジェイムズ・ベントリイは言い出した。「とても不公平です。一生涯、幸福に恵まれない人がいるんですものね」

「たしかにそうですね」とエルキュール・ポアロ。

「彼女がそれほど幸福だとは、ぼくには思えませんでした。ミス・ウェザビイが」

「ヘンダースンです」

「ああ、そうですね。彼女は、お父さんが継父であることを、ぼくに話してくれたのです」

「デアドリイ・ヘンダースン」とポアロは言った。「不幸なデアドリイ――きれいな名前ですね。しかし、あまり美しい娘さんではないように思いましたが？」

ジェイムズ・ベントリイは顔をあからめた。

「まあきれいなほうだと、ぼくは思いましたけど……」

第十九章

「まあ、あたくしの言うことをきいて」スイーティマン夫人が言った。

エドナは鼻をすすった。さっきから、彼女はスイーティマン夫人の話をきいているのだ。おなじ会話が何回も堂々めぐりしていた。スイーティマン夫人はおなじことを繰り返してばかりいて、それもほんのちょっと言葉づかいが変わっている程度だった。エドナはしきりに鼻をすすっては、ときどき声まで出して泣きじゃくった。彼女のほうも、この堂々めぐりの話に歩調を合わせて二つのおなじ言葉を繰り返しているのだ。一つは、〝とても、そんなことできないわ！〟というのと、〝あたし、お父さんに叱られてしまうわ〟という文句だった。

「そうかもしれないわね。でも殺人は殺人よ、あんたは見たんですからね、それから逃れられっこないわ」

エドナはまた鼻をすすった。

「だからあんたはね、どうしても——」

スイーティマン夫人はそこで言葉を切ると、編物針と一オンスの毛糸を買いに入って来たウェザビイ夫人のほうに顔をむけた。

「まあ、しばらくお見えになりませんでしたわね、奥さま」とスイーティマン夫人は快活に言った。

「ここのところ、わたし、すっかりからだが弱ってしまったものですからね」とウェザビイ夫人が答えた。「心臓が悪いんですよ」と深く溜め息をついた。「かなり休養しなければなりませんの」

「でも、お手伝いさんがみつかったそうですわね」とスイーティマン夫人が言った。

「この明るい毛糸には、黒っぽい編物針のほうがいいですよ」

「そうね。こんどの子は、なんでもよくやりますのよ、それにお料理だってまずくはないし。ですけど、行儀作法といったら！　それに身なりがね。髪の毛は染めているし、ピチピチのセーターというかっこうですもの」

「まあ」とスイーティマン夫人が相槌を打った。「ちかごろの娘さんは、お行儀もなにもあったものではございませんわね。ちゃんとした躾けを受けてないんですもの。あたくしの母は、十三の年からご奉公にあがって、毎朝五時十五分前に起きたものですよ。母はお暇をもらうころは、メイド頭になっていて、下に三人メイドがおりましたの。それに母は、彼女たちをちゃんと躾けましたわ。でも当節では、誰も教えてくれる人はないし、躾けもろくろく受けていないんですから、ただ教育を受けているだけですもの、エドナのようにね」

二人の女性は、受付のカウンターにもたれて、鼻をぐすぐすさせながらペパーミントを噛んでいるエドナの顔を見つめた。まるっきりうつろな顔だった。教育のほうで泣き出したいくらいのものだ。

「アップワード夫人は、ほんとにお気の毒でございましたわね」いろいろと、色のちがう編物針を手にして見ているウェザビイ夫人に、スイーティマン夫人は愛想よく話しかけた。

「おそろしいこと」とウェザビイ夫人が言った。「みなさん、なかなか教えてくださらなかったんですよ。でも、その話をきいたとき、心臓の動悸がはげしくなってしまって。神経が繊細なものですから」

「あたくしたちにだって、たいへんなショックでございましたわ。あの息子さんにしたって、気絶するところだったんですよ。なにしろ、あの女流作家の方が、お医者さまが来て息子さんに鎮静剤かなにかの注射をするまで、息子さんをしっかり抱きしめていたというんですもの。で、あの人、いまはロング・メドウズに泊まっていますのよ、とてもあの家には住んでいられないんですって——もっともだと、あたくしも思いますわ。メイドのジャネット・グルームも、自分の姪のところに帰ってしまって、お巡りさんがあの家の鍵を預かっているんですって。探偵小説を書いているあの女の方は、ロンドンへ帰ってしまいましたけど、いずれ検死審問にもどってくることでしょうね」

スイーティマン夫人はさも面白そうに、事件のあらゆる情報を話してきかせた。なんでも知っているということで、彼女は得意になっていた。編物針を買いにきたウェザビイ夫人は、いまや彼女の話がもっとききたいものだから、あわてて買い物をすませた。

「ほんとに大騒ぎですわ。村中が危険なるつぼに投げこまれたようなものですもの。村の中に殺人狂がいるんですわ。あの晩、うちの娘が外出していたら、きっと襲われて殺されていたところですよ」

ウェザビイ夫人は両眼を閉じて、脚を震わせた。スイーティマン夫人は面白そうに見守っていたが、べつに心配などしなかった。ウェザビイ夫人はまた眼を開けると、もったいぶった口調で言った。

「この地域にはパトロールをおくべきですわ。暗くなったら若い人たちは外出しないほうがいいわ。それから戸締まりを厳重にしなければいけませんね。ロング・メドウズときたら、あのサマーヘイズ夫人は、どこのドアだって鍵をかけたことがないんですからね。それが夜の夜中にもですよ。裏戸は開けっ放し、客間の窓も開けっ放し、それじゃ犬や猫だって勝手に出たり入ったりできますわ。まるで気が狂っているとしか思えませんわ。あの人ったら、自分で言ってますのよ、泥棒に入ろうと思ったらいつだって入れるって」

「あのロング・メドウズじゃ泥棒に入られたって、盗られるものなんかなにもないと思っているんでしょうね」とスイーティマン夫人が言った。

ウェザビイ夫人は困ったものだというように頭をふると、買った物をもって出て行った。

スイーティマン夫人とエドナが、またさっきの話を蒸し返した。

「あんたがいちばんよく知っていることを、黙っているなんて、よくないことよ」とスイーティマン夫人が言った。「正義は正義、殺人は殺人だわ。断じて真実を告げて、極悪人に思い知らせるべきよ、ね、わかったの？」

「あたし、お父さんに叱られてしまうわ、きっとよ」とエドナがお得意の文句を言った。

「あたくしが、あんたのお父さんに話してあげるから」とスイーティマン夫人。

「とても、そんなこと、あたしにはできないわ」

「アップワード夫人は殺されたのよ。そして、警察がまだ知らないでいることを、あんたはちゃんと見ているのよ。あんたは郵便局員じゃないの。国家公務員なんだから。だから義務は当然果たさなければならないわ。どうしたってあんたは、バート・ヘイリングのところへ行かなくちゃ――」

エドナはまたシクシクと泣きはじめた。

「バートのところへなんか行くの、いやよ。どうしても行かなくちゃいけないかしら？　村中に知れわたってしまうもの」

スイーティマン夫人はいささか躊躇しながら言った。

「あの外国人がいるわ――」

「あたし、外国人きらいよ、あたしはいやだわ、外国人だなんて」

「そうね、そうかもしれないわね」

自動車がブレーキの音をきしませながら、郵便局の前でとまった。

スイーティマン夫人の顔があかるくなった。

「サマーヘイズ少佐よ、あの車は。あんた、あの人に話しなさいよ、そしたら、あんたがどうすればいいか、あの人、きっと教えてくれるわ」

「とてもそんなこと、あたしにはできないわ」自信なげに、彼女は言った。

ジョニイ・サマーヘイズが三箇のダンボール箱をかついで、よろめきながら郵便局に入って来た。

「おはよう、スイーティマンさん」彼は陽気に言った。「目方が超えないといいんですけどね」

スイーティマン夫人は、荷物の目方を計った。サマーヘイズが切手をなめていると、彼女が話しかけた。

「あの、失礼なんですけど、あなたに教えていただきたいことがございますの」

「なんです、スイーティマンさん？」

「あなたのお宅はこの村の草分けみたいなものですから、どうしたら一番いいか、よくご存じだと思いますの」

サマーヘイズはうなずいた。彼は不思議なくらいに、なかなか消えない封建気質の田舎の人たちからいろいろな話をもちこまれた。個人的には、彼のことを村の人たちはほとんど知らないといってもいいくらいだったが、彼の父や祖父、それに曾祖父といったように、ずっとロング・メドウズに住みついていたので、彼が忠告してくれたり指図してくれるのは当たり前のことだと、彼らは思っていたのである。

「ここにいるエドナのことなんですが」とスイーティマン夫人が言った。

エドナはすすり泣いていた。

ジョニイ・サマーヘイズは、エドナのほうを疑わしげに見やった。こんなに人好きのしない娘は、見たこともないと、彼は胸のうちで思った。まるで、皮をはぎとられた兎みたいだ。知恵も、人の半分もなさそうだ。いわゆる仕事上のトラブルが起こせるような女だとはとても思えない。それに、そんなことで、スイーティマン夫人が彼に相談を持ちかけるはずがない。

「さ、どうぞ」彼はやさしく言った。「いったい、どんなことなのです？」

「殺人事件についてですの。あの晩のことなんですけれど、エドナがなにか見たというのです」とスイーティマン夫人が言った。

ジョニイ・サマーヘイズは、陰うつなまなざしを、すばやくエドナからスイーティマン夫人にうつすと、またエドナのほうにもどした。

「どんなことを見たの、エドナ？」と彼はたずねた。

エドナはまたすすり泣きはじめた。スイーティマン夫人が代わって言った。

「むろん、いろいろなことがあたくしたちの耳に入ってまいりますわ。なかにはデマもありますし、ほんとのこともあります。ですけど、あの晩、アップワード夫人とコーヒーを飲んだ女性がいたことは、はっきりしていますわね？」

「ええ、そうだと私も思っていますよ」

「あたくしたちも、ほんとだと思いますわ、なにしろバート・ヘイリングからきいたんでございますもの」

アルバート・ヘイリングというのは、サマーヘイズもよく知っている駐在巡査だった。ちょっともったいぶっていて、ポツリポツリ喋るような男だった。

「なるほど」とサマーヘイズが言った。

「ですけど、その女性がいったい誰なのか、警察でも知りませんわね？　ところが、このエドナが、その女を見たんですよ」

ジョニイ・サマーヘイズは、エドナを見つめた。彼はまるで口笛を吹くみたいに、唇を丸めた。

「きみが見たんだって、エドナ？　入って行くところ、それとも出て来たところを？」

「入って行くところでした」とエドナが答えた。すっかり固くなってしまって、彼女の舌がもつれた。「道の向こう側の木の下に、あたし、いたんです。ちょうど道の曲がり角で、暗くなっているところだったんです。あたし、彼女を見たんです。そのひと、門を入って、玄関のところに行って、そこにちょっと立ち止まっていましたわ、それから

——それから家の中に入って行ったんです」

ジョニイ・サマーヘイズの表情が明るくなった。

「なんだ、それはわかっているんだよ、ミス・ヘンダースンだろう。警察では、そんなこと、みんな知っているさ。彼女が行って、自分で話したんだから」

エドナは頭をふった。

「ミス・ヘンダースンじゃないんです」

「じゃない？　では、誰だったの？」

「わかりません。顔が見えなかったんです。背中をこっちに向けて、小道をのぼって、玄関のところに立っていたんですもの。でも、ミス・ヘンダースンじゃなかったわ」

「顔が見えもしないのに、どうして、ミス・ヘンダースンでないことがわかったんだね？」

「だって、その人、金髪だったんです。ヘンダースンはブルネットですもの」

ジョニイ・サマーヘイズは、信じられないような顔をした。

「しかしね、とても暗い晩だったんだよ。とても髪の毛の色なんか見分けられやしないよ」

「でも、あたしにはわかったんです。玄関に電灯がついていました。つきっぱなしになっていたんですよ、だって、ロビンさんと探偵小説を書いている女の人は一緒に、芝居に行ったんですもの。その女の人、電灯の真下に立っていました。黒っぽいコートを着て、帽子はかぶっていませんでしたわ。髪の毛がキラキラ金色に輝やいていましたの。あたし、ちゃんと見たんですから」

ジョニイは鈍い音で口笛をならした。彼の眼つきは、すっかり真剣になった。

「何時だったの？」

エドナは鼻をすすった。

「はっきりわかりません」

「じゃ何時ごろだと思ったの」スイーティマン夫人が口を出した。

「九時にはなっていなかったわ。教会の鐘をきいたんですもの。八時半の鐘よ」

「すると八時半から九時までのあいだということになるね。どのくらい、その女はいたのだろうね？」

「わかりません。あたし、そこに、そんなに長くいなかったんです。それに、なんの物音もきこえてきませんでしたわ。うめき声や叫び声だとか、そんな音は」

エドナはちょっと憤慨したような口調で言った。

しかし、むろん、そんなうめき声や叫び声なんかが起きるはずはなかったのだ。ジョニイ・サマーヘイズは、そのことを知っていた。彼は重々しい口調で言った。

「それではと、ぐずぐずしてちゃだめだ、警察にそのことを知らせなければいけないね」

エドナは、また鼻をならしながら、シクシク泣きはじめた。

「お父さんに、あたし、叱られてしまうわ」泣きじゃくりながら言った。「きっと叱られるわ」

彼女はスイーティマン夫人に哀願のまなこを向けると、後ろの部屋にとびこんでしまった。を買って出た。スイーティマン夫人が、彼女の代弁を買って出た。

「つまり、こういうわけなんですの」彼女の代弁サマーヘイズ少佐の物問いたげな目つきに答えた。「エドナときたら、ほんとにおばかさんなんですよ。にもやかましい人で、そうですわね、ちょっと厳しすぎるくらいなんです。あんなにやかましいのも、いまみたいな時代では考えものでございますわ。カラヴォンに、とてもいい青年がおりますの、その人とエドナはとても親密で、うまくいっていました。彼女の父親も、それを心から喜んでいましたの。ところがそのレッグという青年ときたら、どちらかというとぐずなほうで、それに近ごろの娘ときたら、ほんとにしょうがないものので、エドナはこのごろ、チャーリイ・マスターズに興味を持ちはじめてしまったのですよ」

「マスターズ？　農家のコールさんの家の人だね」

「そのとおりですわ。農夫なんですの。それに結婚していて、子供が二人もあるんですよ。女の子のお尻ばかり追っかけまわしていて、どうみてもしょうのない男なんですの。エドナがすっかりのぼせてしまったものですから、父親がやめさせてしまったんですの。あたりまえの話ですわ。で、あの晩エドナは、レッグと映画を観るからカラヴォンへ行くと父親に言ったんですよ。ところが、ほんとはマスターズに会いに行ったんです。そして、いつも待ち合わせに使っていた、あの道の曲がり角で、エドナは男を待っていたんですよ。ところが、マスターズはやって来ませんでした。たぶん、女房に足止めを食わされたか、ほかの女の子のあとを追いかけていたんでしょうけど、とにかく来なかったのです。エドナは待っていたのですが、とうとうあきらめたんですわ。だもんですから、ほんとは、カラヴォンへバスで行っていなければならないのに、どうしてそんなところでうろうろしていたか、あの子にはとても説明なんかできないんですよ」

ジョニイ・サマーへイズはうなずいた。どうしてまた、あんなエドナに、二人もの男を惹きつける性的魅力があるのだろうかと、本筋とは関係のないようなことを彼は思ったが、それを押し殺して、実際的な問題に入っていった。

「だからバート・ヘイリングのところへ話しに行きたくないというのだね」と、察しよく彼は言った。

「そうなんですよ」

サマーヘイズは、急いで自分の意見を述べた。

「だけど、このことは警察に届けなければいけないと思うね」と静かに言った。

「あたくしも、あの子にそう言っていたんですよ」とスイーティマン夫人が言った。

「だけど警察は、そういうことにかけてはとてもうまくやってくれるものですよ。それに彼女が話したことなんか、秘密にしてくれますからね、スペンス警視に電話して、こちらへ来てもらってもいいのだが――いや、私の車で、エドナをつれてキルチェスターまで行ったほうがいいな。あそこの警察なら、彼女が行っても、この村の人たちにはわからないですむからね。とにかく電話して、こちらから行くことだけは伝えておこう」

手短かに電話をかけおわると、エドナは泣きじゃくりながら一つ一つ上着にボタンをかけ、スイーティマン夫人に肩をたたかれて勇気づけられながら、ステイション・ワゴンに乗りこんだ。車はキルチェスターに向かって、急いで走り去っていった。

第二十章

エルキュール・ポアロは、キルチェスターのスペンス警視の部屋にいた。椅子に背をもたせて、目をつむり、指先で交互に、前の机をコツコツとたたいていた。警視は、部長刑事から報告を受けると、それに指示を与え、それがすむと、ポアロのほうに視線を向けた。

「なにかいい考えが浮かびましたか、ポアロさん」と催促した。

「いま、じっくりと考えなおしているところですよ」

「おききするのをすっかり忘れていましたが、ジェイムズ・ベントリイにお会いになって、なにか手がかりがありましたか？」

ポアロは頭をふって、眉をひそめた。

彼がいま、こうして考えこんでいたのも、じつはジェイムズ・ベントリイのことだったのだ。

真っ正直なスペンス警視への友情と敬愛の念にかられて、わざわざ無報酬で自分が捜査を買って出たというのに、あのベントリイときたら、まったく人間的な感情がないのだからな、こう思うとポアロは、ものすごく腹立たしくなってきて、どうでもいいような気持ちになった。あの愛らしくて若いモード・ウイリアムズも、無実の正直な青年も、いまでは、わずらわしいばかりだ。しかし、彼らの〝頭は血まみれなれど、屈せざりき〟だとポアロは思った。彼は、最近のアンソロジーで、イギリスの詩をたくさん読んでいたのだ。病的なケースというものがあったとしたら、自分以外のことは考えようとしないこの自己中心的な人間、ジェイムズ・ベントリイがそれだ。まったくこの男ときたら、彼を救うためになされているあらゆる努力に、感謝するどころか、ほとんど無関心といっていいくらいの態度なのだ。

実際、どうでもいいというような態度をとっているのなら、だれだってあの男を絞首刑にしてしまいたくなるさ――とポアロは考えた。

いや、彼を死刑にしてはいけないのだ。

こんなことをポアロが考えていたとき、彼はスペンス警視の声に呼びさまされたのだ。

「面会は、骨折り損のくたびれもうけでしたよ。彼が思い出しさえしてくれれば、たいへんな手がかりになるところを、どうしても思い出せないのです。彼のおぼえていることといったら、まったく漠然としていて、とても捜査の土台にはならないのです。が、とにかく、これだけははっきりしたことのように思われますね、マギンティ夫人は、《日曜の友》の記事にすっかり興奮して、ある事件に関係のある人間がブローディニーに住んでいると、ベントリイにわざわざ言ったことですがね」

「ある事件というと？」スペンス警視がするどく言った。

「ベントリイははっきり覚えていないのですよ。クレイグ事件じゃなかったかと言ってましたが、どうもあやふやな口ぶりでした。しかし、かりにクレイグ事件のことしかきいていなかったとしたら、その名前だけしか思い出せないということにもなりますな。それに、〝関係のある人間〟というのは、女性なのです。ベントリイは、マギンティ夫人の言った言葉どおりに、わたしに話しさえしたのですよ。その女は〝もし人に知られたら、それこそ鼻を高くしているどころのさわぎじゃないわ〟とね」

「鼻を高く？」

「そうです《メ・ウイ》」とポアロはいかにも満足そうにうなずいてみせた。「暗示的な言葉ではありませんか」

「お高い女性というと、どういうところでしょうね？」

「ベントリイはアップワード夫人の名をあげましたがね――わたしの見たかぎりでは、どうもこれといった根拠はないのです」

スペンスは頭をふった。

「たしかに彼女はちょっとお高くとまっているような婦人と言えますがね、それに目立ちますし――。しかしそれは、アップワード夫人のことではありませんな。なにしろ彼女は殺されてしまったのですからね。それにマギンティ夫人と同じ理由で、つまり、一枚の写真を彼女が知っていたという理由で殺されたのですからな」

ポアロは悲しげに言った。「わたしは夫人に警告したのですが」

スペンスはいらだたしげに言った。

「リリイ・ガンボール！　年齢から考えれば、二つの可能性がありますよ。レンデル夫人とカーペンター夫人です。ヘンダースンという娘は勘定に入りませんな――彼女の経歴ははっきりしているのですから」

「では、ほかの二人の女性のは、はっきりしていないというわけですか？」

スペンスは溜め息をついた。

「いまの時代がどういうものか、よくご存じでしょう。戦争がありとあらゆるものを混乱の中にたたきこんでしまったのです。リリイ・ガンボールがいた更生施設と、そこにあった書類など一切は、空襲で丸焼けになってしまったのです。物にかぎらず人間にしてもそうです。人間を調べるというのは、世の中で一番むずかしい仕事ですからね。ブローディニーを考えてみましょう。ブローディニーの住人の中で、私たちに素姓のわかっている人間といえば、三百年間住みつづけているサマーヘイズ家と工業会社のカーペンター家の一人のガイ・カーペンターぐらいのものではありませんか。のこりの人たちときたら――なんといったらいいか――まるで流動体みたいなものですよ。そりゃあ医師登録を見れば、ドクター・レンデルがどこの学校を出て、どこで開業しているかはかりますがね、しかし、故郷での経歴は、私たちにはわかっていないのですよ。彼の妻はダブリンの近くの出身です。イヴ・セルカーク、これはガイ・カーペンターと結婚する前の彼女の名前ですが、若くて美しい戦争未亡人でした。しかし、だれだって戦争未亡人になるぐらいいわけはありませんからな。ウェザビイ家にしたってそうです。まるで世界中を漂泊しているといった感じです。いったいなぜなのか？　銀行強盗でもやったというのでしょうか、それともスキャンダルを巻き起こしたのか。私はなにも人の調査ができないと言っているのではありませんよ、ただそれをするのには、時間がかかるというのです。調査される側の人たちは、協力してくれませんからね」

「というのは、みんな脛に疵《きず》を持っているからなのですね――といって、なにも人殺しとはかぎらない」とポアロが言った。

「そのとおり。それが法律上のいざこざのためかもしれないし、いやしい生まれのせいということもあるし、ありきたりのスキャンダルかもしれないのです。ですけど、それがどの理由からだろうと、隠すのに一生懸命ですからね——調査が困難になるのも無理はないのです」

「しかし、不可能だということはありますまい」

「むろん、不可能ではありませんよ。ただ、時間がかかってしまうのです。いまも言いましたように、もしリリイ・ガンボールがブローディニーに住んでいるとするなら、イヴ・カーペンターかシーラ・レンデルか、そのどちらかですよ。私は、この二人を尋問したのです——これは当然やるべき仕事ですからね。その結果、二人とも、たった一人で家にいたというのですよ。カーペンター夫人は純真で無邪気な人ですが、レンデル夫人はいかにも神経質そうな人です。もっとも神経質なタイプだからといって、疑うわけにいきませんが」

「そうですね」とポアロが考え深げに言った。「彼女は神経質なタイプです」

ポアロは、あのロング・メドウズで会ったときのレンデル夫人の様子を思い浮かべた。レンデル夫人は、匿名の手紙を受けとっていた、いや、受けとったと言っていた。前にもそれが気がかりだったのだが、いまもそのことが思い出されてきたのだ。

スペンスはつづけた。

「それに、私たちは慎重にかからなければならないのです。たとえそのうちの一人が犯人だとしても、もう一人の婦人は潔白なのですからな」

「おまけに、ガイ・カーペンターは議員に立候補しているのですし、地方の有力者ですからね」

「しかし、そんなものはなんの役にも立ちませんよ、もし彼が犯人か、その共犯だということになればですね」スペンスはニヤリと歯をむき出して笑いながら言った。

「それはそうですとも。しかし、あなたに確信があるのですか？」

「むろんです。なんといっても、問題の鍵がこの二人の婦人にあるということは、あなただって否定はなさらないでしょうな」

ポアロは溜め息をついた。

「いやいや、わたしにはとてもそうは言いきれませんね。ほかにも、まだ可能性がありますからね」

「と、おっしゃると？」

ポアロは、ほんのちょっと黙りこんだ、それから思いがけない、のんびりした口調で言った。

「どうして人は、写真なんかをしまっておくのでしょうね？」

「どうしてって、そんなことは知りませんよ！　どうして人は、いろんなものを大事そうにしまいこんでおくのか、ガラクタやくず同然なものを。ただ、そうしたいからそうしているだけじゃありませんか！」

「その点についてはわたしも同感ですな。ある人たちはものを大切にとっておく、またある人たちは、いらなくなり次第、投げ捨ててしまう。そうです、つまり性格の問題ですな。しかしですよ、わたしはいま、とくに写真のことをお話ししているのです。なぜ人は、とくにですね、写真だけをしまっておくのです？」

「いま言ったように、ただ捨てないからですよ、それとも、なにかの思い出が――」

ポアロはその言葉をとらえた。

「そうです。思い出があるからなのですよ。いいですか、また質問をしますよ、なぜです？　なぜひとりの女性が、自分の若いときの写真をしまっておくのですか？　その答えの第一は、虚栄心からです。彼女は、かつてきれいな娘だった、それで若いときの自分の美しさを思い出すために、自分の写真をしまっておくのです。鏡が彼女の年齢を知らせるころに、その写真が彼女を勇気づけてくれるという段取りです。ま、彼女はこんな調子で友だちに言うことでしょう、〝この写真、あたしが十八のときのよ……〟そしてかすかに溜め息をつくのです……そうではありませんか？」

「そう、そうですな、たしかにそういうものでしょうね」

「ですから第一の理由として虚栄心をあげてみたのです。さて二番目の理由は感傷ですね」

「それは同じものじゃないでしょうか？」

「ちがいます、かなり別のものです。つまり感傷というものは、自分一人だけの写真ではなくて、他のだれかの写真もしまっておきたがるものなのです。たとえばお嫁に行ったあなたのお嬢さんの写真など――ヴェールをまとって敷物の上に腰かけている子供のときの写真などね」

「そんな写真がありましたよ」スペンスがにやりと笑った。

「どうもこういう写真は、子供には有難迷惑なんですが、母親というものは、こういうことが好きでしてね。それに息子や娘たちも、母親の写真を必ずといっていいくらい、しまっておくものですよ、とりわけ、母親が若くして死んだときなどはね、〝あたしのお母さんの娘時代の写真よ〟と言ったりしてね」

「あなたのおっしゃりたいことが、だんだん私にもわかってきましたよ、ポアロさん」

「それからもう一つ、まだ考えられる理由があるのです。虚栄心でも感傷でも愛情でもないもの――つまり憎しみとでもいいますかな」

「憎悪？」

「そうです、復讐の念を燃やしつづけるためにね。なに者かがあなたを傷つけたとする、するとあなたはその復讐をいつまでも忘れないように、その人間の写真をしまっておく、どうですか？」

「しかし、それはこの事件には当てはまりませんよ」

「どうしてです？」

「じゃ、あなたはどういうふうにお考えになっているのですか？」

ポアロはつぶやくように言った。

「新聞記事というのは、不正確なことがよくあるのですよ。《日曜の友》紙は、エヴァ・ケインが保母兼家庭教師として、クレイグ家に雇われたとありますが、これは事実でしたか？」

「ええ、それはたしかです。しかしですね、私たちはリリイ・ガンボールが犯人だという推定のもとに、捜査しているのですがね」

と、突然、ポアロは椅子にまっすぐからだを起こすと、まるで命令でもするかのように、その人さし指をスペンスに向けてふりたてた。

「さあ、リリイ・ガンボールの写真をよく見てごらんなさい。彼女は美人ではありません。正直なところ、この歯並び、この眼鏡、たいへん醜いと言ってもいいくらいです。いったい誰が、わたしが申しました第一の理由で、この写真をしまっておくでしょう。虚栄心のために、こんな写真をしまっておくような女性は一人もおりますまい。もしイヴ・カーペンターかシーラ・レンデルが、二人とも美人ですが、とりわけイヴ・カーペンターはきれいですよ、この写真を撮っていたとしたら、人に見られたくないために、すぐさま細かくちぎって捨ててしまっているはずです！」

「なるほど、たしかに一理ありますね」

「これで第一の理由は片づきました。さて、第二の理由、感傷をとりあげてみましょう。あの年ごろのリリイ・ガンボールを愛したような人間がいるでしょうか？　リリイ・ガンボールには、愛してくれた者などいなかったのです。これが彼女の特質です。だれからも愛されず、可愛がられなかった子供。それでも彼女をいちばん愛していたのは伯母さんでしたが、彼女は肉切り包丁で殺されてしまったのです。ですからこの写真をしまっておいたとしても、それは感傷ということにはならないのです。それでは復讐でしょうか？　だれ一人、彼女を憎んでいる者はおりませんでした。殺された伯母は、夫もなく親しい友人もいない、孤独な婦人でした。このスラム街の子供をあわれには思っても、憎んだ者はいなかったはずです」

「ちょっと待ってください、ポアロさん、それでは、だれも、このリリイ・ガンボールの写真をしまっておくような人はいないのだ、とおっしゃるのですね」

「そのとおりです、わたしの推理の結果は、そうなりますね」

「しかし、誰かいるはずです。なにしろアップワード夫人がその写真を見たのですからね」

「彼女は見たのでしょうか?」

「冗談じゃない、そう言ったのはあなたじゃありませんか。夫人が自分でそう言ったのでしょう」

「そうです、夫人はそう言いましたよ」とポアロは言った。「しかし、殺される直前の夫人は、秘密を愉しんでいたのです。彼女は自分だけの力でうまくやってゆこうと考えていたのですよ。わたしは四枚の写真を彼女に見せました。夫人はその中の一枚に見覚えがありました。しかし、なんらかの理由で、夫人は、自分が知っている写真を他人に知られたくなかったのです。夫人は、自分自身で考えた方法で、問題を解決してゆきたかったのですな。それで、機転のきく彼女のことですから、わざとちがった写真を指したのですよ。こうして、自分が知っていることを秘密にすることができたのです」

「でも、いったいどうして？」

「つまり、たった一人で探偵ごっこがしたかったのですよ」

「それではゆすりでもやろうとしたのですか？　ご存じのように、夫人はたいへんなお金持ちです。北部イングランドの工場主の未亡人ですからね」

「いやいや、ゆすりではありませんよ。いわば慈善に似たようなものですね。夫人は、問題の人をたいへん好いていたといってもいいでしょう。それで、その秘密を公けにしたくはなかったのです。しかし、そうはいっても、彼女には好奇心がありました。それで、その人間と、プライベートに話し合ってみたくなったのです。そして、話し合っているうちに、その人間がマギンティ夫人の死に、関係があるかどうかを、たしかめてみたかったのでしょう。ま、そんなところですね」

「では、ほかの三枚の写真の中にあるというのですね？」

「そのとおりです。アップワード夫人は、まず第一に、その問題の人間と会う機会をうかがっていました。そして、息子のロビンとオリヴァ夫人がカレンキーの劇場へ出かけて行ったとき、その機会がやって来たのです」

「それで、夫人はデアドリイ・ヘンダースンに電話をかけました。というのは、デアドドリイ・ヘンダースンが、その写真に関係あるということになりますね、そして彼女の母親も！」

スペンス警視はポアロにむかって、悲しそうに頭をふってみせた。

「ねえ、ポアロさん、あなたは問題をむずかしくするのがお好きなんですね？」と彼は言った。

第二十一章

ウェザビイ夫人は、日ごろから病人といわれているくせに、おどろくほど元気な足どりで郵便局から帰ってきた。

しかし、玄関に入ったとたん、また弱々しく足をひきずって、客間に入るとソファーの上にくずれるように坐った。

すぐ手の届くところにあるベルを、夫人は鳴らした。

だれも来る気配がないので彼女はまたベルを鳴らしたが、こんどはしばらくのあいだ、手を離さなかった。

やがてモード・ウイリアムズが現われた。彼女は花模様のついた上っぱりを着て、手にははたきをもっていた。

「お呼びになりまして、奥さま？」

「二回も鳴らしたのよ。ベルを鳴らしたら、すぐ来てくださいな。ほんとにひどく具合が悪いのかもしれないのだから」

「申しわけございません、あたし、二階におりましたものですから」

「あんたが二階にいたのは知ってますよ。わたしの部屋にいたんでしょ。この部屋の真上ですもの、物音がするからわかるわ。たんすの引き出しを開けたり閉めたりする音もきこえましたよ。なぜ、そんなことをするの、わたしの持ち物をのぞいたりするのは、あんたの役目じゃありませんからね」

「あたし、のぞいたりなんか、いたしませんわ。奥さまが散らかしたままになさっているのを、片づけていたところですの」

「どうかしら。あんたたちときたら、ほんとに嗅ぎまわるのが好きなんだから。わたし、なんだか気分がよくないんですよ。デアドリイは家にいるの？」

「犬を散歩につれていらっしゃいましたわ」

「まあしょうがないわね。用があるのを、ちゃんと知ってるくせに。わたしにね、ミルクのなかに卵を入れてよくかき混ぜたものに、ちょっとブランディをたらして持って来てくださいな。ブランディは食堂の棚の上にあるからね」

「あの、卵は、明日の朝食用に三つしかございませんけど」

「それだったら、明日、一人だけ食べなきゃいいんですよ。さ、急いでおくれ、そんなところにぼんやり立っていないで。それにあんたの服装は、けばけばしすぎますよ。ふさわしくありませんね」

玄関で犬の鳴き声がすると、デアドリイと愛犬のシーリアム・テリアがモードと入れちがいに部屋に入って来た。

「お母さんの怒ってらっしゃるのがきこえたわ」ハアハア息をきらしながら、デアドリイが言った。「いったい、なんておっしゃっていたの？」

「べつに」

「だって、あの娘、ふくれた顔をしていたわ」

「ただね、自分の立場というものをわきまえさせただけだよ、ほんとにあつかましい娘だからね」

「まあ、お母さんたら、後生だから怒らないで。お手伝いさんなんて、なかなか見つからないのよ。それにあのひと、お料理は上手なんですもの」

「あの娘にわたしがなめられているというのが、そんなに重要なことじゃないと言うんだね。ああ、そう、おまえとなんか、もう一緒にいられないよ」ウェザビイ夫人は目をつむると、ゼイゼイ言いながら息をはいた。「遠くまで歩きすぎたようだね」と夫人はつぶやいた。

「外出なんかなさっちゃだめじゃないの、お母さん。どうしてあたしに黙って、出てらしたの？」

「外の空気がからだにいいと思ったからだよ。ちょっと息苦しいね。なあに、かまやしないさ、人に迷惑をかけるくらいなら、死んでしまったほうがましだもの」

「そんなことないわよ、お母さんなしではあたしだって生きていられないわ」

「おまえはほんとにいい娘だよ、でもね、どんなにおまえがわたしのためにからだや神経をくたくたにしているか、それがわかっているとね」

「そんなことないわ、そんなことあるもんですか」デアドリイははげしく否定した。

ウェザビイ夫人は溜め息をつくと、目をつむった。

「わたし、疲れて、もう喋れない」と夫人はささやくように言った。「このまま、静かに横になっていたいよ」

「モードに、卵酒《エッグ・ノッグ》を催促してくるわ」

デアドリイは、その部屋から小走りに出て行った。あまり急いだので、彼女の肘がテーブルにぶつかって、ブロンズの神像が音をたてて床に落ちた。

「まあ、なんて騒々しいんだろうね」ウェザビイ夫人はからだを縮めながら、こぼした。

ドアが開いて、ウェザビイ氏が入って来た。彼は、ほんのしばらく、黙ったままたたずんでいた。夫人が目を開けた。

「まあ、あなたでしたの、ロジャー？」

「いったい、いまの騒ぎはなんだね？　この家ではろくろく静かに本も読めないよ」

「デアドリイがいけないんですよ、あなた。犬をつれてここに入って来ましたの」

ウェザビイ氏は話をやめると、床からブロンズの像を拾いあげた。

「もうデアドリイだって、ものを壊したりする年ごろじゃないだろうに」

「あの娘は不器用なんですの」

「あの歳で不器用だなんて、笑われるよ。犬を静かにしておくことも、あれにはできないのかね」

「よく言って聞かせますよ、ロジャー」

「この家に住んでいたいのなら、私たちの気持ちもすこしはわかってもらわなくてはね。それに、まるで自分の家のような気でいられてはやりきれんよ」

「あなたは、あの娘に出て行ってもらいたいのね」とウェザビイ夫人はつぶやいた。眼は半ば閉じられていたものの、夫をじっと見つめていた。

「そんなことはないさ、むろんないよ。当然、あの娘の住むところは、私たちと一緒じゃないか。ただね、もうすこし、常識と行儀作法ぐらいは気をつけてもらいたいだけなのさ」それから彼は言い足した。「おまえ、外出していたのかね、エディス？」

「ええ、郵便局まで行ってきたんですよ」

「あのかわいそうなアップワード夫人について、なにか新しいニュースはなかったかね？」

「警察では、まだ犯人がわからないそうですわ」

「どうも警察ときたら、まったく頼りないな。殺人の動機はなんだろう？　遺産の相続人はだれなのかね？」

「きっと息子さんでしょ」

「そう、そうだろうな。きっと下手人は、ここいらの浮浪者というところだよ。おまえ、あの手伝いの娘《こ》に、玄関の戸締まりは厳重にするように、よく言いつけておくれ。夕方近くなったら、チェーンをかけたまま、ドアを開けるようにね。近ごろの浮浪者ときたら、大胆で残忍なのだから」

「でも、アップワード夫人のところでは、なに一つ盗られた形跡はありませんのよ」

「変だね」

「マギンティ夫人の場合とちがいますわね」とウェザビイ夫人が言った。

「マギンティ夫人？ ああ、あの掃除婦の。いったい、マギンティ夫人とアップワード夫人と、なんの関係があるというのだね？」

「あの人は、アップワード夫人のお宅へも働きに行っていたのよ、ロジャー」

「なにをばかなこと言ってるんだね、エディス」

ウェザビイ夫人はまた眼を閉じた。そして、ウェザビイ氏が部屋から出て行くと、彼女は笑いをもらした。

それから、また眼を開くと、モードがグラスを手にして、いつのまにか立っているのに気がついてはっとした。

「卵《エッグ・ノッグ》酒をお持ちしましたわ、奥さま」とモードが言った。彼女の声は大きく、はっきりしていた。まるで死んだように静まりかえっている家に、その声は大きく鳴りひびいた。

ウェザビイ夫人は、なんともいいようのないおどろきに打たれて、彼女を見上げた。下から見ると、モードはまるでそびえるように直立していた。彼女はウェザビイ夫人の前に、まるで〝不吉な運命の象徴のように〟立ちはだかっているのだ。ウェザビイ夫人は胸のなかでつぶやいた――そして、よりによって、どうしてこんな言葉が浮かんできたのか、彼女には不思議でならなかった。

夫人は肘を使って身体を起こすと、卵《エッグ》・酒《ノッグ》を受けとった。

「ありがとう、モード」

モードは身をひる返すと、部屋から出て行った。

ウェザビイ夫人の心には、まだ、ぼんやりとしたおどろきの感情が残っていた。

第二十二章

1

エルキュール・ポアロはハイヤーに乗って、ブローディニーに帰って来た。

彼は考えてばかりいたので、すっかり疲れてしまっていた。考えるということは、体力を消耗するものだ。しかも、彼の推理は、とても満足するところまでいっていなかった。推理というのは、さまざまな事実の断片をつなぎあわすことによって、はっきりと眼に映ってくる模様のようなものなのだ。その材料となるべき事実の断片を手に持ってはいるのだが、その模様がどんなふうにできあがってくるのか、ポアロには見当がつかないのである。

しかし、なにもかも材料は揃っているのだ。事件の主眼ははっきりしている。そう、材料はみなそろっている。ただ、この事件は、なかなか組み合わせることのできない、単色で、あまりにも精妙にできている模様なのだ。

ポアロの車が、キルチェスターを出たばかりのところを走って来たサマーヘイズのステイション・ワゴンとすれちがった。ジョニイが運転していて、ほかに、だれかひとり乗っていたが、ポアロの目には入らなかった。彼はまだ、思索の虜になっていたのだ。

ポアロは、ロング・メドウズに着くと、客間に入って行った。いちばん坐り心地のいい椅子から、その上にある、ホウレン草のいっぱい入っている水切りボウルをどかすと、そこに腰をおろした。頭の上のほうから、かすかにタイプライターを打つ音がきこえてくる。劇作に苦心している、ロビン・アップワードだ。もう三回も書きなおしたと、彼はポアロに言っていた。とにかく、彼の頭は芝居に集中することができないのだ。

たしかにロビンにとって、母親の死は大きな打撃だったにちがいない。しかし、ロビンは、それに負けず自分の仕事に精を出しているのだ。

「母《マドレ》も、私が自分の仕事をつづけることを望んでいるにちがいありませんからね」と彼は厳粛な顔つきで言ったものだ。

これまでにエルキュール・ポアロは、これとおなじような言葉を、ずいぶんきいてきた。この、きっと死んだ人が望んでいるのだからという言葉ぐらい、便利な想定はないものだ。遺族は、死んだ人の気持ちというものに、なんの疑いも持たないで、自分の都合のいいほうに解釈するのがつねなのだ。

ロビンの場合は、ほんとに母親はそう願っているかもしれない。アップワード夫人は、ロビンの仕事を心から信頼していたし、またたいへんな誇りにも思っていたのだから。

ポアロは椅子の背によりかかると、眼を閉じた。

彼はアップワード夫人のことを考えていた。いったい、あのアップワード夫人というひとは、ほんとうはどんなひとだったのだろうか？　彼は、かつてきいたことのある、巡査が使った言葉を思い出した。

「奴をバラバラに分解して、いったいなにが奴にチクタク言わせるのか、見てやろうじゃないか」

あのアップワード夫人に、チクタク言わせたものは、いったいなんだったのか？

ガチャンという、とてつもない音がしたかと思うと、モーリン・サマーヘイズがとびこんできた。彼女の髪の毛ときたら、まるで狂人のように乱れていた。

「ジョニイになにかあったのでしょうか、特別の注文があったものですから、郵便局へ行ったんですけど。もう、とっくに帰って来なくちゃいけないんですわ。あたし、鶏小屋の戸をなおしてもらおうと思っているんですの」

ポアロは思わず尻込みした。真のジェントルマンだったら、よろこんで鶏小屋のドアの修理をご亭主に代わって引き受けるところだろう。彼はあえて申し出なかった。二つの殺人事件やアップワード夫人の性格のことを、もっと考えていたかったからだ。「それから農林省の公報が見つからないんですのよ」とモーリンがつづけた。「いろんなところ、探してみたんですけど」

「ホウレン草なら、ソファーの上にありますよ」ポアロは気をきかして言った。モーリンは、ホウレン草のことなど、眼中になかった。

「公報は先週来たんですの」彼女は考えこみながら言った。「どこかに、きっとつっこんでしまったんだわ。そうだ、きっと、ジョニイのセーターを繕っていたときだわ」

彼女はたんすの前に駆けよると、引き出しという引き出しを開けはじめた。そして、中に入っているものを、みんなといっていいくらい、床の上にぶちまけた。ポアロには、とてもそばで見ていられなかった。

突然、彼女は絶叫した。

「あったわ！」

すっかりうれしくなって、彼女は部屋からとび出して行った。

エルキュール・ポアロは溜め息をつくと、また考えごとに没頭した。

秩序立てて、綿密にきちんと整理していくことだ――

と、彼は眉をひそめた。たんすの引き出しから、だらしなく床の上に放り出されている中身の山が、彼の思索をかき乱したのだ。なんというものの探し方だ！

秩序と方法、これが問題を解く鍵なんだ！　そう、秩序と方法。

彼は椅子の中で、からだを横にむけてみたが、どうしてもまだ、床の上の乱雑ぶりが眼に入ってくるのだ。繕い物、靴下の山、手紙、編みかけの毛糸、雑誌類、封印用の蠟、写真、それにセーター……

まったく我慢のならない散らかし方だ！

ポアロは椅子から立ち上がると、たんすのほうに歩みよって、てきぱきと手際よく、開けっ放しになっている引き出しの中に、中身をつめはじめた。セーター、靴下、毛糸。つぎの引き出しに、封印用の蠟、写真、手紙――

電話が鳴った。

甲高いベルの音が、彼をハッとさせた。

彼は電話のほうへ歩み寄ると、受話器をとりあげた。

「もし、もし」と彼は言った。

スペンス警視の声だった。

「あ、あなたですか、ポアロさん、ちょうどよかった」

とてもスペンスの声だとは思えないくらい、元気な声だった。事件のために頭を痛めていた男が、一挙に好転して、すっかり自信をとりもどしたような声だった。

「まちがった写真のおかげで、よけいな回り道をしていましたよ」まるでわざと非難しているような口調で言った。「新しい証拠があがったのです。ブローディニーの郵便局に勤めている娘を、サマーヘイズ少佐がいまこちらへつれて来たんですがね。話によると、この娘はあの晩、アップワード夫人の家の道路の向こう側に立っていて、女がひとり、中に入って行くのを見とどけたというのですよ。八時半から九時までのあいだですがね。その女はデアドリイ・ヘンダースンではなかったと言っています。金髪の女です。やっぱり私たちは振り出しにもどりましたな。たしかにイヴ・カーペンターかシーラ・レンデルのどちらかですよ。残る問題は、二人のうち、どっちが犯人かということだけですね」

ポアロは口を開けたが、なにも言わなかった。そして、静かにそっと受話器をもどした。

彼は、まるで自分の眼の前になにかがあるような眼ざしで見つめたまま、じっとそこに立ちつくした。

電話がまた鳴り出した。

「もしもし、もしもし」とポアロ。

「ポアロさんをお願いしたいのですけど」

「わたしがエルキュール・ポアロです」

「やっぱりそうでしたのね、あたし、モード・ウイリアムズです。十五分ぐらいで、郵便局にいらっしゃれます？」

「まいりましょう」

彼は受話器をまたもどした。

彼は自分の靴を見下ろした。靴をかえていったほうがいいかな？　どうも、すこし足が痛い、いやよそう、たいしたことはない。

彼は気をとりなおすと、帽子を手につかんで、家を出た。

丘をくだっていく途中、ちょうど、ラバーナムズのアップワード夫人の家から出てきたスペンス警視の部下に、彼は声をかけられた。

「こんにちは、ポアロさん」

ポアロは丁寧に挨拶を返した。フレッチャー巡査部長は、なんだか興奮しているようだった。

「警視から、徹底的に洗えと言われてやって来ました」と彼は説明した。「どんな小さなものでも調べ上げろというわけです。むろん、もうなにからなにまで調べつくしたのですがね。警視は、秘密の引き出しでもあるかもしれないと、思いついたんですよ。なにかスパイものでも読んだんでしょうね。やっぱり、秘密の引き出しなんかありませんでしたよ。ですが、私は書籍類に気がついたのです。よく読んでいる本の中に、手紙を入れるようなことがありますからね」

「それで、なにか見つかったのですね？」とポアロは礼儀正しくたずねた。

「手紙みたいなものはなかったのですけどね、なかなか面白いものを発見しました。すくなくとも一見の価値ありと私は見てとったのですが、これなんです」

彼は新聞紙を広げると、古ぼけたぼろぼろの本を取り出した。

「本棚の一つにあったのです。数年前に発行された古本ですね。ですが、ここをごらんください」彼は、その本を開くと、見返しを見せた。そこには、イヴリン・ホープと、鉛筆で走り書きがしてあった。

「面白いじゃありませんか、いかがです？　例の名前ですよ、ほら——」

「エヴァ・ケインが英国を去ったときつけた名前ですね。おぼえてますよ」とポアロが言った。

「マギンティ夫人が、ブローディニーであの写真のなかの一枚を嗅ぎつけたわけですが、こんな本が出てくるところを見ると、どうやらそれはアップワード夫人のように思われますね。そうなると、事件はますます複雑になってきますな」

「ほんとにそうですね」ポアロは感情をこめて言った。「ま、帰ってスペンス警視に報告してごらんなさい、きっと自分の髪の毛を根っこから引っぱり抜きますよ、そうですとも、根っこからね」

「そんなひどいことにならないようにお願いしますよ」とフレッチャー巡査部長は言った。

ポアロはべつに返事をしなかった。彼は丘をくだっていった。もうなにも考えていなかった。考えてみたところで、どうしようもなかったのだ。

ポアロは郵便局に入って行った。編物の見本をながめながら、モード・ウイリアムズがそこに立っていた。ポアロは彼女に話しかけなかった。彼は切手売場へ行った。モードが買い物を済ませると、そのお相手をしていたスイーティマン夫人がポアロのほうへやって来た。彼は切手を何枚か買った。モードは郵便局を出て行った。

スイーティマン夫人は、なにかに気をとられていて口数がすくなかったものだから、おかげでポアロはいちはやくモードのあとを追って、そこから出られた。彼はすぐに彼女に追いつくと、その横にならんだ。

スイーティマン夫人は郵便局の窓から外をながめながら、顔をしかめて吐き捨てるように言った。「ほんとに外国人ときたら！　みんなおなじだよ、まるでさかりのついた動物じゃないか、あの娘のおじいさんぐらいの歳なのにね！」

2

「ところで《エ・ビアン》」とポアロが言った。「なにかお話があるそうですね？」

「あたし、重要なことかどうかわかりませんけど、ウェザビイ夫人の部屋の窓から入ろうとした者がおりますの」

「いつです？」

「今朝ですわ。夫人は外出していて、お嬢さんも犬をつれて散歩に行っていたのです。あの冷凍魚みたいなおやじさんは、いつものように書斎に入りっぱなしでしたわ。あたしは、お台所におりましたの――お台所は書斎とおなじように、反対側にありますのよ――それで、誰もおりませんから、絶好のチャンスだと、あたし思いましたの、おわかりになって？」

ポアロはうなずいた。

「で、あたし、二階へ足を忍ばせて上がって行って、あの辛辣なおばあさんの寝室に入って行きましたの。そうしたらどうでしょ、窓に梯子がかかっていて、男が窓の掛金をはずそうとしているじゃありませんか。殺人事件以来、夫人ときたら、どこもかしこも鍵をかけておりますのよ。ですから新鮮な空気など、すこしも入ってまいりませんわ。男はあたしを見ると、あわてて梯子を駆けおりて、逃げて行ってしまいました。その梯子は庭師のもので——ツタを刈っていたんですけど、そのときはおやつに行っておりましたの」

「どんな男です？ 人相がわかりますか？」

「ただ、チラッと見ただけですの。あたしが窓のそばへ行ったときには、男は梯子からおりて、逃げ去ってしまったあとでした。それに、最初、その男を見たときは逆光だったものですから、顔がはっきりわかりませんでしたの」

「男だということはたしかなんですね」

モードは考えこんだ。

「男のような服装でしたわ——古ぼけたフェルトの帽子をかぶっていました。そうですわね、女性だということも考えられますわね、むろん……」

「面白い、いや、なかなか面白いですな。で、そのほかになにか？」とポアロはたずねた。

「いまのところ、べつにありませんわ。あのおばあさんときたら、ほんとに変なんですよ、今朝も、あたしの言うことに耳も貸さずに入ってくるなり、いきなり頭からガミガミ言うんですもの。こんどあんなことがあったら殺してやるわ。つぎは誰が殺されるかってきかれたら、あの女にちがいないって、言ってやるわ。まったくいやなばあさんですわ」

ポアロがささやくようにつぶやいた。

「イヴリン・ホープ……」

「なんですって?」彼女はギョッとしたらしかった。

「あなたはこの名前を知っていますね?」

「まあ……ええ、それはエヴァ・なんとかいう女がオーストラリアへ行くときに、変えた名前じゃありませんか。あの、新聞で——そう、《日曜の友》で読みましたわ」

「《日曜の友》にはいろんなことが出てましたね、しかし、この改名のことは書いてありませんよ。アップワード夫人の持っている本に、この名前が書きつけてあったのを、警察が見つけ出したのです」

モードが叫び出した。

「それじゃ彼女でしたのね——彼女はむこうで死なずに……マイケルの言ったことは、正しかったのだわ」

「マイケル？」

モードは、急に思い出したように言った。

「さ、もう行かなくちゃ。お昼の支度が遅れてしまいますもの。オーブンにお料理が入れっぱなしなの、ぐずぐずしていると、パリパリになってしまいますわ」

そういうと彼女は駆け出して行ってしまった。ポアロは立ったまま、彼女の後ろ姿を見送っていた。

郵便局の窓ガラスに鼻をくっつけたまま、スイーティマン夫人は、あの老いぼれの外国人がなにか気に障るようなことを言ったのじゃないかしらと思った。

3

ロング・メドウズにもどると、ポアロは靴をぬいで寝室用のスリッパにはき替えた。どうみてもシックじゃないし、ポアロにとって申し分ないというものでもなかった、しかしまあ、ないよりはましというところだ。

彼は安楽椅子にふたたび腰をおろすと、また思索に没頭しはじめた。いまや、考えることがたくさんでてきたのだ。

なにか見落としているものがあるのだ、ごくささいなものを。

模様を形作る材料はすっかり揃っているのだ、あとは組み合わせるだけなのだが。

モーリンが、グラスを手にして、うっとりとした声でしゃべっていた……オリヴァ夫人が、あの夜の劇場のことを説明してきかせて——セシル？ マイケル？ そうだ、たしかに夫人はマイケルとかいう男のことを口にしたじゃないか。エヴァ・ケイン、クレイグ家の保母兼家庭教師——

イヴリン・ホープ……

そうだ、イヴリン・ホープだ！

第二十三章

1

たいていの人が出入りしやすい窓やドアから遠慮なく入ってくるように、イヴ・カーペンターもサマーヘイズの家へスッと入ってきた。

彼女は、エルキュール・ポアロに用があってやって来たのだ。イヴはポアロを見つけると、いきなり用件を切り出した。

「ちょっといいかしら。あなたは探偵でしたわね、それも名探偵だそうね。あなたを雇いたいんですけど」

「わたしは雇われませんよ。マダム、わたしはタクシーではありませんからね」

「だって、あなたは私立探偵じゃありませんか。だから、報酬がいるんでしょ？」

「そういう習慣ですね」

「つまり、あたし、そのことを言ってますのよ。あなたに報酬を差し上げますわ。たっぷり差し上げますから」

「なんのためです？　いったい、なんのためにそうしたいとおっしゃるのです？」

イヴ・カーペンターははっきりと言った。

「警察から、あたしを守っていただきたいの。あの連中ときたら、まったく狂ってますわ。まるであたしがアップワード夫人を殺したとでも思っているのね。あたしのまわりにつきまとって、質問攻めなのよ――なにか手がかりでもつかめると思ってね。あたし、たまらないわ、精神的にまいってしまうわ」

ポアロは彼女を見つめた。彼女の言っているとおりだった。数週間前に、はじめて彼女に会ったときより、五、六年も老けて見えた。彼女の目の下の隈は、毎晩、眠れない証拠だ。彼女の口から顎にかけてしわが刻まれ、彼女の手は、煙草に火をつけるときなど、ブルブル震えていた。

「あなたに助けていただきたいの」と彼女は言った。「ほんとに助けていただきたいんです」

「マダム、わたしになにができます？」

「とにかく、あの連中を追っ払っていただきたいの。まったくいやな人たちよ！　ガイがもっと男らしかったら、あの連中にこんな真似は金輪際させておかないのに」

「じゃ、ご主人はなにもしてくれないのですか？」

彼女は無愛想に言った。

「あたし、彼にまだ話してないんです。あの人、警察の連中に、自分のできることなら、なんなりとお手伝いするからって、みえを切ったんですもの。あの人には、なんの心配もないですからね、あの晩も、あのゾッとしない演説会に出かけていたんですもの」

「で、あなたのほうは？」

「あたしはただ家におりましたの、ラジオを聴きながら」

「しかし、それが立証できれば——」

「どうして、このあたしに立証できて？　あたし、クロフト夫婦に法外なお金まであげて、あたしが、家にいるのを見たと言ってもらおうと思ったのです。ところが、あの恩知らずときたら、言うことをきいてくれないんですの」

「それは、まずいことをしたものですな」

「どうしてですの。そうすれば、なにもかもうまくゆくじゃありませんか」

「それじゃまるで、自分が犯人なんだと、使用人たちに思いこませたようなものですよ」

「でもとにかく——あたし、クロフトにはお金をやったんですよ——」

「なんのためにです？」

「なんでもありませんわ」

「いいですか、あなたは、わたしの助けがいるのではありませんか」

「その、べつにたいしたことじゃないんですの。ただ、クロフトが、彼女から伝言を受け取ったものですから」

「アップワード夫人からですね？」

「ええ。あの晩、あたしに夫人の家まで来てほしいという伝言ですわ」

「それで、あなたは行かなかったのですか？」

「どうしてあたしが行かなくちゃなりませんの。あんなよぼよぼのお婆さんなんかのところに。どうしてのこのこ行って、彼女の手を握ってあげなければいけないのかしら。あたし、一瞬だって行こうとは考えませんでしたわ」

「その伝言というのは、何時ごろ来たのです？」

「あたし、外出中でしたの。はっきりとはわかりませんけど、たしか五時から六時までのあいだですわ。クロフトが受けたんですの」

「で、あなたはクロフトにお金をやって、伝言を受け取ったことを口止めしたわけですね、また、なぜです？」

「わかりきったことじゃありませんか！　あたし、つまらない疑いなんか、かけられたくなかったんですよ」

「それから、クロフトにお金をあげるからといって、アリバイを頼んだというわけなのですね。クロフトと、その女房が、そのことをどんなふうにとるか、あなたは考えてみたのですか」

「あんな連中がどう思うかなんて、誰が気にかけるものですか！」

「しかし陪審員は気にかけますよ」とポアロは重々しく言った。

彼女は喰い入るようにポアロを見つめた。

「まさか、本気でおっしゃっているのじゃないでしょうね？」

「いや、本気ですよ」

「じゃ、陪審員は使用人たちの話は信じても、あたしの言うことなんか信じないというの？」

ポアロは彼女の顔をしげしげと見た。

なんと傲慢で愚かな！　わざわざ自分の味方になってくれる者を敵に回してしまうのだからな。目先のことしか見えないばかげた処世術というものだ、まったく目先のことしか――

かわいらしい、大きなブルーの眼。

ポアロは静かに言った。

「どうして眼鏡をおかけにならないのです、マダム？　眼鏡がいりますね」

「なんですって？　あ、眼鏡ですか、ときどきかけますわ。子供のときはずっとかけていましたの」

「それに義歯を入れていらっしゃいますな」

彼女は目を丸くした。

「ええ、入れてますけど、いったい全体、なんのことなんですの？」

「みにくいあひるの子が白鳥になりました？」

「たしかにあたし、とてもみにくかったんです」

「あなたのお母さんが、そう思っていたのですか？」

彼女は嚙みつくように言った。

「あたし、母のことなんて、おぼえていませんわ。いったい、あなたはなにを言ってらっしゃるの？　さ、あたしのために、お仕事していただけます？」

「残念ですが、お引き受けできませんな」

「それはまたなぜですの？」

「というのは、この事件で、わたしはジェイムズ・ベントリイのために働いているのです」

「ジェイムズ・ベントリイ？ ああ、あの、掃除婦を殺したまぬけのことね。でも、あの男がアップワード夫人の事件とどんな関係がありまして？」

「おそらく――ないでしょう」

「そう、じゃあ！ あなた、お金が問題なのね。いったい、いくら欲しいとおっしゃるの？」

「たいへんな心得ちがいですよ、マダム。あなたはなにもかも、お金で解決なさろうとする。あなたはお金を持っていらっしゃるから、なんでもお金で片がつくと思っているのです」

「あたしだって、いつもお金があったわけではないのです」とイヴ・カーペンターが言った。

「そうでしょうね」とポアロは言った。「わたしもそうだと思っていますよ」彼は静かにうなずいた。「その、いまのあなたの言葉は、たくさんのことを説明してくれるのです。たしかにある理由になるのです……」

2

イヴ・カーペンターは、やって来た時とおなじように、スッと出て行った。いつだったか、ポアロの前で近眼のためにまごまごしたように、いまも明るいのにちょっとつまずいたが。

ポアロは、そっとささやくように、つぶやいた。「イヴリン・ホープ……」

では、アップワード夫人はデアドリイ・ヘンダースンとイヴ・カーペンターの二人に電話をかけたのだ。とすると、ほかの者にも電話をかけたのではあるまいか、たぶん——

——

バタンと音を立てて、モーリンがとびこんで来た。

「こんどはあたしの鋏なんですの。お昼が遅れてすみませんわね。三つ、持っているんですけど、その一つが見つからないんですの」

彼女はたんすに駆けよると、もうポアロにもすっかりおなじみのやり方で、乱暴に探しはじめた。だが、こんどはすぐ見つかって、喜びの声を張り上げると、部屋からとび出して行った。

自動的といってもいいくらいに、ポアロはたんすのところへ行くと、また散らかっている品物を引き出しの中にもどしはじめた。封印用の蠟、帳面、裁縫かご、写真——写真……

ポアロは立ったまま、自分の手の中にある写真を見つめていた。

廊下のほうからバタバタいう足音がきこえてきた。

ポアロは歳の割に、すばやくからだを動かした。彼は写真をソファーの上に落とすと、クッションをかぶせた。そして、その上に坐りこむと同時に、モーリンがまた入ってきた。

「あの、ホウレン草の入っている水切りボウル、どこに置いたかしら——」

「そこにありますよ、マダム」

彼は、ソファーの上の自分のそばに置いてある水切りボウルを指さした。

「そうそう、あたし、ここに置いたんだっけ」彼女はそれをひっつかんだ。「今日という日は、なにからなにまで手まわしが悪くなってしまって……」

彼女は、まるで棒をのんだみたいに上半身を硬直させて坐っているエルキュール・ポアロをジロッと見た。

「ま、なんだって、そんなところに坐っていらっしゃいますの？　それにクッションなんか敷いて。それもいちばん坐り心地のわるい場所ですわ。スプリングがみんな駄目になっていますの」

「そのとおりですがね、マダム。でも、あの壁にかかっている絵を観ていたところなんです」

　モーリンは、望遠鏡を手にした海軍士官の油絵に視線をむけた。

「これですのね、いい絵ですわ。この家に残っている唯一の貴重品ですの。たしかゲインズボロの作だったと思いますけど」彼女は溜め息をついた。「ジョニイも、これだけは売りたくないんでしょう。なんでも四、五代前の曾祖父の肖像なんですって、軍艦に乗って、華々しく戦ったとか言っておりましたわ。ジョニイはたいへん誇りにしているんですの」

「そうでしょうとも」とポアロは穏やかに言った。「たしかにご主人は誇るべきなにものかをお持ちの方ですな」

3

ポアロがドクター・レンデルの家に着いたのは、午後の三時だった。兎のシチューと、ホウレン草と、コチコチのジャガイモと、なんともいえない奇妙な味のする、プディングを食べてきたところだった。こんどは焦げてはいなかったが、その代わり、「水が多すぎましたの」と、モーリンに言い訳をされた代物だった。そのうえ、まるで泥水みたいなコーヒーを、カップに半分も飲まされたのだ。どうも気分がよくなかった。

年寄りの家政婦のスコット夫人が、玄関のドアを開けた。レンデル夫人にお会いしたいと、ポアロは彼女に告げた。

夫人は客間でラジオを聴いていたのだが、ポアロの来訪を告げられると、びっくりしたようだった。

ポアロは、はじめて彼女に会ったときと同じ印象を、今日も受けた。彼女は用心深く身構えて、ポアロを、あるいはポアロの背後にあるものを恐れている。

夫人は、このまえ会ったときよりも、いっそう青白く、また陰気になっているように見受けられた。それにさらにやせてしまったのが、ポアロにははっきり感じられた。

「おたずねしたいことがあるものですから、マダム」

「まあ、おたずねになりたいことですって？　はあ、どうぞ」

たか?」

「アップワード夫人は、彼女がお亡くなりになった当日、あなたにお電話しませんでしたか?」

彼女はポアロの顔を見つめていた。そしてうなずいた。

「何時ごろですか?」

「スコット夫人が電話を受けましたの。六時ごろだと存じますわ」

「どんなお電話でした? あなたに、あの晩、来てほしいという電話ですか」

「はあ、なんですか、オリヴァ夫人とロビンがキルチェスターへ行ってしまって、それにジャネットも夜はいなくなってしまうので、夫人ひとりになってしまうから、あたくしに来て、話し相手になってくれないかという電話でしたの」

「時間のことは、なにか言ってましたか?」

「九時か、それ以降ということでしたわ」

「で、あなたはお出かけになりました?」

「はあ、行こうと思っておりましたの。ほんとうに、その気でいたんですけど、ところがどうしたものか、あたくし、その晩、お夕食を済ませると急に眠くなってしまって、目を覚ましたときは、もう十時をすぎておりました。それで、これではもう遅すぎると思いまして」

「アップワード夫人の電話のことを、警察にお話しになりませんでしたね？」

夫人の眼は大きく見開かれた。その眼は、まるで無邪気な子供のようだった。

「まあ、お話ししなきゃいけませんでしたかしら？　あたくし行かなかったのですから、そんな必要はないと思っていたんですの。それに、いくらか気遅れがしていたせいですわ。もしあたくしが伺っていたら、夫人は無事だったかもしれませんものね」そういうと、彼女は突然息を呑んだ。「ああ、どうしましょう、もしそうだったら」

「いや大丈夫ですよ、あなたのせいではありませんとも」ポアロが言った。

彼はしばらく黙っていたが、やがて口を開いた。

「あなたは、なにをそんなに恐れていらっしゃるのです、マダム？」

夫人はまた、はげしく息を呑んだ。

「恐れている？　あたくし、なにも恐れてなんかおりませんわ」

「いいや、恐れていますよ」

「まあ、なにをおっしゃいますの。どうしてあなた、そんなことを——」

ポアロは、ふたたびしゃべりだす前に、すこしだけ間をおいた。

「あなたの恐れているのは、このわたしかもしれません……」

夫人は答えなかった。しかし、彼女の眼は大きく見開かれた。それからゆっくりと、まるで反抗するように彼女は頭をふってみせた。

第二十四章

1

「これでは気が変になりそうですよ」とスペンス警視が言った。

「それほどのことじゃありませんよ」とポアロが涼しい顔をして言った。

「よく平気でいられますな。入ってくる情報はどんな些細なものでも、問題をますますむずかしくするばかりなんですからね。いまも、あなたは、アップワード夫人が三人の女性に電話をかけたとおっしゃったではありませんか。あの晩、来てもらうためにです。なぜ三人呼んだのか？　夫人は、自分でも三人のうちどれがリリイ・ガンボールかわからなかったのですか？　それとも、リリイ・ガンボールなどに全然関係がなかったのか？　イヴリン・ホープと走り書きのある、あの書物を考えてみましょう。すると、アップワード夫人とエヴァ・ケインとが同一人物だということになりますな」

「それは、ジェイムズ・ベントリイが、マギンティ夫人からきいたという話とぴったり合いますね」

「しかし、ジェイムズ・ベントリイの記憶はあやふやじゃありませんか」

「そう、たしかにあやふやです。あの男にとって、どんなことでもはっきりさせるということは不可能ですからな。たしかに、彼はマギンティ夫人の喋っていることを、ちゃんと聴いてはいませんでしたよ。しかしですね、マギンティ夫人がアップワード夫人のことを話していたような気がするという印象を、ジェイムズ・ベントリイが持っていたとしたら、それもやっぱり、大いに信じられることじゃありませんか。印象というものは、正しい場合がずいぶんあるものです」

「オーストラリアからのいちばん新しい報告によりますと（彼女が旅立ったのはアメリカではなくてオーストラリアだったのです）、そのホープ夫人という女性は、二十年前に、そこで死んでいるというような話なのですが」

「その話は、すでにきいておりますよ」とポアロ。

「あなたは、なんでも知っていらっしゃるのですな、ポアロさん」

ポアロは、その皮肉を気にもとめずに言った。

「一方には、オーストラリアで死亡した〝ホープ夫人〟。さて、もう一方には？」

「もう一方には、北イングランドの富裕な工場主の未亡人、アップワード夫人がいます。

リーズの近くで、彼女は夫と暮らしていましたが、息子が一人あります。その息子が生まれるとすぐ、夫は死亡しました。息子に結核の心配があったものですから、それに夫が死んだので、彼女はほとんど外国でばかり生活していました」

「この夫妻はいつごろから一緒になったのですか？」

「エヴァ・ケインが英国を去った四年あとからです。夫のアップワードは外国で夫人と知り合い、結婚して自分の故郷へ帰ってきたのです」

「それでは、アップワード夫人がエヴァ・ケインであることも考えられるわけですな。夫人の結婚前の名前は？」

「ハーグレイブズだったと思います。でも、名前がどうしたのですか？」

「ここが問題ですな。エヴァ・ケイン、もしくはイヴリン・ホープは、オーストラリアで死んでいるかもしれない——しかし、死亡を装って、ハーグレイブズと名前を換えて、大金持ちと結婚したのかもわかりませんね」

「なにしろ古い昔のことですからね」とスペンスが言った。「でも、充分ありうることですな。夫人が若いころの写真をしまっておいて、マギンティ夫人がそれを見たということも想像できますし、そのためにマギンティ夫人を殺したと仮定することだってできますからな」

「そうです、ありうることですよ。ロビン・アップワードは、あの晩、放送局へ行っていた。レンデル夫人の言によると、あの晩、夫人の家を訪ねてみると、誰もいない様子だったと言っていたじゃありませんか。また、スイーティマン夫人の話だと、ジャネット・グルームは彼女に、夫人は口で言っているほど足腰が不自由じゃないと、言ったそうですからね」

「それはよくわかりましたよ、ポアロさん、しかし、そのアップワード夫人自身が殺されたという事実はいったいどうなるのです。それも、写真を見分けてからですよ。さあ、あなたは、二つの事件には、なんの関係もないとでもおっしゃるつもりですか」

「いやいや、とんでもありません。二つとも、はっきりした関係がありますよ」

「私はもう諦めます」

「イヴリン・ホープ、これが問題を解く鍵です」

「イヴリン・カーペンター？　あなたはそう考えているのですね？　リリイ・ガンボールではなくて、エヴァ・ケインの娘！　しかしですよ、いったい娘が自分の母親を殺すものですかね」

「いやいや、これは母親殺しではないのです」

「あなたという人は、じつにいらいらさせますな、ポアロさん。こんどは、エヴァ・ケインも、リリイ・ガンボールも、ジャニス・コートランドも、ヴェラ・ブレイクも、みんなブローディニーに住んでいるなんて、言い出すのではありませんか。四人の容疑者全員がね」

「いや、容疑者は四人ではききませんよ。エヴァ・ケインはクレイグ家の保母兼家庭教師でしたね」

「それがどうしたというのです?」

「保母のいるところ、かならず子供ありですよ——少なくとも一人の子供はね。クレイグ家の子供は、いったいどうなったのでしょう?」

「娘が一人、男の子が一人あったと思います。二人とも親戚に引き取られましたよ」

「それでは、いまの四人に、あと二人入れておかなければなりませんよ。わたしが説明した第三の理由から、写真をしまっておいたかもわからない二人の人間をね——つまり復讐です」

「私には信じられませんな」とスペンス警視が言った。

ポアロは溜め息をもらした。

「考えに入れておかなければなりませんよ、全部ね。わたしには、真相がわかってきたようですよ——ただ一つ、わたしを悩ましている問題があるが」

「あなたを悩ますものがあるなんて、私はうれしいですよ」とスペンスが言った。

「一つだけ、わたしに確認させてくださいよ、スペンス警視。エヴァ・ケインは、クレイグが処刑される前に英国を去ったのですね？」

「そのとおりです」

「そして、そのとき、彼女は子供を身ごもっておりましたね」

「そのとおりです」

「ああ、わたしはなんてばかだったのでしょう」とエルキュール・ポアロは言った。

「事件全体はきわめて単純なものだったのですよ、そうでしょう？」

第三の殺人――スペンス警視が、キルチェスター警察においてあわやポアロを殺そうとしたのは、まさしく、この言葉の直後だった。

2

「アリアドニ・オリヴァ夫人に指名通話をお願いします」とエルキュール・ポアロが言った。

オリヴァ夫人に電話に出てもらうのは、なかなか難事業だった。夫人は仕事中で、その邪魔をされたくなかったからだ。しかし、ポアロは強硬に押し切ってしまった。ほどなく女流作家の声がきこえてきた。

不機嫌で押し殺したような声だった。

「いったいなんのご用？」とオリヴァ夫人は言った。「電話、いまでなくちゃいけなかったの？　あたし、洋服屋の殺人という、すばらしいアイデアを考えていたところなのよ。ほら、コンビネーションや、長い袖のついているおもしろいかっこうのチョッキを売っているような、流行遅れのお店なのよ」

「そんな店、わたしは知りませんな」とポアロは言った。「とにかく、もっともっと重要なことを、あなたに申し上げなければならないのです」

「そんなこと、考えられないわ。あたしがいまのアイデアを書きとっておかないうちに、みんな頭から逃げ出していっちゃうじゃないの！」

エルキュール・ポアロは、彼女の創作上の悩みなどに、はなもひっかけなかった。彼は容赦なくビシビシと質問をつづけたが、オリヴァ夫人の答えはあまりはっきりしたものではなかった。

「ええ、そこは、とても小さなレパートリー劇場でしたわ——さあ、なんという名前だったかしら……役者にセシルなんとかいうのはいました、あたしがお話ししたのはマイケルという名前だったわ」

「ありがとう、これが知りたかったのですよ」

「またどうしてセシルとマイケルのことを？」

「さあ、コンビネーションと長袖つきのチョッキにかかってください、マダム」

「あなたがどうしてドクター・レンデルをつかまえないのか、あたしにはわからないわ」とオリヴァ夫人が言った。「あたしがロンドン警視庁の総監だったら、うむをいわさずつかまえてしまうわね」

「ごもっとも、ごもっとも。さ、洋服屋殺人事件をおつづけになってください」

「もう、アイデアがすっかりどこかへ消えてしまったわ。あなたがめちゃめちゃにしてしまったのよ」とオリヴァ夫人が言った。

ポアロはあっさりと謝った。

彼は受話器を置くと、スペンスに微笑をもらした。

「さあ、出かけましょう――あるいはわたしだけで行ってみますか――クリスチャン・ネームがマイケルといって、カレンキーのレパートリー劇場で端役にありついている若い役者に会ってくるのですよ。彼が、あの、マイケルだと、ほんとに助かるのだが」

「いったい、なんです、それは——」

ポアロは、真っ赤になって怒っているスペンス警視を巧みにかわした。

「ご存じですか、あなた、スクレ・ド・ポリシネル《シェラミ》というのを?」

「フランス語の授業でも始めるつもりですか」スペンス警視は依然としてぷりぷりしている。

「スクレ・ド・ポリシネルというのは、公然の秘密ということですよ。ですから、この秘密を知らない者は、決して他人から聞くことがないというわけです——そうでしょう、もし、みんなが、あることをあなたが知っていると思いこんでいたら、だれもあらためて、あなたにそのことを言いはしませんからね」

「ほんとに、我慢にも限界がありますぞ」とスペンス警視が言った。

第二十五章

検死審問が終わった――陪審員の評決は、不明の人物または人物たちによる殺人事件ということになった。

検死審問からの帰途、エルキュール・ポアロの招待で、みんなは、ロング・メドウズに足を運んだ。

まめに動いたおかげで、ポアロは、細長い客間の中をどうやら整頓することができた。半円形にきちんと椅子をならべ、モーリンの犬どもをどうにか追い出すと、自ら買って出た講師、エルキュール・ポアロは、部屋のいちばん端に座を占め、軽く気どった咳ばらいをしてから、口火を切った。

「紳士ならびに淑女のみなさん」

彼はそこで一息入れた。そして、つぎに出てきた言葉は、まったく予想外の、まるでふざけているのではないかと思わせるようなものだった。

　マギンティ夫人は死んだ。
　どんなふうに死んだ？
　あたしのようにひざついて、
　マギンティ夫人は死んだ。
　どんなふうに死んだ？
　あたしのように手をのばして、
　マギンティ夫人は死んだ。
　どんなふうに死んだ？
　こんなふうに……

　会場の人々の表情を見渡しながら、ポアロはつづけた。

「むろん、わたしは気が狂ったわけではありません。子供の遊戯の歌を繰り返したのは、なにもわたしがもうろくしてしまったからでもないのです。みなさんの中には、子供のころ、この遊戯をして遊んだ方が、何人かいらっしゃることと思います。アップワード夫人も、この遊戯をしたことがありました。その証拠に、夫人はわたしに歌ってきかせてくれたのです。ちょっと言葉がちがいますが、夫人の歌はこうでした、〝マギンティ夫人は死んだ。どんなふうに死んだ？　あたしのように頸をつき出して〟そして彼女は、歌の文句のとおりになったのです。頸をつき出してね、そして、彼女もまたマギンティ夫人のように死んだのです……

わたしたちの目的のために、まずいろいろな家へ行って、ひざ小僧をこすりながら働いていたマギンティ夫人に話をもどさなければなりません。マギンティ夫人は殺されました。そして、ひとりの男、ジェイムズ・ベントリイが捕まり、裁判に付されて、有罪の判決を受けたのです。ところがある理由から、この事件の担当者であるスペンス警視は、証拠がかなり有力であるにもかかわらず、ベントリイの有罪に疑念を抱いたのです。わたしも彼の言うことに賛成しました。わたしは、〝どんなふうに死んだ？　なぜ死んだ？〟という質問に解答を与えるために、このブローディニーにやって来たのです。

わたしは、長い、入りくんだ過去の物語をお話しする気はありません。ただ、わたしに手がかりを与えてくれたあの一びんのインクのような、じつに簡単な事柄について、お話ししたいと思います。その死の前の日曜日にマギンティ夫人が読んだ《日曜の友》の紙面に、四枚の写真が掲載されておりました。もうあなた方には、この四枚の写真については、なにも申し上げることはないほどです。それで、ただわたしはこう申し上げるだけにとどめましょう。つまり、マギンティ夫人は、彼女が働きに行っていた家庭の中の、あるところで見た写真が、この四枚のうちの一枚であることに気がついたのです。夫人は、ジェイムズ・ベントリイにこのことを話しました。しかし彼はそのとき、いや、そのあとになっても、このことにたいした興味を持ちませんでした。実際、彼は夫人の言葉に耳を貸そうともしなかったのです。それでも彼は、マギンティ夫人がアップワード夫人の家で見たようなことを言っていたということだけはおぼえていたのです。そして、これがみんなにわかったら、アップワード夫人はいままでのように鼻を高くしてなんかいられないだろうというようなことを、マギンティ夫人が言っていたことも、彼の頭に残っていたのでした。もちろん、わたしたちは、ベントリイの言葉にだけ頼るというわけにはまいりません。しかし、夫人が、鼻を高くして云々というような言葉を使ったことはたしかであり、アップワード夫人が誇り高き威厳のある婦人であったということも、疑いのないところです。

みなさんもご存じのように(何人かの人は、そのとき、その場に居合わせましたし、ほかの人たちも、その話はすでにおききになっていることと思います)——わたしは、アップワード夫人の家で、その四枚の写真を出して見せたのです。わたしはそのとき、アップワード夫人の表情のなかに、驚きの色と、たしかに知っているという動きを見つけたものですから、早速、夫人に問いただしてみたのであります。彼女はそれを認めました。そして、こう申しました。「どこかで、この中の一枚は見たことがあるけれども、どこだったかはっきり思い出せない」どの写真を知っているのかとたずねましたところ、彼女は、少女時代のリリイ・ガンボールの写真を指したのです。しかし、わたしの見たところ、それは真実ではなかったのです。なにか、彼女自身の理由から、夫人は自分の知っている写真を秘密にしておきたかったのです。わたしをあざむくために、彼女はちがう写真を指さしたのです。

しかし、一人の人間は、それにあざむかれるようなことはありませんでした——つまり殺人者です。その人間は、ちゃんと知っていたのです、アップワード夫人に見覚えのある写真はどれであるかを。もうわたしは、持って回った言い方をやめにしましょう。問題の写真は、かの有名なクレイグ事件の共犯者であり、また犠牲者でもある、いや、あの事件の真の主人公である女性、エヴァ・ケインの写真なのです。

そのつぎの晩、アップワード夫人は殺されました。彼女はマギンティ夫人とまったく同じ理由で、殺されたのであります。マギンティ夫人は手をのばしたまま、アップワード夫人は頸をつき出したまま——しかしその**かっこう**はどうであれ、結果はおなじです。

さてアップワード夫人が殺される直前に、三人の女性が、電話で呼び出しを受けました。カーペンター夫人、レンデル夫人、それに、ミス・デアドリイ・ヘンダースンです。その三つの電話は、いずれも、家に会いに来てほしいというアップワード夫人からの伝言でした。その晩、夫人の使用人は休みをとって外出していましたし、息子のロビンさんとオリヴァ夫人はカレンキーの芝居に出かけておりました。それで、きっと夫人は、いまいった三人の女性と一人ずつ会って、プライベートな話を交わしてみたかったのだと思われるのです。

では、なぜ三人の女性が選ばれたのでしょうか？　アップワード夫人は、どこでエヴァ・ケインの写真を見たか、わかっていたのでしょうか、それとも、その写真を見た記憶はあっても、どこで見たか、彼女にはわからなかったのでしょうか。この三人の女性に共通しているものはなにか？　それは年齢をのぞいて、ほかにはなにもありません。三人とも、だいたい三十歳前後の女性であるという点なのであります。

みなさんの大部分の方は《日曜の友》紙の記事をお読みになったことと思います。そのなかには、エヴァ・ケインの、大きくなったときの娘に想像をめぐらせた感傷的な文句がありました。アップワード夫人に、会いに来てくれるように電話で頼まれた女性は、そろいもそろって、エヴァ・ケインの娘と同年輩の人たちばかりだったのです。

ですから、このブローディニーに住んでいるのは、かの有名な殺人者クレイグとその愛人エヴァ・ケインのあいだに生まれた娘である、若い女性だというようにも思われます。事実、二つの殺人を犯してまで、自分の秘密を隠そうとしたくらいです。アップワード夫人が死体となって発見されたとき、テーブルの上には二つのコーヒー・カップがありました。二つとも使われており、訪問客のカップには、かすかではありますが、口紅の跡が残っておりました。

さて、電話を受けた三人の女性に、話をもどしましょう。カーペンター夫人は伝言を聞いたものの、その夜、アップワード夫人の家には行かなかったと言っております。レンデル夫人は行こうと思ったが、椅子の中で居眠りをしてしまったということです。ミス・ヘンダースンは、ラバーナムズを訪ねてみたが、電気がついてなく、人の気配もしなかったので、そのまま自分の家へ帰ったと言っております。

これが三人のご婦人の申されたことです。しかしながら、ここにはどうしても一致しない証拠があります。つまり口紅の残っていたコーヒー・カップと、エドナという娘が、金髪の女性がアップワード夫人の家の中へ入って行くのを見たと、はっきり証言したことであります。その上、香水という証拠まであるのです――この三人の女性のうちで、ただひとり、カーペンター夫人がおつけになっている、高価な外国製の香水です」

イヴ・カーペンターが叫び出した。

「そんなこと嘘よ、悪意で固まっているひどい嘘だわ。あたしじゃない！　あたし、一度だって行ったことなんかないわ！　あんな家へなんか、そばまで行ったことだってないんだから。ガイ、あなた、こんな嘘を言われて、黙っていられるの？」

ガイ・カーペンターは憤怒で顔面を蒼白にした。

「はっきりご通告しておきますが、ポアロさん、これは明らかに、名誉毀損です。ここにいる、すべての人が証人ですぞ」

「あなたの奥さまが、ある種の香水を、それに、ある種の口紅をご使用になっていることを言ったのが、どうして名誉毀損になるのでしょうか？」

「ばかげてるわ」とイヴが金切り声をあげた。「ほんとにばかげきってるわ！　だれだって、あたしの香水をつけて行けるじゃないの」

思いがけなく、ポアロが彼女に明るくほほえみかけた。

「まったくそのとおりですとも！　だれにだってできるのです。じつに底の見え透いたもので、巧妙なところなど、どこにもありません。まったくできの悪い、未熟なトリックです。わたしに言わせれば、あまりにも愚劣きわまる手なので、目的を達することはできなかったのでした。いや、それ以上です。文字どおり、かえってわたしに手がかりを与えてくれたようなものであります。そうです、アイデアを提供してくれたのです。香水——それに、コーヒー・カップに残っている口紅の跡。しかし、カップから口紅をぬぐいとることなど、いとも簡単なことであります。口紅にかぎらずあらゆる痕跡をぬぐいとることなど、きわめてやさしいことだと申してもいいくらいであります。そのうえカップは持ち運ぶことも、洗うことも容易です。では、どうしてそうしなかったのか？　家には誰もいなかった。それなのに、痕跡を隠そうともしなかったのです。わたしは、自分自身に問うてみたのです、なぜか？　そしてその答えは、女性という点を故意に強調している、ということなのです、つまり、これは女がやったのだぞという事実ばかりを並べているのですからね。わたしは、三人の女性にかかった電話のことを考えてみました——みんなそろいもそろって、じかに電話に出たのではなく、伝言を家の者からきいているのです。ですから、おそらくアップワード夫人がかけたのではないのです。電話をかけた者は、その犯罪に、女性を——女性ならだれでもよかったのです——巻きこもうとたくらんだ人間なのです。もう一度、わたしはなぜかと、考えてみました。すると、一つの答えしか出てまいりませんでした——アップワード夫人を殺したのは女性ではなくて、男である」

ポアロは、みんなの顔を見回した。水を打ったように、静まり返っていた。ただ二人の人間だけが反応を示しただけだった。

イヴ・カーペンターが、溜め息をもらしながら、「それなら筋が通っているわ！」と叫んだ。

オリヴァ夫人は、はげしく頭をうなずかせながら、「そうよ、むろんそうだわ」とつぶやいた。

「それで、わたしはつぎの結論に達したのです——ひとりの男が、アップワード夫人を殺し、そしてマギンティ夫人を殺したのだと。いったい、その男はいかなる人物でしょうか？　殺人の動機は、やはり同じものにちがいありません。それはすべて、一枚の写真にかかっているのです。その写真を持っていたのは誰か？　それが第一の疑問です。そして、どういう理由で、写真をしまっておいたのか？

むろん、これはそうたいして難しい問題ではないようであります。つまり、もともとは感傷的な理由から、その写真は保存されていたのです。マギンティ夫人の場合は、彼女がこの世からいなくなれば、写真を破り捨てる必要はなかったのです。しかし、二度目の殺人のあとでは、事情は変わってきます。こんどは、その写真が、殺人犯人とはっきりとしたつながりをもっているのです。いまやその写真は、手元にしまっておくにはきわめて危険きわまるしろものなのです。ですから、その写真が破り捨てられることは、当然のことと、どなたもお考えになるでしょう」

その言葉にうなずいている聴衆の顔を、ポアロはグルッと見まわした。

「しかしです、それにもかかわらず、その写真は湮滅《いんめつ》されていなかったのであります！　わたしはちゃんと知っている――なぜならば、わたしはそれを見つけたのです。ほんの数日前に見つけたのですよ。ここ、ロング・メドウズの家の中にあったのです。その壁のところに立っているたんすの引き出しの中にあったのです。わたしは、それを持っております」

ポアロは手にバラの花を持って、気取って笑っている少女の、色あせた写真を差し出した。

「そうです」とポアロは言った。「エヴァ・ケインの写真です。この写真の裏には、鉛筆でなにか書いてあります。読んでみましょうか。〝私のお母さん〟」

ポアロは、重々しく、そして非難するような目を、モーリン・サマーヘイズのほうにむけた。彼女は、顔にたれさがっている髪の毛を後ろにかきあげると、途方に暮れたように、眼を大きく見開いて、ポアロを見つめた。

「なにがなんだか、さっぱりわからないわ、あたし――」

「そうです、サマーヘイズ夫人、あなたには理解できないでしょうね。第二の殺人があってからも、この写真をとっておくには、二つの理由しか考えられないのです。その第一の理由は、まったく罪のない感傷からです。あなたには、やましいところなどなかった、それで平気な顔をして、この写真を持っていることができたのです。いつかあなたは、カーペンター夫人の家で、わたしたちに話したことがありましたね、あなたが養女であることを。あなたが、自分のお母さんのほんとうの名前を知っていたとは、わたしには思えないのです。しかし、だれかが、それを知っていたのですよ。家名を唯一の誇りとしている者、鼻高々と家柄に執着している者、祖先と血統を誇っている人間が。モーリン・サマーヘイズが、殺人者のクレイグとエヴァ・ケインのあいだに生まれた娘であることが、世間と、自分の子供に知れ渡るくらいなら死んだほうがましだと考えている男。たしかにその男は、死んだほうがましでしょう。といって、まさかそんなことはできませんからね。ですから、その代わりにこう言えるのではないでしょうか、ここに殺人を決意した男がいると」

ジョニイ・サマーヘイズが椅子から立ち上がった。彼の声はとても穏やかで、むしろ親しみさえこもっていた。

「あなたのお話しになっていることは、あまりにもばかげてはいませんかな。いろいろな理屈を並べ立てて、自分一人で悦に入っている。理屈、まったく理屈の一点張りですからね。私の妻のことについてだってあなたは——」

ここまで言うと、彼は急に怒りを爆発させた。

「このくそいまいましい下品な奴め！」

彼は、あっという間に、ポアロめがけて突進した。ポアロは、とっさに身をかわすと、スペンス警視が、二人の間に割って入った。

「まあまあ、サマーヘイズ少佐、気をしずめて、気をしずめて——」

サマーヘイズは平静に立ち返ると、肩をすくめてみせた。

「いや、失礼しました。しかし、まったくばかげたことです！　だれだって、写真ぐらい引き出しの中にしまっておけるんですからね」

「そのとおりです」とポアロは言った。「それに、この写真の面白い点は、まったく指紋がついていないということです」

そこで彼は口をつぐむと、静かにうなずいてみせた。

「しかし、指紋があるはずなのです。もし、サマーヘイズ夫人がこの写真の持ち主なら、平気で扱っていたことでしょうから、当然、彼女の指紋がついていなければならないのです」

モーリンが叫び声をあげた。

「あなた、頭がどうかしているんじゃないかしら。そんな写真なんか、あたし見たことないのよ、あの日、アップワード夫人の家で見た以外にはね」

「あなたはじつに幸運でしたね」とポアロは言った。「あなたがほんとうのことをおっしゃっているのは、わたしにもわかっています。この写真は、わたしが見つけ出すほんの数分前に、あの引き出しの中に投げ込まれたものなのですよ。二回、あの朝、引き出しの中身が床の上にぶちまけられました。そして二回とも、わたしが後始末をしたのです。一回目のときには、この写真は引き出しの中に入っていませんでした。二度目のときには、入っていたのです。ですから、一度目と二度目のあいだに、入れられたのです。そして、誰がそれを入れたか、わたしにはわかっているのですよ」

ポアロの語調には、これまでになかったひびきがこもってきた。彼は、もはやおかしな口髭を生やし髪を染めた、こっけいな小男ではなかった、それは獲物を眼前にとらえた猟人なのだ。

「一人の男が、この二つの殺人を犯したのです。しかも動機のうちでも、もっとも単純なものでした――お金がこの犯罪の動機なのです。アップワード夫人のお宅で、一冊の書物が発見されました。その本の見返しには、イヴリン・ホープと署名してありました。ホープは、エヴァ・ケインが英国を去ったときにつけた名前であります。もし彼女の本名がイヴリンだったら、自分の子供が生まれたときに、イヴリンの名前をその子につけることは大いにあり得ます。しかも、イヴリンは、女性の名前であると同時にまた男性の名前でもあるのです。どうしてわたしたちは、エヴァ・ケインの子供は、娘であると断定してしまったのでしょうか？　それは、《日曜の友》にそう書いてあったからにすぎないのです！　しかし、実際に《日曜の友》紙は、文字どおりに、そう書いているわけではありません、ただ、エヴァ・ケインとのロマンティックなインタヴューのせいで、そう推定されたのにすぎないのです。しかし、エヴァ・ケインは、子供を産むまえに英国を去っているのです――ですからだれにも、その子供が男であるか女であるかということを、断定することはできなかったのです。

わたし自身、誤解してしまいました。新聞のロマンティックな不正確さによってですね。

エヴァ・ケインの息子のイヴリン・ホープは、英国にまいりました。彼には才能がありました。そして、彼は自分の出生の秘密を知らない大金持ちの婦人のお気に入りになったのです――彼女にロマンティックな物語をつくりあげて、青年は話したのです（ほんとうに美しい物語でした、パリで、肺を病みながら死んで行く、悲劇的な若きバレリーナの物語だったのです）。

その婦人は、自分の息子を亡くしたばかりの、孤独な女性でした。若い、将来性のある劇作家は、その婦人から捺印証書による改名手続きをしてもらって、彼女の姓名をもらったのです。

あなたのほんとの名前はたしかイヴリン・ホープでしたね、アップワードさん？」

ロビン・アップワードが金切り声をあげた。「冗談じゃない、いったい、あなたはなんの話をしているのですか！」

「いや、もう否定なさっても無駄ですよ。その名前で、あなたを知っている人がいるのです。それに、あの本に書かれているイヴリン・ホープの字は、あなたの筆跡ですからね――この写真の裏の〈私のお母さん〉という字とおなじ筆跡なのです。マギンティ夫人は、あなたの部屋を片づけているときに、この写真と、裏にある言葉を見つけたのです。そして《日曜の友》紙を読んだあとで、その記事のことをあなたに話したのです。マギンティ夫人は、その写真の人物を若いときのアップワード夫人だと思ったのです。つまり、アップワード夫人があなたのほんとのお母さんではない、などとは夢にも知らなかったのですからね。あなたは、マギンティ夫人がひとたびそんなことを喋りだしたからには、きっとアップワード夫人の耳にも入ると考えたのです。そうなったら、なにもかもおしまいだということもね。なにしろアップワード夫人という人は、遺伝ということについては、狂信的といっていいくらいでしたからね。自分の養子が、有名な殺人犯人の息子だとわかったら、それこそ一刻も容赦しなかったでしょう。それに、あなたの出生の嘘についても、許してはくれなかったはずです。

そのおかげで、マギンティ夫人は、口止めされるために高価な代償を払ったというわけです。あなたは慎重を期するために、彼女にちょっとした贈物を約束しました。あなたはそのつぎの夜、放送局に行く途中、彼女を訪ねたのです――そして彼女を殺したのです！　こんなふうに！」

いきなり、ポアロはシュガー・ハンマーを棚から摑み出すと、まるでロビンの頭を打ち砕くかのように、大きく振り上げ、打ち下ろした。あまりにも、そのジェスチャーが真に迫っていたものだから、いく人かのひとが叫んだくらいだった。

ロビン・アップワードは悲鳴をあげた。耳をつんざくような、恐怖にあふれた声だった。

彼はわめいた。「ちがう……ちがう……ちょっとした事故だったのだ……誓います、彼女を殺すつもりなんか、なかったんだ。思慮を失ってしまったのです、ほんとうです」

「あなたは、血を洗い落とすと、シュガー・ハンマーを見つけたこの部屋にもどしておいたのです。しかし、血痕を測定したり、目に見えない指紋を表出させる新しい科学的方法があるのですよ」

「ほんとに彼女を殺すつもりはなかったのです。過失だったんです……ぼくの罪じゃない、ぼくの責任じゃありません。ぼくの血がそうさせたのです。どうしようもなかったんだ。ぼくの罪でないのに、ぼくを死刑になんかできませんよ」

ささやくようにスペンスがつぶやいた。「なに、できないって？　まあ、見てごらん！」

それからいかにも警察官らしいはりのある声で、重々しく警視は告げた。

「アップワードさん、私はここに警告しておきます、あなたの言われることはすべて……」

第二十六章

「私にはどうも理解できないのですがね、ポアロさん、いったいどうしてロビン・アップワードが臭いと、あなたはにらむようになったのです？」

ポアロは、自分を見守っているたくさんの顔を、すっかり悦に入りながら見渡した。

彼は、事件の絵解きをするのが、いつも愉しかった。

「いや、もっと早くから彼に目をつけるべきでしたよ。あの晩のカクテル・パーティで、サマーヘイズ夫人の口から出た言葉が、手がかりだったのです。じつに単純な手がかりでしたがね。彼女がロビン・アップワードにこう言ったのです。〝あたし、養子になんかなりたくないわ、ちがいまして？〟この、〝ちがいまして？〟という言葉をきいて、わたしの頭にひらめいたものがあったのです。つまり、その言葉は、アップワード夫人が、ロビンのほんとの母親でないことを示しているのです。

アップワード夫人は、ロビンが実子でないことを、人に知られやしないかと、極端なほど心配していたのです。たぶん彼女は、年上の女と暮らしたり、その女性に養ってもらっている才能のある青年たちが世間からどんなにひどい陰口をきかれているかということを、いやになるほど耳にしていたのでしょう。ロビンが実子でないことを知っていたのは、ほんのわずかな人たちでした——つまり、夫人がはじめてロビンを掘り出した場所である、芝居仲間の人たちです。夫人は長いこと海外で暮らしていたものですから、英国には、親しい友人といったら、いないといってもいいくらいでした。彼女には、どうしても故郷のヨークシャーから遠く離れて、この土地で暮らす必要があったわけです。夫人は、昔なじみの友人と会ったときでさえ、その人たちが、いまのロビンを、小さいときから知っているロビンと同一人物だと思いこんでいても、わざわざ彼女は教えてやったりしませんでした。

　しかし、ほんの最初から、ラバーナムズの家庭内には、どこか不自然なところがあるように、わたしには感じられてなりませんでした。アップワード夫人に接するロビンの態度というものは、親孝行息子でもなければ、親不孝息子でもありませんでした。いわば、パトロンの庇護を受けている被保護者といった態度でした。お母さん《マドレ》という奇抜な呼び方にしても、演劇的な匂いがあります。そして、アップワード夫人は、たしかにロビンを可愛がっておりましたけれど、それは、いかにもお金を払って手にいれた貴重品だという感じを免れることはできませんでした。

それだからこそ、彼の劇作家としての冒険を、〝お母さん《マドレ》〟の財政的な援助で安全に保証されているロビン・アップワードが生まれたのです。ところが、ロビンのこの安定した生活のなかにマギンティ夫人がとびこんできたのです。彼女は、ロビンが引き出しにしまっておいたあの写真を見てしまったのです、しかも、その裏には、〈私のお母さん〉と書いてある写真をです。なにしろ、彼がアップワード夫人に語って聞かせた実の母というのは、肺を病んで死んだ、才能ゆたかな若きバレリーナということになっていたのですからな！　むろん、マギンティ夫人のほうは、その写真をアップワード夫人の若いときのものだと思ったのです。なぜなら、彼女は、アップワード夫人はロビンの実母だと思いこんでいたのですから。マギンティ夫人が、実際にゆすりをやろうなどと考えていたとは、わたしには思えません。ただ、アップワード夫人のような誇り高き婦人なら、だれでもいやがる過去のゴシップについて、自分が口をつぐんでいたら、ご褒美に〝ちょっとしたすばらしい贈物〟ぐらいもらえるのではなかろうかと、きっと考えたことでしょうね。

しかし、ロビン・アップワードは、チャンスに賭けるような真似をしませんでした。

サマーヘイズ夫人が冗談に言った、人を殺すにはおあつらえむきの凶器、シュガー・ハンマーを、ロビンは盗み出したのです。そしてつぎの日の夜、放送局へ行く途中、マギンティ夫人の家に立ち寄ったのでした。夫人は心よくロビンを居間に通しました。まさか、自分が殺されるなんて、夢にも思いませんからな。彼は、夫人がお金をどこに隠しているか知っておりました——ブローディニーの住人なら、知らない者はいないでしょうな——そして、強盗の仕業と見せかけるために、そのお金を家の外に隠したのです。そのおかげでベントリイは疑われて、逮捕されてしまったのです。これで、賢いロビン・アップワードになって、なにもかも安全となったわけです。

ところが、突然、このわたしが四枚の写真を差し出したのです。そして、アップワード夫人には、そのなかのエヴァ・ケインの写真が、ロビンのバレリーナの実母と同一人物であることがわかったのです！　夫人には、考えをまとめるのに、少しばかり時間が必要でした。とにかく殺人事件がからんでいるのですからね。まさか、あのロビンが——？　彼女は、とてもそんなことはありえないと思いました。

夫人が最後にどのような行動に出ようとしたか、それはわたしたちにはわかりません。しかしロビンは、空頼みなどしませんでした。彼は殺人のシーンを演出したのです。お手伝いのジャネットが外出する夜、芝居を観に行くこと、電話の呼び出し、イヴ・カーペンターのバッグから盗み出した口紅をコーヒー・カップに注意ぶかく塗ること、そしてイヴ・カーペンターの愛用の香水さえ買ったのです。まるで舞台の一場面を飾るように、証拠品を揃えました。オリヴァ夫人が車の中で待っているあいだ、ロビンは二回も、家へ引き返しました。殺人はあっという間でした。犯行後は、すばやく証拠品を並べればそれでいいのです。アップワード夫人の死後、彼女の遺言どおりに、巨額の遺産を、彼は相続したのです。なんの疑いも、彼はかけられませんでした。一人の女性がその犯罪をやったのだと、頭から信じこまれていたからです。あの晩、その家を女性が三人も訪ねて行くことになっていたのですから、そのうちの一人が、まず犯人と思われることは確実だったのです。そして、事実、そうなったではありませんか。

しかしロビンは、すべての犯罪者がそうであるように、不注意でした、そして自信過剰だったのです。自分の本名が署名してあるような本が、あの家にあったばかりではなく、この運命的な写真を、ただ自分のために、大切にしまっておいたことです。もし、この写真を破り捨ててしまっていたら、彼の身は、はるかに安全だったでしょうにね。しかし彼は、なにかのいい機会に、だれかに罪をなすりつけるのに、その写真が使えると考えていたのですよ。

きっと、サマーヘイズ夫人のことがロビンの胸中にあったのでしょうな。彼が自分の家を出て、ロング・メドウズに移ったのも、その理由からかもしれません。なんといっても、シュガー・ハンマーは彼女のものですし、それに彼女は養女であり（そのことをロビンは知っていました）、エヴァ・ケインの娘でないということを、彼女にはとても証明できないと見てとったからかもしれませんね。

しかしですね、デアドリイ・ヘンダースンが、自分が犯行の現場にいたことを認めたとき、ロビンはその写真を、彼女の持ち物の中に入れる計画を思いついたのです。彼は、庭師が窓にかけたままにしておいた梯子を利用して、その計画を実行しようとしました。しかし、ウェザビイ夫人が心配性で、窓には全部鍵をかけるように口やかましく言っていたものですから、ロビンは目的を果たすことができなかったのです。彼はまっすぐに、このロング・メドウズにもどってくると、この引き出しの中に写真を入れたのです。まあ、彼にとって不幸だったことは、そのほんのすこし前に、わたしには引き出しの中身がよくわかっていたということです。

それでわたしにはこの写真は故意に誰かが入れたものだということがわかったのです。しかも、入れたのが誰であるかということもです――この家にいる唯一の他人――わたしの頭の上でせっせとタイプを打っている人物です。

あの家から見つけてきた本の見返しに、イヴリン・ホープという名前が署名してあったので、イヴリン・ホープはアップワード夫人か――でなかったらロビン・アップワードにちがいないと考えたのです。

イヴリンという名前が、わたしを迷わせたのです――わたしはカーペンター夫人に結び付けてしまったのです。彼女の名前はイヴといいますからね。しかし、イヴリンという名前は、女性の名前であると同時に、男性の名前でもあるのです。

わたしは、オリヴァ夫人がわたしにしてくれた、カレンキーの実験劇場での話を、思い出しました。彼女にさかんに話しかけていたという若い役者は、わたしの推理を確証してくれることのできる人物だったのです――つまり、ロビンがアップワード夫人の実子ではないという推理のです。その若い役者の話から察して、この男がほんとのことを知っているというのは明らかのように思われました。それに、その役者がしたという、出生を偽って、アップワード夫人にたちどころに報復された若い男の話というのは、たいへん暗示的でありました。

じつは、もっと早く事件の真相を見破らなければならなかったのです。重大な考え違いをしていたために、わたしはすっかりまごついてしまったのです。わたしが駅で突き落とされそうになったのは、計画的なものとばかり信じていたのです。つまり、マギンティ夫人殺しの犯人がやったものと考えていたわけです。ところが、ロビン・アップワードは、その時間に、キルチェスター駅に行っていることのできなかった、ブローディニーただひとりの人物だったのです」

突然、ジョニイ・サマーヘイズがくすくす笑い出した。

「きっと、籠を背負った市場の老婆ですよ。あの連中ときたら、よく人を押しのけますからね」

ポアロがつづけた。

「それに、ロビン・アップワードは、たいへんな自信を持っていたものですから、わたしなどぜんぜん眼中になかったのです。これは殺人者の特徴ですな。いやじつに幸運でした、この事件には、証拠となるものがほとんどないといってもいいくらいだったのです」

オリヴァ夫人が言葉をはさんだ。

「つまりこういうことなのね」彼女はまだ信じられないといった口調でき返した。

「わたしが車の中で待っているあいだに、ロビンが夫人を殺したというのね？　おまけに、あたしが全然それに気がつかなかったって？　だけど、そんな時間はなかったわ！」

「いや、ありましたよ。人間の時間に対する観念なんて、ばかげたほど不正確なものですからね。そのうちに、舞台装置の置き換えがどんなにすばやいものか、わかりますよ。この場合は、ただ小道具を並べるだけでしたからね」

「けっこうなお芝居ですこと」オリヴァ夫人は機械的につぶやいた。

「いや、なかなか傑出した演劇的な殺人でしたよ。演出満点ですな」

「それなのに、わたしは車の中に坐っていて、ちっとも知らなかった！」

「失礼ですが、あなたがた女性の直観というものはあてにならないものでして……」

第二十七章

「あたし、もう、ブリーザー・アンド・スカットルズ社へはもどりませんわ」とモード・ウイリアムズが言った。「いずれにしても、いやな会社ですもの」

「でも、うまくいったのでしょう？」

「それはどういう意味なんですの、ポアロさん？」

「なぜ、あなたはこんな土地にわざわざ来られたのです？」

「知ったかぶり屋さんになるためじゃないかしら、あなたはどうお考えになって？」

「わたしには、ちょっとした考えがあるのです」

「まあ、なんですの、それは？」

ポアロは、モードの髪の毛を、考え込むようにながめていた。

「わたしはこれまでずっと慎重な態度をとってきました」と彼は言った。「エドナが見たという、アップワード夫人の家に入って行った金髪の女はカーペンター夫人で、彼女がそれを否定したのは、単に恐怖のためだと思われてきました。アップワード夫人を殺したのがロビンだということがわかったのですから、彼女の存在は、ミス・ヘンダースンと同様に、影が薄くなりました。しかし、いずれにしても、わたしには、彼女がアップワード夫人の家へ行ったとは考えられないのです。ねえ、ウイリアムズさん、エドナが見たという女性はあなただったと、わたしは思いますね」

「まあ、なぜですの？」

彼女の声は、こわばっていた。

ポアロは答える代わりに質問で反撃した。

「ではなぜ、あなたはブローディニーなんかに興味をお持ちなのです？　なぜ、あなたがあそこへ行ったとき、ロビン・アップワードにサインなど求めたのですか？　あなたはサインを集めて喜ぶようなタイプじゃありません。アップワード家について、どんなことを知っていたのですか？　なぜ、よりによって、こんな土地にやって来たのです？　どうしてエヴァ・ケインがオーストラリアで死んだことや、英国を去る時に変えた名前を知っているのです？」

「お見事ね。ええ、もうあたし、なにも隠したりなんかしませんわ」

彼女はハンドバッグを開いた。そして使い古した財布から、年代の経った、小さな新聞の切り抜きを取り出した。それには、もういまではすっかりポアロにおなじみになってしまった、あの気取って笑っているエヴァ・ケインの写真がのっていた。

その上に、次の言葉が書かれてあった。

〈彼女があたしの母を殺した〉

ポアロは、その切り抜きを彼女に返した。

「そうです、わたしもそう考えていたのです。あなたの本名はクレイグですね？」

モードはうなずいた。

「あたしは、いとこたちの手で育てられましたの。とてもやさしい人たちでしたわ。でも、あの事件が起こったときは、あたしも物心がついていましたから、どうしても忘れることができなかったのです。あたしはいつも考えてばかりいました、彼女のことですわ。あの女は人で無しの悪党です――子供にだってそれくらいのことはわかりますわ！　あたしの父は――ただ弱かったのです。あの女に操られていたんですわ。それなのに罰を受けたのは父だったのです。でもあたしはいつも信じていました、あの女がやったのだと。ええ、そうですとも、父は、事後従犯者だったんですわ――犯人とおなじだとは言えないと思いますの。あたしは、あの女がその後どうなっているか、探り出してやろうといつも思っていました。あたしが大きくなったとき、そのために探偵を雇いましたの。探偵はオーストラリアまで行って、最後に、あの女が死んでしまったという報告をしてきました。あの女には息子が一人いました――イヴリン・ホープという名前でしたわ。

もうこれで一段落ついてしまったというように思われましたの。ところが、それからあたし、若い役者と仲良くなりました。すると、そのひとが、オーストラリアから来たイヴリン・ホープという男の話をしたんですの。その男はいまではロビン・アップワードという名前で芝居を書いていました。あたしは興味を持ちました。ある晩、あたしの友人がロビン・アップワードを教えてくれたんです――母親と一緒にいましたわ。そこであたしは考えました、結局、エヴァ・ケインは死んでいなかったんだわ。それどころか、あの女は財産をこしらえて、女王のように暮らしているのだと。

あたしはこの土地で就職しました。たしかにあたしは物好きですわ、それを通り越しているかもしれませんわね。ええ自分でもよく承知していますの。あたし、なんとかして、あの女に近づきたいものだと考えていました……あなたがジェイムズ・ベントリイのことでお話しにいらっしゃったとき、マギンティ夫人を殺したのはアップワード夫人だと、てっきりあたしは思いましたの。あのエヴァ・ケインがまたやったんだと。たまたま、友だちのマイケル・ウエストから、ロビン・アップワードとオリヴァ夫人がカレンキーに芝居を観に来るということをききました。それで、あたしはブローディニーに行き、あの女にぶつかってやろうと思いました。でも、べつにどうしようという考えは浮かびませんでしたわ、ほんとにはっきりした考えはなかったのです。あたし、なにもかも打ち明けてしまいますけど——戦争中に手に入れた小型ピストルを持って行きました。あの女をおどかすために？　それとも撃つために？　正直に言って、自分でもわからないんです……

とにかく、あたし、あの家へ行きましたわ。家の中には、物音ひとつ聞こえませんでした。ドアには鍵もかかっていませんでした。あたし、中に入って行きました。この先はもうおわかりですわね。夫人は椅子に坐ったまま死んでいました、顔が紫色にふくれあがって。あたしがそれまで考えていたことがみんな、まるでばかげた、メロドラマのような気がしてきたのです。そのとき、人を殺そうなどとは決して思っていなかったことがわかりましたわ。といって、あたしがあの家にいたことがわかったら、とても釈明しきれるものでないということに気がつきました。とても寒い晩で、あたし、手袋をはめていましたから、指紋を残さなかったことはわかっていましたし、それに、だれにもあたしの姿を見られなかったと思っておりましたの。これで全部ですわ」彼女は一息つくと、ぶっきらぼうに言った。「どうなさるおつもり?」

「いやべつに」とエルキュール・ポアロは言った。「あなたのご幸福を心から祈りますよ、それだけです」

エピローグ

エルキュール・ポアロとスペンス警視は、〈ラ・ヴィエイユ・グランメール〉で祝盃をあげていた。

食事がすんでコーヒーになると、スペンスは椅子にゆったりと背をもたせて、いかにも満腹したといった大きな溜め息をもらした。

「なかなかいけますな、ここの料理は」彼はすっかりお気に召したようだった。「いささかフランス風ですが、いまのご時世で、こんな上等なステーキやフレンチ・フライにはなかなかお目にかかれませんからな」

「あなたが最初、わたしのところへお見えになったとき、ここで夕食をとっていたのですよ」ポアロは追憶にふけるような口調で言った。

「ほんとうに、あれからというものは、ずいぶん危い橋を渡りましたな。私は、あなたに事件をお願いするので、ずいぶん口説きましたね、ポアロさん。そして、じつにうまくあなたはトリックを使いましたよ」ほのかな微笑の影が、警視の木彫りのような風貌にひろがっていった。

「あのロビンに、私たちはほとんど証拠らしいものを握っていないことがわからなかったのは幸運でしたよ。やり手の弁護士にかかったら、それこそ証拠不充分でこっちがやっつけられるところでしたよ！　しかし、あのロビンときたらすっかり逆上してしまいましたからね。とうとう舞台裏まで見せてしまって。自分からすっかり泥を吐いてしまったじゃありませんか、じつに幸運でしたな！」

「いや、幸運とばかりは言えませんよ」とポアロがたしなめるように言った。「わたしがあの男を釣ったのです、あなたが大きな魚を釣るようにね。彼は、わたしがサマーヘイズ夫人を疑っているとばかり思っていたのです、ところがそうではなかったものだからその反動ですっかりまいってしまったのです。そのうえ、あの男は臆病でした。わたしがシュガー・ハンマーを振り上げたら、ほんとに打たれると思ったのですね。激しい恐怖は、つねに真実をもたらしますよ」

「サマーヘイズ少佐にあなたがなぐられなかったのは、それこそ幸運でしたよ」とスペンスが歯をむき出して笑った。「ものすごく怒り出しましたからね、それに、あの足の速かったこと。やっと、あなた方のあいだに割り込めたほどですよ。もう許してくれましたか、あの人は？」

「むろんですよ、すっかり仲良しになりました。それに、わたしはサマーヘイズ夫人に、料理の本を進呈しましたよ、それからオムレツの作り方を、手をとって教えましたからね。いやほんと《ボン・デュ》、あの家の食事ときたら死の苦しみだった！」

ポアロは眼を閉じた。

「じつに入り組んだ事件でしたな」スペンス警視は、ポアロがひどい料理に苦しめられた思い出にふけっているのにも無関心で、事件のことに没頭していた。「昔の諺にある、〝秘密のない人間は一人もいない〟という言葉が、真理だということをつくづく教えられましたね。カーペンター夫人は危うく殺人の容疑で逮捕されるところでしたな、まるで自分が罪を犯したみたいな振る舞いでしたからね。どうしてだったか、わかりますか？」

「さあ《エ・ビアン》、どうしてでしょうな？」ポアロは、好奇心を表わして訊いた。

「まあ、自分の過去が好ましくないものだから、あんな真似をしたんでしょうな。彼女は職業ダンサーでしたからね。男友だちがわんさといる派手な女だったのです！　彼女は、ブローディニーに来て暮らすようになったときは、戦争未亡人などではなかったのです。つまり、現代流にいうと〝非公式の妻〟だったのですね。むろん、そんなことがガイ・カーペンターのような能なしの気取り屋にわかったら台なしになってしまいますから、まったくデタラメな話をして彼をまるめこんでいたのです。それで、私たちが、いろんな人たちの身もとを洗いはじめると、自分の過去がいっぺんにバレてしまうのじゃないかと思って、彼女は狂気のようになっていたのですよ」

彼はコーヒーをすすると、喉の奥のほうで笑った。

「ところでウェザビイ家ですがね、まったく邪悪に満ちた家庭ですよ。憎悪と敵意がからみあっているのです。あの気のきかない、ぼんやりした娘。ちっとも不運なんかじゃない、みんな、金がからまっているのです！　金の問題なのですよ！」

「ずいぶん単純な話ですな」

「あの娘は金を持っているのです——それもたくさん。伯母の遺産ですよ。で、母親は、彼女が結婚する気など起こさないように、娘をしっかりつかまえて離さないでいるのです。継父は娘をものすごく憎んでいましたね。なにしろ彼女は金を持っていて、あの家の生活を賄っているのですからね。ま、私の見たところでは、あのウェザビイという男はいろんなことに手を出して失敗ばかりしていたのですな。けちな野郎ですよ——ウェザビイ夫人のほうは、砂糖に溶かした毒といったところです」

「わたしも同感ですよ」ポアロは、満足げにうなずいた。「あの娘がお金を持っているということは幸福なことです。おかげで、らくらくとジェイムズ・ベントリイと結婚することができますからね」

スペンス警視は、びっくりしたようだった。

「ジェイムズ・ベントリイと結婚？　あのデアドリイ・ヘンダースンが？　いったい、だれがそんなことを言っているのです？」

「わたしが言っているのです」とポアロ。「そのことばかり、気になっているのです。もう事件も解決してしまったので、わたしには時間があり余っているのですよ。せいぜい、この結婚の話を進めるようにしましょう。もっとも、この二人は結婚のことなど、まだ全然考えてはいませんがね。しかし二人とも、おたがいに惹かれているのです。二人をこのまま放っておけば、なにごとも起こりませんがね、このエルキュール・ポアロがいることを忘れてはなりませんよ。まあ、見ててごらんなさい、結婚することになりますからね」

スペンスはにやりとした。

「そんなおせっかいをするのはよくありませんよ、そうじゃないですか」

「まさか本気でそう言っているのではないでしょうな」とポアロがとがめるように言っ

た。

「いや、私も賛成しますよ。とにかくジェイムズ・ベントリイは内気な男ですからね」

「そうですよ、はにかみ屋なのです。死刑にされる心配がなくなったというときでも、ブスッとした顔をしているのですからね」

「本来なら、あなたにひざまずいて感謝しなければならないところですよ」とスペンスが言った。

「いや、むしろあなたにですね。しかし、あの男はそんなことは考えもしませんよ」

「変わった男ですね」

「そのとおりです、ま、それにしても二人の女性があの男に気があったのですから、人間の気持ちというものは不思議なものです」

「あなたが結婚させようとしていたのは、モード・ウイリアムズだとばかり思っていましたよ」

「彼は自分で選ぶでしょうがね。そう、ギリシャ神話にあるように、自分でリンゴを妻となるべきひとに与えるのです。しかし、わたしの考えでは、きっとデアドリイ・ヘンダースンを彼は選びますよ。モード・ウイリアムズではエネルギッシュで活発すぎますな。彼女と一緒になったら、彼はますます自分の殻の中に閉じこもってしまいますよ」

「だけど、どうして二人とも、あの男なんかに熱を上げているのでしょうな！」

「そこが人間というものの、測り知れないところですよ」

「とにかく、あなたにおあつらえ向きの仕事になりますよ。まず、ジェイムズ・ベントリイをスタートにつかせる——それからデアドリイを、あのものすごいおふくろさんから解放しようとすると、あのおふくろさんが必死になってあなたに抵抗してきますよ」

「勝利はつねに大軍に与《くみ》す、です」

「大きな口髭に与《くみ》す、じゃないですか」

スペンスはそう言って、おなかを抱えて笑った。ポアロはすっかり悦に入って、口髭をなぜながら、ブランディを勧めた。

「いただきましょう、ポアロさん」

ポアロはブランディを命じた。

「そうだ」とスペンスが言った。「まだお話ししなければならないことがありましたっけ。レンデル家のことですがね」

「なるほど」

「こうなんです、私たちが、ドクター・レンデルを洗ってみますと、おかしなことがわかって来たのですよ。彼が開業していたリーズで、最初の妻が死んだとき、彼に関する匿名の手紙が警察に舞いこんできたのです。要するに、彼が妻を毒殺したのだという手紙なんですがね。とかく世間というものは、そのような噂をするものです。彼女はほかの医者にかかっていましたが、その医者というのは評判のいい人で、夫人の死因には、なんら不審の点はないと言っているのです。その医者と夫人とがおたがいに好意をもって信頼し合っていたという以外には、これといったことはなにもありませんでしたし、世間でも、それは認めているのです。私たちとしても、これが怪しいと考えるわけにはゆかないのですが、それでも、なにかすっきりしないところがあるのですよ、あなたは、どうお考えになりますかね？」

ポアロは、レンデル夫人の、なにかものに怯えているような態度を思い出した。彼女も匿名の手紙のことに触れていたっけ、そして、そんな手紙に書いてあることなんか、みんなでたらめだとしきりに言っていたが。それからポアロは、自分がマギンティ夫人の事件を調査しているのは、ほんの口実にすぎないと、夫人が信じこんでいたことも思い起こした。

「その匿名の手紙というのが舞いこんできたのは、どうも警察だけではないようですな」とポアロが言った。

「では、夫人にも、その手紙が来たのですか」

「そう思いますね。わたしがブローディニーに行ったとき、わたしが彼女の夫を調べに来たのであって、マギンティ夫人のことなどは口実にすぎないと考えていたのです。そうだ、それに彼も、またそう思っていたのだ……それでわかった！　あの夜、わたしをプラットホームから突き落とそうとしたのは、ドクター・レンデルだったのです！」

「彼は、いまの夫人の命も狙おうと試みるでしょうか」

「彼女は夫を心から信頼するほど、愚かではありますまい」とポアロはさりげなく言った。「しかし、われわれに眼をつけられていることがわかれば、あの男だっておそらく用心しますよ」

「まあ、私たちにできるだけのことをやりましょう。あの愛想のいい医者から眼を離さないでいたら、われわれの意図もはっきりするでしょうからね」

ポアロはブランディ・グラスをかざした。

「オリヴァ夫人のために乾杯」

「いったい、オリヴァ夫人のことなど、どうして急に思い出したのです？」

「女性の直観ですよ」とポアロが言った。

ちょっと、沈黙がつづいた、それからスペンスがゆっくりと言った。「ロビン・アップワードは、来週公判ですね。でも、私にはまだはっきりとした自信が——」

ポアロは思わずからだを震わせて、さえぎった。

「冗談じゃない《モン・デュ》！　あなたはロビン・アップワードの有罪を確信しているのでしょうな。もう一度、はじめからやりなおそうなどと、言わないでくださいよ」

スペンス警視は頼もしげに、歯をむき出して笑った。

「とんでもありません、あの男は犯人ですとも！」それからつけ加えた。「なにしろ、どんなことにでもうぬぼれの強いやつですからね！」

クリスティーの楽しさの背景

ミステリ評論家
仁賀 克雄

アガサ・クリスティーのミステリを読むと、現在の慌ただしさや殺伐さを忘れ、ゆったりとした古き良き時代がそのまま温存されている虚構の世界にひたれます。それはたとえひとときでも、かつては存在したやすらぎを追体験させてくれ、居心地の良さを感じます。まさに癒しの文学といえます。いつの世もそうですが、その時代に生きた人々にとっては現在が良い時代だとは決して思いません。ところが年月が経過し、後の世になって当時を回想すると、悪しき記憶は捨象されて楽しい思い出が残り、当時を懐かしむ余裕が出るのです。クリスティーの描く世界にも当然善悪はありますが、時代が深く印象されています。

クリスティーのミステリは世界中で聖書に次いで読まれているといわれますが、余暇の読み物であるミステリにとっては大変名誉なことです。彼女はその代表的作家であり、また、その作品は原点のひとつといってもいいでしょう。なぜ時代を越えてクリスティーの作品が世界の読者に愛され続けるのか、それはコナン・ドイルのシャーロック・ホームズ・シリーズと並んで、イギリスが誇る本格的ミステリの謎解きと犯人推理の楽しみを、平易な文章と巧みな会話で表現してくれるからです。

ミステリの起源は古いのですが、イギリスを例にとれば犯罪実話がその源流です。十八世紀、ロンドンのニューゲート監獄に収容された犯罪者の記録「ニューゲート・カレンダー」は読み物として市販されて、世間の反響を呼びました。やがて実話だけでは物足りなくなり、これを小説化するようになりました。ブルワー・リットン、チャールズ・ディケンズ、ウィリアム・エインズワース、ウィリアム・サッカレーなどヴィクトリア朝を代表する作家が、この「ニューゲート・ノヴェル」に筆を染めるようになったのです。

その結果としてディケンズの「バーナビー・ラッジ」や「エドウィン・ドルードの謎」のようなトリックをもった文学小説が生まれたのです。アメリカでエドガー・アラン・ポーが「モルグ街の殺人」を書いたのは同時期のことです。彼は推理を中心にした犯罪物語を創作し、普通小説から探偵小説の分離独立を図り成功したのです。

一八九〇年生まれのクリスティーが育ったのは、まだヴィクトリア朝（一八三七－一九〇一）の雰囲気や習慣が、そのまま周囲に残っている時代でした。彼女の自伝には少女時代に姉と、ホームズやマーティン・ヒューイットの探偵物語や、フランス作家ガストン・ルルーの密室物『黄色い部屋の秘密』を読みふけって探偵小説家を志したとあります。ホームズやそのライヴァルたちの作品にかいま見られる、ヴィクトリア朝の社会状況が、彼女の探偵小説の舞台となるロンドン周辺の描写にも影響しています。それは暴力やセックスとは無縁な保守的で平和な社会でした。彼女の小説にはその体験が盛りこまれています。

ヴィクトリア朝後期にはイギリスの文化や経済や教育が急速に発達し中産階級が生まれました。かれらは新興の探偵小説のよき読者でした。長期休暇や引退すると、郊外の別荘で、薔薇を育て、絵を描き、魚釣りや乗馬、クリケットやゴルフを楽しみ、雨の日や冬の夜にはスコッチ・ウィスキーを傾けて探偵小説を愛読したのです。その贅沢な余暇の中からすぐれた作家や目の利く読者が生まれて行ったのです。探偵小説は贅沢な余裕の文学だといえます。

クリスティーは一九一六年に第一次世界大戦の篤志看護婦として病院に働くうちに探偵小説を書く気になり、当時近くに住んでいた亡命ベルギー人をモデルに探偵エルキュール・ポアロを生み出し長編を完成させました。それが処女作『スタイルズ荘の怪事件』です。

その時ポアロは一八六五年ごろの生まれに設定したので、最後の作品『カーテン』では一一七歳になってしまう誤りを犯していますが、彼は合計三三作の長編と五四作の中短編に登場しています。

本書は一九五二年に書かれたポアロ探偵の二四作目の長編です。ポアロは第一次大戦中に警察仲間とイギリスに亡命します。ヘイスティングズ大尉と再会し、彼がポアロの助手を長く務めることになりますが、このころはアルゼンチンに行っており事件には登場しません。ポアロは身長は一六二・五センチ、体重五〇キロ、灰色の脳細胞の詰まった卵型の禿げ頭を傾け、猫みたいに緑色の瞳を輝かせ推理するのです。手入れの行き届いた口ひげを生やし、キザでおしゃれなグルメです。

この事件でも彼がエスカルゴ料理に堪能するところから始まります。自宅アパートに戻るとキルチェスター警察退職寸前のスペンス警視が訪ねてきます。この警視は退職後にも『ハロウィーン・パーティ』（六九）に登場します。今回はマギンティ夫人殺人事件の再調査をポアロに依頼にきたのです。被害者は一人暮らしの掃除婦の老女で貯金も三〇ポンドしかありません。他人から恨まれるようなこともないのに、鋭く重い凶器で後頭部を一撃されて死んでいたのです。犯人として間借人ベントリイが逮捕されます。本人は白状しないが証拠から巡回裁判で死刑の判決が下りました。しかしスペンス警視には彼が犯人とは思えなかったのです。これが事件の発端となります。

「マギンティ夫人」というマザーグースのようなイギリスの子供の遊戯唄があります。

マギンティ夫人は死んだ。
どんなふうに死んだ?
あたしのようにひざついて、
マギンティ夫人は死んだ。
どんなふうに死んだ?
あたしのように手を伸ばして、
マギンティ夫人は死んだ。

といつまでも続いて行くのです。その唄からこのタイトルが付いたのですが、『そして誰もいなくなった』とは異なり、唄と殺人とのあいだには直接の関係はありません。

むしろこの事件は「見立て殺人」なのです。見立ての対象となるのは、マギンティ夫人がたまたま読んだ新聞《日曜の友》に、「往年の悲劇に登場した女主人公たちは今いずこに？」の見出しで写真付き掲載された、昔の有名な殺人事件に関係した四人の女性です。

事件から数十年後、このうちの一人が名前と身元を偽り同じ村に住んでいるのを、夫人は新聞で発見し手紙を書きます。犯人は旧歴の暴露を恐れて殺したのです。年齢の合う女性に容疑がかかりますが、だれが本人なのか前歴が分かりません。そのうち第二の殺人が……ポアロは大変なゲスト・ハウスに泊まり、不味い食事に悩まされながら無償で捜査を続けます。関係者全員にインタビューしながら灰色の脳細胞を働かせ、最後に意外な犯人を突き止めるのです。どうです、面白そうでしょう？　わたしの推理では残念ながら犯人は的中しませんでした。みなさんの推理はいかがでしょうか？

灰色の脳細胞と異名をとる

〈名探偵ポアロ〉シリーズ

本名エルキュール・ポアロ。イギリスの私立探偵。元ベルギー警察の捜査員。卵形の顔とぴんとたった口髭が特徴の小柄なベルギー人で、「灰色の脳細胞」を駆使し、難事件に挑む。『スタイルズ荘の怪事件』（一九二〇）に初登場し、友人のヘイスティングズ大尉とともに事件を追う。フェアかアンフェアかとミステリ・ファンのあいだで議論が巻き起こった『アクロイド殺し』（一九二六）、イニシャルのABC順に殺人事件が起きる奇怪なストーリーが話題をよんだ『ABC殺人事件』（一九三六）、閉ざされた船上での殺人事件を巧みに描いた『ナイルに死す』（一九三七）など多くの作品で活躍し、最後の登場になる『カーテン』（一九七五）まで活躍した。イギリスだけでなく、イラク、フランス、イタリアなど各地で起きた事件にも挑んだ。

映像化作品では、アルバート・フィニー（映画《オリエント急行殺人事件》）、ピーター・ユスチノフ（映画《ナイル殺人事件》）、デビッド・スーシェ（TVシリーズ）らがポアロを演じ、人気を博している。

1 スタイルズ荘の怪事件
2 ゴルフ場殺人事件
3 アクロイド殺し
4 ビッグ4
5 青列車の秘密
6 邪悪の家
7 エッジウェア卿の死
8 オリエント急行の殺人
9 三幕の殺人
10 雲をつかむ死
11 ABC殺人事件
12 メソポタミヤの殺人
13 ひらいたトランプ
14 もの言えぬ証人
15 ナイルに死す
16 死との約束
17 ポアロのクリスマス
18 杉の柩
19 愛国殺人
20 白昼の悪魔
21 五匹の子豚
22 ホロー荘の殺人
23 満潮に乗って
24 マギンティ夫人は死んだ
25 葬儀を終えて
26 ヒッコリー・ロードの殺人
27 死者のあやまち
28 鳩のなかの猫
29 複数の時計
30 第三の女
31 ハロウィーン・パーティ
32 象は忘れない
33 カーテン
34 ブラック・コーヒー〈小説版〉

訳者略歴　1923年生，1943年明治大学文芸科卒，1998年没，英米文学翻訳家　訳書『夜明けのヴァンパイア』ライス，『シタフォードの秘密』クリスティー（以上早川書房刊）他多数

マギンティ夫人《ふじん》は死《し》んだ

〈クリスティー文庫 24〉

二〇〇三年十二月十五日　発行
二〇二五年　七　月二十五日　九刷
（定価はカバーに表示してあります）

著者　アガサ・クリスティー
訳者　田《た》村《むら》隆《りゅう》一《いち》
発行者　早川　浩
発行所　株式会社　早川書房

郵便番号一〇一‐〇〇四六
東京都千代田区神田多町二ノ二
電話　〇三‐三二五二‐三一一一
振替　〇〇一六〇‐三‐四七七九九
https://www.hayakawa-online.co.jp

乱丁・落丁本は小社制作部宛お送り下さい。
送料小社負担にてお取りかえいたします。

印刷・株式会社精興社　製本・株式会社明光社
Printed and bound in Japan
ISBN978-4-15-130024-0 C0197

本書は活字が大きく読みやすい〈トールサイズ〉です。